講談社文庫

ルパンの帰還

横関 大

ルパンの帰還

Lupin's return

第一章　刑事誕生

一、探偵たる者、真実を明らかにすることを第一とし、そのためには如何なる労苦も厭わないこと。

一、探偵たる者、常に清き心を以て事に臨み、現世界の悪の根絶のために邁進すること。

一、探偵たる者、日々精進を重ね、古今東西森羅万象、己の知識を蓄え、その能力を発揮するための肥やしとすること。

朝の六時、ベッドから抜け出した北条美雲は壁に貼ってある北条家探偵三箇条を声に出して読んだ。美雲の朝の日課であり、幼い頃から半ば強制的にやらされていたため、二十三歳になった今ではこれをやらないと一日が始まらないといった具合になってしまっている。

カーテンの隙間から柔らかい朝の陽射しが差し込んでいる。カーテンを開けると空は快晴で、まさに新たな門出には相応しい晴天だった。美雲は洗面室に向かい、身支度を整えた。洗顔してメイクをする。決して派手ではなく、最低限の化粧を心がける。この日のために新調したグレーのパンツスーツに着替え、成人式のお祝いで母からもらった真珠のピアスを耳につければ身支度は完了だ。バッグを持ち、パンプスを履いて部屋から出た。

「おはようございます」

すれ違う先輩たちにきちんと挨拶をしながら、一階にある食堂に向かう。食堂にいる諸先輩方の多くはスウェットなどの軽装で、早くも着替えているのは美雲だけだった。

朝食はビュッフェ形式だ。和食派の美雲はご飯、味噌汁、それから鮭の塩焼きと玉子焼きをトレイに載せた。食堂の一角に同期の女の子たちの一群を見つけたので、美雲はそちらに向かった。

「おはよう」

「おはよう、美雲。え、もう着替えてるの？」

「そう。早めに行こうと思って」

「ふーん、そうなんだ。さすがね、美雲」

椅子に座り、箸を手にとった。味噌汁のお椀を手にとろうとしたとき、バッグの中でスマートフォンのランプが点滅していることに気がついた。見るとメールを受信していた。

京都に住む母からのメールだった。そこには短く『気張りなさい』と記されている。短い文面に母の思いが凝縮されているようで、気が引き締まる思いだった。

美雲の実家は京都にあり、探偵事務所を営んでいる。創業は昭和中期という老舗の探偵事務所であり、祖父の北条宗真は昭和のホームズと謳われた探偵であり、父の北条宗太郎は平成のホームズと称され、どちらも数々の難事件を解決した名探偵だ。北条家のルーツは小田原城を居城とした戦国大名の北条家ではなく、鎌倉幕府の執権を世襲した豪族、北条家の傍流らしい。宗太郎の一人娘として生を受けた美雲は、由緒ある北条探偵事務所の正式な跡取りとして、周囲からの期待を一身に受ける存在だった。

その期待に応え、美雲は京都有数の進学校から京都大学法学部に一発合格した。卒業後はそのまま北条探偵事務所に入り、父宗太郎の後継者として探偵業務に従事すると周囲の誰もが思っていた。しかし、美雲はその期待を裏切った。美雲は家族に内緒で警視庁採用試験を受け、合格したのだ。

きっと家族に反対されるだろう。美雲は内心そう思っていたのだが、家族の反応は思いのほか歓迎ムードだった。中でも母は素直に喜んでくれた。ええやないの、警視庁。うちが代わりに行きたいくらいやわ。父の宗太郎は根っからの探偵であり、そもそも自分の娘にもあまり興味がないタイプの父親だったので、反対も賛成もしなかった。

美雲が受けた試験は警視庁警察官採用試験だった。いわゆる地方公務員として警察官になるための試験だ。ただ、美雲ほどの学歴であれば国家公務員総合職試験を突破し、通称キャリア組と呼ばれるエリート官僚への道もあった。しかし敢えて美雲は地方公務員として一警察官となる道を選んだのだ。

美雲は今年の三月に京都から上京し、警察学校で半年間学んだのち、今日十月一日付で警視庁に正式配属される運びとなった。まさに旅立ちの朝だ。

「三日間は研修みたい。そっちは？」

「こっちもそうよ」

「眠くなりそう。困ったわ」

同期の会話を聞き流しながら、美雲は黙々と朝食を口に運ぶ。ここは警視庁の女子寮だ。その名の通り女性警察官が寝泊まりしている寮で、主に二十代の若い警察官がここで生活をしている。といっても日々の業務が忙しくて寝るために帰ってくるための場所というのが実情らしい。

「美雲、本庁も最初は研修？」

同期の一人に訊かれ、美雲は答えた。

「そう。三日間ね」

本来、警察学校を卒業した女性警察官の多くは所轄署に配属され、大抵が交通課や地域課といった部署に行くのが常だった。しかし美雲だけは初っ端から本庁、しかもその配属先は捜査一課という、異例中の異例とも言える人事だった。採用試験は満点、警察学校での成績もナンバーワン、加えてその家柄の良さ。それらがすべて認められての捜査一課への配属だろうと美雲も自負している。警視庁捜査一課というのは優秀な刑事たちが集められた捜査のプロ集団であり、希望するだけで配属される部署ではない。

「ご馳走様でした。お先に」

朝食を食べ終え、美雲はトレイを手に立ち上がった。返却口に食器を片づけ、食堂を横切って玄関に向かう。外に出て駅に向かって歩き始めたところで、不意に背後に人の気配を感じる。振り返らずに美雲は言った。

「猿彦、おはよう」

「おはようございます、お嬢」

山本猿彦。年齢は六十歳で、長年北条家に仕えてきた秘書兼執事だ。子供の頃から美雲の世話役をしているので、かれこれ二十年近い付き合いになる。美雲の上京に合わせ、母が送り込んできた東京でのお目付け役といったところだった。女子寮の近くのアパートに住み、こうして美雲の行動に目を光らせている。

「いよいよですね、お嬢」

「そうね。でも昨夜はぐっすり眠れたの。体調は万全よ」

「それはようございました」

今日が警察官としての第一歩だ。いい感じで緊張しており、それが非常に心地良かった。せっかく捜査一課に配属されて刑事となったからには、超一流の刑事になろうと美雲は思っていた。超一流の刑事というのは、どんな難事件でも解決に導く刑事のことだ。目指すは超一流の刑事。一流や二流では意味がない。

「お嬢、危ない」

「きゃっ」

前から歩いてきた通行人とぶつかり、美雲はバランスを崩した。気がつくと尻餅をついていた。猿彦に手を引かれて立ち上がる。「すみません」と謝ると、ぶつかったサラリーマン風の男が「気をつけろよ」と言い残して去っていった。

「お嬢、お気をつけください」

「猿彦、ありがとう」

一つのことに集中すると周りのことが目に入らない性格だった。単にドジとも言うが、本人はそうは思っていない。気をとり直して美雲は言った。

「ここでいいわ、猿彦。近々ご飯でも行きましょう」

「わかりました。では私はこれで」

猿彦が頭を下げ、立ち去っていった。それを見送ってから美雲は地下鉄の階段目指して歩き出した。


公務員なのでお堅い行事は仕方がないことだ。午前中、美雲は警視庁の広い会議室で辞令交付式なる行事に付き合わされた。本日付で新たに赴任してきた警察官一人一人に辞令書が手渡されるのだ。デジタル化の時代にいまだに紙で渡される辞令書に違和感を覚え、ＰＤＦでも十分なのにと内心思いつつ、美雲は退屈な時間が過ぎ去るのを待った。

辞令交付式が終わったのは午前十一時のことで、午後から始まる研修までの間に各配属先へ挨拶に行く段取りになっていた。同じく捜査一課配属になった者たちと一緒に捜査一課に向かった。精悍な、やや骨っぽい男たちに囲まれてエレベーターに乗る。美雲だけが飛び抜けて若く、そして女性であることが珍しいのか、周囲から好奇の視線を向けられた。

捜査一課のオフィスは広大だった。デスクが並び、その上にはパソコンや電話、それから個人の書類などが積み上げられていた。捜査一課は複数の班で構成されていて、それぞれの班が別の事件を担当している。今も事件捜査に出ているらしく、集まっているのは半分くらいだ。今日が辞令交付式なので、これでも多い方らしい。

「松永（まつなが）、ちょっといいか。こちら新人さんだ。お前の班で面倒みてやってくれ」

そう言われて美雲は松永という男のもとに連れていかれた。年齢はおそらく五十歳前後、四角い顔の男だった。

「了解です」松永はそう言って美雲の顔をちらりと見て、一瞬驚いたような顔をして言った。「お、俺が班長の松永だ。今日からお前はうちの班員だ」

「よろしくお願いします。あの、班長。いかがなされました？　私の顔に何かついてますか？」

「いや、別に。噂で聞いてた以上に別嬪（べっぴん）だと思ってな。そんなことより」松永は咳払いをして続けた。「お前はピカピカの一年生だ。一刻も早く戦力になれるよう、努力してくれ。頼んだぞ」

すでに履歴書にも目を通しているのだろう。もしかするとハズレを引かされたと内心思っているかもしれない。刑事経験のない新人が捜査一課に配属されるなど前代未聞のことだろう。しかし私にできるのは結果を出していくことだけだ。美雲は決意を新たにして頭を下げた。

「お世話になります。よろしくお願い……あ、すみません」

頭を下げたところ、歩いてきた男性刑事の肩に頭をぶつけてしまった。ぶつかった相手──三十歳くらいのさわやか系の顔立ちをした男に「大丈夫？」と訊かれたので、美雲はやや顔を赤らめて答えた。

「大丈夫です。申し訳ありません」

「ちょうどよかった、桜庭」班長の松永が若い男性刑事を見て言った。「先週言った通り、お前に新人の教育係を任せようと思う。あの平成のホームズこと北条宗太郎先生のお嬢様だ。目には目を、歯には歯を、サラブレッドにはサラブレッドを。そう思ったんだ。北条、君の教育係はこの男だ。桜庭、粗相のないようにな」

桜庭と呼ばれた男性刑事に向かって美雲は頭を下げた。

「よろしくお願いします。本日付で捜査一課に配属となりました北条美雲と申します。以後お見知りおきを」

「み、みくも？」

「名前です。美しい雲と書きます」

「そ、そうなんだ。いい名前だね」桜庭という男性刑事はそう言って笑みを浮かべた。「俺は桜庭。桜庭和馬だ。君の席はそこ。俺は隣の席だから」

「ありがとうございます」

桜庭和馬が指さした先に何も置かれていないデスクがあった。美雲はその上に持っていたハンドバッグを置いた。和馬は隣に座り、デスクの上で書類に目を通し始めた。

「桜庭先輩、何かお手伝いできることは？」

「今はいいよ。午後から研修だろ」

「ええ、そうです」

「午後になったらパソコンとか届く予定になってる。俺が受けとっておくから」

今日の午後から研修がスタートする。本庁に配属になったという意味での新人研修なので、美雲のような新規採用警察官だけではなく、所轄署から初めて本庁へ異動になった者たちも同じ研修を受けるようだった。

「研修が終わり次第、事件捜査に加わってもらうことになる。捜査一課に配属される刑事っていうのは大抵所轄で数年間刑事としての実績を積んだ連中で、君は異例中の異例だ。捜査の経験はないよね？」

和馬にそう訊かれ、美雲は答えた。

「ありません。しかし父の捜査に協力したことは何度もあります。簡単な素行調査くらいは父の代理でおこなっていました」

高校時代から素行調査を手伝っていた。女子高生というだけで警戒されることがないのが強みだった。

「なるほどね。さすがは名門探偵事務所のお嬢様だけのことはあるってわけか」

　やや皮肉めいた口調だった。美雲は大人げないとわかっていたが、和馬を観察して言った。

「徹夜明けですね。張り込みでもしていたんでしょうか。娘さんはおいくつですか？　二歳？　いや三歳といったところでしょうか」

「君……どうして、それを……」

「観察すればわかります」

　スーツの皺とショルダーラインにかかったフケの量から徹夜明けではないかと判断した。さらに隣に座っているだけで感じる煙草の臭い。胸ポケットの膨らみがないので、和馬自身は非喫煙者であると推測できた。狭い車内で張り込みをしており、隣に座るパートナーが喫煙者だった。刑事ドラマでもお馴染みの光景だ。指に嵌めた結婚指輪が既婚者の証であり、デスクの上に置かれたスマートフォンに貼ってある幼児向けアニメのシールから幼い子供がいるだろうと思われた。娘だと言ったのは二分の一の確率に賭けただけで特に根拠はない。

　それらのことを説明すると、和馬は感嘆して言った。

「いやあ、凄い。本当に凄いね。昨夜から先週発生した殺人事件の容疑者を張り込んでいたんだよ。帰りたかったんだけど、今日は辞令交付式だろ。それが終わるまで帰るなっていうのが班長の命令でね。でも凄いよ。平成のホームズの娘ってのは伊達じゃないね。正直見くびってた。ごめんごめん」

そう言って和馬は陽気に笑いながら顔の前で両手を合わせ、謝る仕草をした。その笑顔を見て、この人はいい人そうだなと思い、朝から感じていた緊張が解れるのを美雲は実感していた。

※

「あ、三雲さん、こんばんは。杏ちゃーん、ママがお迎えに来たわよ」

若い保育士がそう呼ぶと、娘の杏がこちらに向かって走ってきて、そのまま三雲華の膝のあたりに突進してきた。華はその小さな体を受け止め、ぐっと抱き上げる。我が子に頬ずりをしながら訊いた。

「杏、いい子にしてた？」

「うん、してた」

「本当に？」

「本当だよ。ママもいい子にしてた？」

「ママはお仕事してたんだよ」華は保育士に小さく頭を下げた。「ありがとうございました。また明日もお願いします」

「杏ちゃん、バイバイ」

「ほら、杏。先生にバイバイしなさい」

杏が小さな手で保育士に向かって手を振った。華は下駄箱で杏に靴を履かせ、手を繋いで外に出た。午後六時を過ぎている。ここは墨田区東向島にある東向島フラワー保育園で、今年から娘の杏を通わせている。

自宅はここから歩いて十五分のところにあるマンションだ。ちょうど南に向かって歩いているので、今日も東京スカイツリーのシルエットがはっきりと見える。華は杏に向かって訊いた。

「杏、今日のお昼ご飯は何だった？」

「ええとね、ハンバーグとね、それとニュルニュル」

ニュルニュルというのはパスタのことだ。ハンバーグの付け合わせにナポリタンが入っていたのだろう。華は自宅マンションの冷蔵庫の中を思い出す。昨日の煮物が残っているので、あとは野菜炒めを作ればいいだろう。今日は買い物に寄らなくてよさそうだ。

「保育園、楽しかった？」

「うん。今日は歌を歌った」

「へえ、そうなんだ。どんな歌？」

杏が歌い出す。どんぐりころころの童謡だった。華も一緒に歌った。

娘の杏は三歳だ。今年の四月から保育園に通い始め、同時に華は上野にある書店で働き始めた。かつては四谷にある区立図書館で司書として勤務していたのだが、一身上の都合により退職していた。司書としての資格を活かし、書店員として働くことにしたのだ。最初のうちはいろいろとしんどかったが、最近ではようやく仕事と育児を両立できるようになっていた。

「三雲さん、こんばんは」

「あ、中原さん、こんばんは」

スーパーマーケットの前で子供連れの主婦に話しかけられた。ママ友の中原亜希だ。息子の健政は杏と同じ年で、クラスも同じひまわり組だった。亜希は買い物を終えたところのようだ。

「三雲さん、お買い物は？」

「今日はいいかなと。冷蔵庫にあるもので何とかなりそうだから」

「私、それができないんですよ。羨ましいです」

「慣れれば簡単ですよ」

亜希はシングルマザーで、昼間は新宿の百貨店でアパレル関係の仕事をしているらしい。服装もどことなく垢抜けていて、ママ友内では少し浮いている存在だが、華とは気が合ってよく話す相手だった。子供同士も仲が良く、今も二人で一緒に童謡を歌っている。

「じゃあ私たちはここで。杏ちゃん、またね」

「バイバイ」

交差点で中原母子と別れ、華たちは歩道橋を渡り、自宅のマンションに向かった。築五年、十二階建てのマンションで、その八階に華たちは住んでいる。間取りは2LDKだ。

鍵を開けて部屋に入る。杏に手洗いとうがいをさせてから、華は早速夕飯の準備にとりかかる。まずは米を研ぐことからスタートだ。研いだ米を炊飯器にセットしてボタンを押す。それから冷蔵庫を開けようとすると、リビングのローテーブルの前に座っている杏の姿が目に入った。ドングリのような木の実を持っている。まさか――。

華は布巾で手を拭きながら杏のもとに向かった。やはりドングリを持っていた。それも一つや二つではなく、杏の小さな手の平に溢れんばかりの量だった。

「杏、このドングリ、どうしたの？」

杏は答えない。ドングリを拾い集めては落とす、といった遊びを繰り返している。

杏が自分で集めて持ち帰ってきたならそれでいい。しかし気になって仕方がない。華はもう一度訊いた。「杏、このドングリ、どうしたの?」

「ケン君の……」

ケン君というのは中原健政君のことだ。まったくこの子ったら……いったい誰に似たのかしら。華は深い溜め息をつく。さっき二人で歌を歌いながら歩いていた。あのときにやってしまったのだろうか。

最近、杏がある才能を発揮し始めていた。その才能というのは盗みの才能のことだ。三雲家は代々盗みを生業(なりわい)としてきた家柄で、それは現在でも脈々と受け継がれている。華の父、三雲尊(たける)は美術品専門の泥棒で、母の悦子(えつこ)は宝飾品専門の泥棒だ。祖父の巌(いわお)は伝説のスリ師であり、祖母のマツは鍵師(かぎし)、兄の渉(わたる)は引きこもりがちなハッカーだ。

華だけが唯一の常識人というか、まともな職業についているのだが、実は華自身も祖父の巌から英才教育を受け、三雲家の歴史上最高と言われるまでのスリ師としての技術を身につけてしまっている。

もちろん、娘の杏にそういった匠(たくみ)の技を教えたつもりはないし、今後も絶対に教えないだろう。しかし遺伝とは怖いもので、杏は無意識のうちに友達のものなどを手にしてしまうことがあり、しかもそれが誰にも気づかれないのだ。しかし杏が盗むものはどうでもいいものに限定されているのがせめてもの救いだった。たとえば今日のようにドングリだったり、消しゴムのカスだったり、はたまたお菓子の包み紙だったり。不思議なもので金目のものには決して手を出さない。盗むべき者を選べ。つまり悪人からしか盗んではいけないという三雲家の掟(おきて)を無意識のうちに実践しているのかもしれなかった。だとしたら末恐ろしい才能だ。

「杏、駄目でしょ。これは健政君のものなんだよ。勝手にとったらいけないんだよ」

杏は答えなかった。こういうことがあるたびに叱っているのだが、どうにも杏には伝わらないらしい。どうやったら娘の手癖が直るのだろうかと華は常日頃から頭を悩ませている。しつこく注意を続けるしかないと最近では考え始めていた。

「杏、駄目だよ。これは健政君に返さないとね」

華はそう言って床に散らばったドングリを拾い集めた。すると杏がごねるように手足をばたつかせ、そのうち泣き始めてしまう。

泣きたいのは私の方だ。ドングリを手に途方に暮れているとインターホンが鳴った。

※

「ただいま」

二日振りの帰宅だった。玄関ドアから中に入ると、娘の杏が走ってきて、そのまま和馬の膝にまとわりついてきた。泣いているようだ。和馬は杏の小さい体を抱き上げた。

「よしよし、杏ちゃん。どうしたのかな?」

そう訊いても杏は答えない。杏は和馬の胸に顔を押しつけるようにして泣いていたが、やがて顔を離して言った。

「パパ、臭い」

「ごめんごめん。パパ、ずっとお仕事してたからね」

リビングに入ったところで杏を床に下ろした。杏はテレビの方に走っていき、自分でリモコンを使ってテレビの電源をオンにした。早いものだ。この前までよちよち歩きしていたと思っていたのに今ではそのへんを走り回っている。

「おかえりなさい」

エプロン姿の妻の華がそう言った。和馬は華に向かって言う。

「ただいま。これ、シュークリーム。駅前の洋菓子店で安売りしてたから」

手に持っていた袋をテーブルの上に置いた。袋の中の箱にはシュークリームが入っている。妻の顔が険しいことに和馬は気づいた。眉間に皺が寄っている。

「どうかしたのか？」

「うん、実はね」華は片手一杯のドングリを和馬に見せた。「これ、健政君のドングリ。中原さんちの健政君、知ってるでしょ。杏が勝手にとってきちゃったみたいなの。まったく困った子だわ」

「そういうことか……」

最近、杏が保育園で友達のものを勝手にとってきてしまうことがあると華から聞いていた。そのたびに華は杏を叱りつけるようだったが、その悪い癖はなかなか改善する兆しがないらしい。

「でも杏はまだ小さいし、わからないんじゃないかな」

「だからこそよ。今のうちに直さないと大変なことになりそうな気がする」

「大変なことって？」

「和君、杏が稀代の大泥棒になってもいいっていうの？」

信じられないことに華は泥棒一家の生まれだ。最初知ったときは腰が抜けるほど驚いた。その反対に和馬は警察一家の生まれであり、父の典和は警視庁警備部勤務、母の美佐子は非常勤の鑑識職員だ。妹の香は今年から警視庁の機動捜査隊に配属されており、祖父の和一は鬼の桜庭と恐れられた元捜査一課の課長、祖母の伸枝は元警察犬訓練士だ。おまけに元警察犬まで飼っている。

最初に華の素性を知ったとき、華と結婚することは諦めた。絶対に無理だと思った。警察一家の息子と、泥棒一家の娘。まさに水と油の両者が一緒になるのは不可能と思ったものだが、あれやこれやというすったもんだの末、華と一緒に暮らせるようになってしまった。さすがに籍は入れていないが、和馬と華は両家公認の仲だった。

「稀代の大泥棒って、大袈裟な」和馬は笑った。「心配し過ぎだと思うけどな。そのうち杏だって物事の分別がつくようになるよ。今は叱っても自分がなぜ叱られているのかわからないんだよ、きっと」

「甘いわ、和君。三つ子の魂百までって言うじゃない」

「そりゃそうだけどさ」

杏を産んでから、華は精神的に少し強くなったような気がする。付き合っていた当時はあまり口論になることもなく、どちらかと言うと控えめで大人しいタイプの女性だったが、今でははっきりと自分の意見を主張する女性に変貌していた。

「とにかくやってしまったことは仕方ないだろ。今更どうにもならないわけだし」

和馬がそう言っても華は身動きせずに何やら考え込んでいた。華は自分に犯罪者の血が流れていることを強く意識しており、それが娘に受け継がれていることを危惧しているのだった。まあ気持ちはわからないでもない。

刑事という職業柄、和馬は家を空けることが多かった。凶悪犯罪が発生すると一週間くらいは自宅に帰らない日々が続くこともあり、子育てを華に任せきりにしてしまっているという自覚があった。そのためどこか遠慮してしまうというか、華の教育方針に口出しできないという引け目を和馬は感じていた。

「華、早くご飯にしてくれ。腹減ってんだよ、俺」

華は答えず、テーブルの上に置いてあるシュークリームの入った袋に目を向けていた。華は手を伸ばし、その袋をとった。彼女が何をしようとしているか、長い付き合いなので容易に想像できる。

「まさか華、今から……」

「当たり前よ」華はきっぱりと言い放った。「とってしまったものは今日中に返さないといけないと思う。このシュークリーム、中原さんにあげてもいいでしょ。普段からお世話になってるし、駅前で安売りしてたって言えば喜んで受けとってくれるはずよ」

これ、駅前で安売りしてたんで、主人がたくさん買ってきてくれたんです。よかったらお食べください。そんな台詞(せりふ)を言いながらシュークリームを持って中原邸に入る。玄関ドアから中に入ってしまえばあとは簡単だ。中原母子に気づかれずにドングリをどこかに置いてくる。そんな芸当、華なら朝飯前だろう。

「じゃあ私、行ってくるから」

「待てよ、華。たかがドングリじゃないか」

「たかがドングリ、されどドングリよ」

和馬の言葉に耳を貸さず、華はシュークリームを持ってリビングから出ていった。

玄関の方で華が大声で叫ぶ声が聞こえてくる。

「帰ったらご飯にするから、先に杏をお風呂に入れておいて。頼んだわよ」

「おい、華。別に今日じゃなくても明日も保育園行くんだし……」

ドアが閉まる音が聞こえた。いったんこうと決めたら決して動かないところが華にはある。和馬はお風呂を沸かすスイッチを入れてから、テレビの前に座っている杏に近づいた。テレビではアニメが流れている。その内容を理解しているのかいないのか、杏は無邪気に笑っている。

※

「お嬢、研修はどうですか？」

猿彦に訊かれ、美雲は答えた。

「たいしたことない。早く捜査がしたいわ」

研修は今日で二日目の日程が終了した。あと一日我慢すれば、明後日から通常通りの業務が始まる。そうなればいくら新人とはいえ、捜査に投入されることになるだろう。

「お嬢なら即戦力ですな。頼もしい限りです」

猿彦はそう言って日本酒をちびりと飲んだ。寮の近くにある大衆居酒屋に来ていた。猿彦と何度か足を運んだことのある店だ。ちなみに寮では朝食が出るだけで、夕飯は各自で済ませることになっている。

「それで猿彦、例の件だけど」

美雲が声をひそめて言うと、猿彦が身を乗り出してきた。

「桜庭和馬の件ですな。絵に描いたような警察一家の出身です。うちの事務所の記録にも残っていました。父親は現職の警察官で、今は警備部にいるようです。母親は非常勤の鑑識職員で、妹は……」

昨日、班長の松永が言っていた台詞――サラブレッドにはサラブレッドを――というのが気になり、猿彦に調べてもらったのだ。こういうとき猿彦は役に立つ。かつては父の助手を務めていたこともあるくらいなので、この程度はお手のものだ。

「徹底してるわね。元警察犬を飼ってるなんて」

「警視総監賞をとったこともある優秀な警察犬らしいですよ。それはそうとお嬢、本当に京都弁の訛り（なま）がありませんな」

「まあね。猿彦こそ東京の人に見えるわよ」

「私はもともとこっちの出ですから」

実は美雲は中学生の頃から上京して警視庁に入るつもりだったので、いろいろとリサーチしたり勉強したりしていた。都内の電車、地下鉄の路線図は大体頭に入っているし、標準語を喋れるのもそうだ。探偵たる者、努力を怠ってはならないのだ。

「ところで桜庭先輩、ご結婚されているようだけど、相手は誰なのかしら？」

「そこまでは……。調べておきましょうか？」

「いいわ。そのうち向こうから教えてくれるかもしれないしね」

私の教育係ということは、一緒に行動する機会も多いはずだ。プライベートな話をすることもあるだろう。

「お嬢、一度くらい京都に戻られてはいかがでしょうか。日帰りでも行けるでしょうし」

「無理ね。これから忙しくなるの。お正月には帰省できるんじゃないかな」

「お嬢、本当に刑事になったんですね。先代が知ったらさぞ驚かれることでしょう」

先代の所長――祖父の北条宗真は昭和のホームズと謳われる名探偵だった。昭和中期、京都市内に探偵事務所を開業し、どんな依頼でも引き受けることを信条に地道な捜査を重ね、やがてその名は京都だけではなく関西、そして全国に響き渡るまでになった。髭を生やした強面の肖像画が世間一般に知られた祖父の顔だが、孫の美雲に見せる祖父の眼差しは優しいものだった。晩年、祖父の宗真は難事件は息子である宗太郎に任せ、自分は京都市内のこまごまとした事件を引き受けていた。父は難事件を追って日本全国を飛び回っていたので、必然的に美雲はお祖父ちゃん子になった。

探偵としてのイロハを教わったのも祖父からだった。小学三年生でコナン・ドイルとアガサ・クリスティーとエラリー・クイーンの作品をすべて読破したのは祖父の命令だったし、クラスメイトが飼っていた犬が逃げたと聞いては率先して探したのも祖父の影響があったからだ。祖父、北条宗真は美雲にとって大きな存在だった。

宗真が亡くなったのは四年前だ。急に体調の異変を訴えて入院となり、そのまま眠るように息を引きとった。末期のガンだったらしいが、そのことを誰にも告げずに、亡くなる前日まで祖父は探偵として仕事をしていたようだ。まさに探偵の鑑ともいうべき存在だ。

実は美雲が刑事を志したのは、亡き祖父の影響によるものが大きい。祖父はことあるごとに言った。美雲、やっぱり東京だ。東京こそ日本の首都なんだ。不可解な事件、頭を悩ませる謎が集中するのが東京なんだ。

最初は東京で探偵事務所を開こうと思っていた。支社のような形をとれば、業務拡大という意味でも両親ともに賛成してくれたに違いない。しかし東京で探偵事務所を開いたとしても、こまごました素行調査に翻弄される日々が続くのは容易に予想できた。

だったら刑事になればいい。それも警視庁捜査一課の刑事だ。扱う事件はすべて凶悪犯罪ばかり。これ以上の環境は日本中を探してもそうはないだろう。

そうして美雲は刑事を目指すことになり、それを遂に実現させたのだ。

「お父さんから何か連絡あった？」

「特に何もおっしゃいませんが、お嬢が元気にしておられるかどうか心配されていると思います」

「私なら元気。そう伝えておいて」

明日の研修が終われば、ようやく捜査に加わることができる。これまでの努力が報われるのだ。

美雲は決意を新たにする。刑事になったからには、超一流の刑事にならなければならない。それが私に課せられた使命なのだ。

「えっ？　それってどういうことですか？」

「だからね、北条さん」桜庭和馬が美雲に向かって説明する。「君に与えられた仕事は報告書を読むこと。俺たちが書いた報告書を読むんだ。もしミスがあったら指摘してくれても構わないから」

研修が終わった翌日、捜査一課に出勤すると和馬に命じられた仕事は捜査報告書をひたすら読むことだった。意味がわからない。

「刑事というのは捜査をしているだけが仕事じゃない。終わった事件の捜査報告書を書くことだって立派な仕事だ」

そのくらいはわかる。探偵も依頼人に見せるための報告書を書くからだ。

「桜庭先輩のおっしゃりたいこともわかりますが」美雲はそう前置きして続けた。「もっと捜査というのは効率的に進めるべきだと思います。こうしている間にも凶悪犯罪が発生しているかもしれないんです。配属された捜査員に報告書を読ませておくなんて、馬鹿馬鹿しくないですか？」

和馬が頭を掻いて言った。

「そう思うよ、俺だって。でもね、北条さん、俺だって好きで命じてるわけじゃないんだよ」

「班長の命令なんですね。松永班長はどちらに？」

「捜査に行ってるよ。俺も合流する予定だ」

たしかに松永班長の気持ちもわからないでもない。刑事経験がゼロの新人を押しつけられ、さぞかし困惑していることだろう。しかしこっちだって黙って報告書を読んでいるわけにはいかない。刑事というのは結果を出してなんぼの世界だ。

「桜庭先輩、どうして私は捜査に参加できないんでしょう？　私が女だからですか？　それとも若いからですか？」

「うーん、両方かな」

周りを見回しても女性刑事の数が極端に少ないことははっきりとわかる。仮にいたとしても三十歳くらいのお姉さま刑事で、ショートカットで体格のいい人ばかりだ。外見だけだと自分が完全に浮いていることは認めざるを得ない。どうにかしてこの状況を打破できないものか。考えた挙句、美雲は和馬に訊いた。

「桜庭先輩、容疑者の自宅を張り込みしてたって言ってましたよね。あれってどんな事件なんですか？」

「ん？　ああ、辞令交付式のあった前の晩のことだろ。先週、歌舞伎町のキャバクラで働いてたホステスが亡くなってね。自宅マンションのベランダから飛び降りて即死だったんだけど、鑑識の結果、殺された可能性が浮上したんだよ」

口元に殴打された形跡があり、侵入した何者かに昏倒させられ、そのままベランダから突き落とされたのではないかというのが鑑識の見解だった。すぐさま新宿署に捜査本部が設置され、和馬たちの班が捜査を担当することになったらしい。

「亡くなった女性は木内仁美、二十二歳。源氏名はリオ。キャバクラのボーイの男がリオにしつこく言い寄っているのが数人の女の子の証言でわかっている。そのボーイにはアリバイがない。尻尾を出すんじゃないかって期待して張り込みしてるんだけど、今のところは大人しくしてるよ」

「店で働く女の子の人数は？」

「在籍してる子は三十人くらいかな。店の名前は〈キャニオン〉だ」

美雲は自分の席のパソコンに向かい、インターネットで検索した。店のホームページを見つけ、そこで働く女の子たちの画像を見る。写真が掲載されていない子もいて、そういう子は学生、もしくは知り合いなどに夜のバイトがバレたくないのかもしれない。

リオという女の子はホームページで紹介されていなかった。亡くなったので店側が削除したものと思われた。すると和馬がキーボードの上に一枚の写真を置いた。

「この子がリオだ」

今どきの女の子が笑みを浮かべていた。化粧が濃いので、メイクを落としてしまうと別人だろう。美雲は和馬に訊いた。

「このリオって子と一番仲が良かった同僚はどの子ですか？」

「この子だ」和馬はホームページの中央に映っている女の子を指でさした。「源氏名はユリナ。俺が事情聴取をしたんだ。泣いてばかりで困ったよ。前の店からの付き合いで、一時は同じアパートに住んでたこともある親友らしい」

ユリナという女の子について詳しい話を聞いた。彼女には事件当夜のアリバイがあるようだった。疑われているボーイについて供述した一人が彼女だという。仕事面ではユリナは三ヵ月連続で店で一番の売り上げを誇るホステス、いわゆるナンバーワンだという。

「その子、怪しいですね」

「えっ？　ユリナのこと？」

「そうです」

「俺も一応疑ったけどね。この子にはアリバイもある。事件発生当時、店の同僚数人と新大久保(しんおおくぼ)にある焼肉店にいた。複数の証言もあるし、彼女に犯行は不可能だ」

「だからこそです」美雲は断定した口調で言う。「親友って怪しいじゃないですか。女の子、しかもこういう商売って顔で笑っていても、水面下では女の子同士の足の引っ張り合いがあると思うんですよ」

ナンバーワンだけのことはあり、たしかに彼女は可愛(かわい)い。それはつまり、その美貌を使えば言いなりになる男がいるということだ。

「詳しく調べた方がいいと思います。先輩、事件の関係者を全員集めてください」

「集める？　意味がわからないんだけど、何で？」

「決まってるじゃないですか。事件を解決するためです。広い会議室とかがベストですね。そこで私が真犯人の正体を明らかにします」

関係者に話を聞き、推理を組み立てる。その推理を披露する場所が必要だった。しかし和馬は思いもよらないことを言い出した。

「何言ってるんだよ、北条さん。俺たち下っ端の刑事にそんな権限はないんだ。言われた捜査を着実にこなす。それだけだ」

そういうものなのか。美雲は軽くショックを受けたが、仕方ないので和馬に詰め寄った。ここで引き下がるわけにはいかない。

「先輩、お願いします。私を捜査に連れていってください」

※

ユリナというホステスの本名は平野由梨といい、市ケ谷のマンションに住んでいた。さすが店のナンバーワンだけのことはあり、豪華な高層マンションだった。二十代前半の女の子が一人で住める物件とは到底思えない。

「早く終わらせてくださいね。このあとエステの予約入れてるんで」

そう言ってユリナに出迎えられた。その腕にはチワワが抱かれている。和馬は「お邪魔します」と言って靴を脱いだ。後ろには新人刑事、北条美雲が立っている。

広いリビングに案内された。真っ白な壁が目に眩しい。ソファに座って和馬は話し始める。

「先日は捜査にご協力いただきありがとうございました。少し確認させていただきたいことがあるのでお邪魔しました。こちらは北条といいます。一人暮らしの女性のお宅にお邪魔するので、女性警察官が同行した方がご安心かと思いまして」

ユリナの視線が北条美雲に向けられた。ユリナははっとした顔つきをしたが、すぐにもとの仏頂面に戻る。歌舞伎町のナンバーワンホステスであっても、北条美雲の美貌には敵わない。初めて彼女を見たとき、和馬は言葉を失った。目が大きくて顔が小さくて、そして色白だ。どこかのアイドルが一日署長で警視庁に来たのかと思ったほどだ。

「そんなことより早く用件を。私、急いでるんで」

膝の上に置いたチワワを撫でながらユリナが言った。人形のようにぱっちりとした目だが、北条美雲の目と違ってどこか作り物めいている。整形している可能性は高いだろうが、外見が商売道具なのだし否定する気にはならなかった。和馬は手帳をめくって本題に入った。

「ユリナさんを指名するお客さんについてです。天野さんという方、ご存知ですね」

「知ってます。ていうか刑事さん、調べてきたからここに来たんでしょう」

天野という男は常連客の一人で、一週間に一、二度来店し、必ずユリナを指名するらしい。仕事は最近急成長しているIT企業の幹部で、高価なボトルをたくさん入れる金払いのいい客の一人だった。一晩で数十万円を払っていくこともあるという。

「お店のスタッフに確認したところ、先々週でしたか、来店した天野さんがあなたではなく亡くなったリオさんを指名したことがわかりました。憶えていますか？」

「憶えてないわよ、そんなの」

「そうでしょうか。天野さんはあなたにとって大事な常連客の一人のはずです。その彼が別の女性を指名したのだから、印象的な出来事だったと思いますが」

「憶えてないって言ってるでしょ」

苛立ったようにユリナが言ったが、それを無視して和馬は続けた。

「昨日、天野さんの会社を訪ねました。最初は彼もなかなか口を開こうとしませんでしたが、殺人事件の捜査であることを理解してもらい、いろいろと教えてもらいました。きっかけは三週間ほど前だったといいます」

その日、天野が店を訪れるとユリナは体調不良で休んでいた。彼女がいなければ誰でもいい。店側の都合で天野についたホステスがリオだった。

「天野さんはリオさんからあなたのことを吹き込まれたようです。たとえばあなたがナンバーワンの座を維持するためにお客さんと寝ているとか、そういった噂の数々をね」

「私、そんなこと……」

「ええ、それは承知してます。リオさんの嫉妬でしょう。スタートラインは同じだったあなた方お二人ですが、今では大きな差がついてしまっている。あなたを蹴落としたい。そういう気持ちがリオさんの中で芽生えたとしてもおかしくありません」

リオからあることないこと吹き込まれ、天野という男はユリナに対して猜疑心を抱くようになった。そして彼女を指名することをやめ、その次に店を訪れたときにはリオを指名した。天野は口を割らなかったが、おそらくリオから何らかの取引を持ちかけられた可能性はあると和馬は睨んでいた。たとえば私を指名してくれたら一晩付き合ってあげるとか、その手の取引だ。

「天野さんが自分ではなく、リオを指名したことを間近で見て、あなたは驚かれたことでしょう。天野さんはあなたの売り上げに多大な貢献をしていますからね。彼抜きではナンバーワンの座も危ういとスタッフの一人が証言してくれました」

ユリナの様子が変わってきた。余裕がなくなってきたのか、頻繁に髪に手をやる仕草が増えてきた。和馬と目を合わせようともしない。

「ところで話は変わりますが、愛車のＢＭＷはどこですか？　駐車場には置いてなかったようですが」

　チワワが小さく鳴き、ユリナの膝の上から飛び降りた。犬も彼女の変化を敏感に感じとったのかもしれなかった。チワワは壁の方に走っていって、そこで体を丸めて横になった。

「あなたのご友人の一人で、友井さんという方がいらっしゃいますね。周囲からトミーと言われている方です。友井さんがあなたからもらったＢＭＷを乗り回している姿が目撃されています」

　友井という男はキャニオンの元ボーイで、チンピラ風情の男だった。総合格闘技を長年やっており、日本ランク十位以内に入ったこともあるが、今は無職で消費者金融から借りた金で遊び回っているようだった。

「実は今、友井さんは殺人の容疑で新宿警察署に連行され、取り調べを受けている最中です。口を割るのも時間の問題かと思われます。ユリナさん、いや平野由梨さん。潔く罪を認めた方がよろしいかと思いますがね」

　ユリナは何も話そうとしない。友井を連行したのは本当だ。しかし参考人というだけで、まだ彼は口を割っていないのは同僚からの電話でわかっていた。ただ、友井は薬物をやっている兆候もあるようで、まずはそちらの容疑を固めたうえで、殺人の容疑で再逮捕という線も期待できた。いずれにしても落ちるのは時間の問題だ。

ずっと黙っていた北条美雲がスマートフォン片手に口を開いた。

「平野さん、予約したエステのお店、教えてください」

ユリナが顔を上げた。彼女に向かって美雲が澄ました顔で言う。

「予約をキャンセルした方がいいと思うので」

ユリナの表情が崩れた。今にも泣き出しそうな表情だった。その顔を見て、和馬は事件の解決を確信した。


「よくやったぞ、北条。お手柄だ」

場所は有楽町（ゆうらくちょう）のガード下にあるホルモン専門店だった。すでに顔を真っ赤にした班長の松永が日本酒の入ったコップ片手に話している。

「まあ俺はお前の実力を最初から見抜いていたけどな。こいつがじっくり育てようって主張したんだよ、こいつが」

そう言って松永が向けてくる人差し指から顔を逸（そ）らし、和馬は笑って言った。

「俺はそんなこと言ってないですよ。いいじゃないですか。事件は解決したんですから」

事件の解決、それと北条美雲の歓迎会という名目で開かれている飲み会だ。班員のほぼ全員が参加している。北条美雲は梅酒のソーダ割りを飲んでいるようだ。

「でも若いよな。まだ二十三歳だろ。二十三歳っていったら、俺、二浪したからまだ大学生だったぜ」

班員の一人がそう言った。たしかに美雲は捜査一課でも飛び抜けて若い。大学生のアルバイトが紛れ込んだようでもあり、実際にそう思っている者もいるようだ。

「これは血筋ってやつだろうな」松永が言う。「遺伝だよ、遺伝。お前たちは知らんと思うが、北条宗真といえば昭和のホームズと言われた名探偵だ。ドラマ化されたことがあるくらいだぞ。主演はたしか……あれ、あの俳優の名前は……」

北条宗真は和馬も知っている名探偵だ。というより家族全員が警察官である桜庭家では北条宗真の名が食卓で上がることが珍しいことではなかった。当然、彼がモデルとなった連続ドラマも和馬は再放送で見ている。

「つくづく惜しいことをしたもんだな。北条、改めてお悔やみを言わせてもらうぞ」

そう言って松永が頭を下げると、美雲は恐縮したように小さくなっていた。北条宗真が亡くなったことは知っていた。北条宗真は警視庁にも捜査協力したことがあり、その関係もあってか祖父の和一はその葬儀に参列したはずだ。京都の有名なお寺だったと記憶している。

「お父上も優秀な探偵だし、北条家の将来も明るいな。その力を存分に発揮してくれ。頼んだぞ、北条」

そう言って松永は和馬の背中を思い切り叩いた。

「痛いじゃないすか。なぜ俺なんですか」

「だって彼女を叩くわけにはいかんだろ。セクハラとパワハラになってしまうからな」

カウンター席に一人で飲んでいる老人がいた。その横顔に見憶えはなかったが、どこか気になる存在だった。さきほどからたまにこちらの様子を窺っているような気配がするのだ。松永に進言してみようかと思っていると、その老人は会計を済ませて店から出ていくのが見えた。考え過ぎだったようだ。

「どんどん飲もう。いつ難事件が起きるかわからんしな」

松永の声を受け、班員たちがドリンクや食べ物を追加で注文した。和馬もレモンサワーを注文した。

こうして班員たちで集まって酒を飲む機会はそれほど多くはない。半数以上の班員が家族持ちだからという理由もある。以前は和馬は捜査一課では若い方の部類に入る捜査員だったが、最近では自分より若い刑事も増えてきた。松永班の中では真ん中くらいの年代だ。

美雲がグラスを置いて立ち上がった。トイレに行くらしい。班員の一人が「サク、一緒についていってやれ」と茶化してきたので、そいつを睨む振りをして笑いをとる。

トイレに向かって歩き始めた美雲だったが、歩いていた店員にぶつかり、「ごめんなさい」と頭を下げた途端に今度は別の客の背中に頭をぶつけ、また「ごめんなさい」と謝っていた。それを見ていた松永が真顔で訊いてくる。

「あの子、酔ってるのか？」

「いや、普段からあんな感じです」和馬は答えた。「考え方とかはしっかりしてるんですが、ドジなんです。昨日も聞き込みに行ったとき、エレベーターのドアに挟まれてました」

ユリナという容疑者女性のマンションに行った帰りだった。何か考えごとをしていたせいか、出るタイミングが遅れたらしく、完璧な形でエレベーターのドアに挟まれていた。そんな人間を見るのは初めてだった。

美雲をフォローするように和馬は言った。

「ですが推理力などは抜群です。とても半年前まで大学生だったとは思えません。お荷物なんかではなく、かなりの戦力になりそうです」

最初に彼女が捜査一課に配属されると決定したとき、完全なお荷物だと思われていた。どの班で引き受けるのか、かなり揉めたらしいが、最終的には班長の中でもっとも人の良い松永が預かることになったようだ。しかし彼女の能力は高く、また女性ということで話を聞き出し易いという利点もありそうだった。

「あんな調子だとしばらくは世話係が必要だな。桜庭、よろしく頼むぞ」

松永に肩を叩かれ、和馬は「うっす」と返事をしてレモンサワーをぐいっと傾けた。

※

「三雲さん、先日はご馳走様でした。シュークリーム美味しかったです」

「いえいえ、うちの主人がたくさん買ってきてしまったもので」

保育園からの帰り道、ママ友の中原母子とまた会った。子供同士は昼間も保育園でずっと遊んでいたので、その延長みたいな感じですぐに打ち解けて遊び始める。華も中原亜希に話しかけた。

「お仕事忙しいですか？」

「今はそれほどでもないですね。今月下旬からバーゲン始まるんで、そしたら忙しくなると思います」

亜希が新宿の百貨店に勤めていることは知っている。彼女が勤務しているブランドは落ち着いた色合いの服が多く、たまに婦人誌でも見かけることがある。一度足を運んでみたいと思っているが、いまだに実現していない。

「三雲さんは？　本屋さんは忙しいですか？」

「まあまあですね。勤め始めて半年なので、やっと慣れてきたって感じですよ」

スマートフォンが鳴る音が聞こえた。バッグから出して確認すると和馬からメッセージが入っている。仕事が入ったので今日は遅くなるという内容だった。頭を下げるアニメキャラのスタンプも一緒だ。このスタンプがあるとき、大抵事件が発生したことを意味している。

スーパーマーケットが見えてきた。今日は買い物に寄っていくつもりだったが、和馬が帰ってこないことを知った今、予定を変更してもいいのではないかと思い始めていた。

「中原さん、よかったらどこかでご飯食べていきません？」

「え、私はいいですけど、三雲さんは旦那さんが……」

「主人から連絡があって、今夜は残業になったみたいです」

「なるほど。じゃあ行きましょう。健政、杏ちゃん、一緒にご飯行くことになったよ。何が食べたいかな」

子供二人も大喜びだった。ママ友との外食は久し振りだ。あれこれ悩んだ挙句、定番のファミレスに行くことになった。

ファミレスは混雑していたが並ぶことなく席に案内された。メニューを見て、二人の子供はお子様ランチを、ママ二人はチーズハンバーグセットを頼むことになった。

「三雲さん、一杯だけワイン飲みません？」

「いいですね。じゃあ私は赤にしようかな」

店の中央にガラス張りのキッズルームがあり、そこで遊びたいと杏と健政が言い出したが、ご飯を食べ終えるまで駄目だよと言い含める。やがて食事が運ばれてくると、二人は競うようにして食べ始めた。よほどキッズルームで遊びたいらしい。ものの五分でお子様ランチを平らげ、二人はキッズルームに走っていった。ガラス張りなので安心だ。

「旦那さん、忙しいんですか？　たしか公務員でしたっけ？」

亜希に訊かれた。和馬が刑事であることはママ友には話していない。公務員とだけ伝えてある。ママ友同士だと旦那の仕事の話になることも多く、華にとっては苦手な分野の話だ。いまだに二人の名字が違うのは、親に反対されて籍を入れていないという話になっている。

「ええ、公務員です。仕事は忙しいみたい。今日みたいに残業も多いから」

「ふーん、大変ですね」

事件の大きさにもよるが、土日も仕事になることが多かった。最後に三人でお出かけしたのは八月に遊園地のプールに行ったときだ。それから二ヵ月近く三人で外出していない。不満はあるが、刑事と結婚したのだから仕方がないと思っている。

「杏ちゃん、可愛いですね。こないだお風呂で健政と話したんですけど、杏ちゃん男の子たちの間でも人気があるみたいですよ」

「そうなんですか。知りませんでした」

素直に嬉しいと思う反面、だったらなおのことあの癖を直さなければならないと改めて思った。健政のドングリをとって以来、あの癖は鳴りをひそめている。このまま直ってくれればいいのだけれど。

「健政君だって人気があるんじゃないですか。優しいし、頭も良さそうだし」

キッズルームで遊ぶ二人に目を向けた。今、二人は仲良く隣同士に座り、一冊の絵本を見ている。健政が何やら杏に説明しているようだ。

「別れた旦那に似たんですよ。大卒なんです、別れた旦那」

どう答えたらいいかわからず、華は何も言わずに赤ワインを口に運んだ。亜希は二年前に離婚したらしい。離婚の原因は旦那の浮気だったと聞いている。結構ネガティブな話題を明るく話す彼女をたくましいと華は思っている。

「三雲さん、来週のバス旅行、どうします？」

「もうそんな時期なんだ。すっかり忘れてた」

毎年十月、杏が通うフラワー保育園ではバス旅行がおこなわれる。クラスごとに開催されるもので、今年の行き先は水族館だ。先日もらった案内のプリントは冷蔵庫にマグネットで留めたはずだ。

「中原さんは参加するの？」

「今のところは。でも私の場合、急にシフトチェンジされることも多いんで、当日まで微妙ですね」

バス旅行は平日だ。ほかのママ友に聞いた話によると、両親揃って参加する親子もいるらしいが、大半は母親だけが参加するという。フラワー保育園では数年前に運動会で怪我をした園児がいたため、それ以降は運動会を中止にしてバス旅行をおこなうことになったようだ。

「多分私は参加すると思う。主人はわからないけど」

「よかった。楽しみですね。三雲さん、デザート頼みません？」

そう言いながら亜希がメニューを開いた。美味しそうなケーキやパフェの写真に視線が吸い寄せられる。たまには甘いものを食べるのもいいだろう。仕事と育児を頑張っている自分へのご褒美だ。

バス旅行のことを和君に相談すること。そう心に刻み込み、華はメニューに目を向けた。

※

現場は渋谷区上原の住宅街だった。和馬が後輩刑事の北条美雲とともに現場に到着したのは午後七時前のことだった。家の前では班長の松永が待っている。美雲の顔を見て、松永が言った。

「北条、遺体を見るのは初めてか？」

「鑑識研修で何度か。実際の事件捜査では初めてです」

「刺殺だ。覚悟しておくんだな」

表札が見えた。『島崎』と書かれている。洋風の一軒家で、まだそれほど築年数が経過していないように思われた。すでに所轄の代々木署の捜査員たちが現場に出入りしており、家の周囲は黄色いテープで封鎖されている。歩哨として立っている警察官のもとに向かい、和馬は警察バッジを見せた。警察官は敬礼をして、封鎖テープを持ち上げた。後ろから美雲が声をかけてくる。

「先輩、それ、私がやりたかったやつなんですけど」

「まったく」和馬は小さく笑みを浮かべた。「今度な。今度機会があったら北条さんにやらせてあげるから」

「お願いしますよ、本当に」

現場は二階だった。割りと広い家で、調度品なども高級そうなものが揃っていた。二階の書斎に多くの捜査員が出入りしていて、カメラを持った鑑識職員の姿もある。書斎の中を覗き込むと、テーブルの上に男が突っ伏していた。シャツの背中が真っ赤に染まっている。背後から鋭利な刃物で刺されたらしい。血の臭いが立ち込めており、凄惨な現場だった。

「大物だぞ」振り返ると松永が立っていた。松永は美雲に目を向けて言った。「北条、今まで見聞きしたことだけでお前の見解を聞かせてくれないか」

「一分だけ時間をください」

そう言って美雲は部屋の中を観察した。和馬も同じように書斎の中を観察する。四畳ほどの書斎だ。テーブルに突っ伏した男はヘッドホンを装着していた。デスクの上にはノートパソコンが置かれている。奥の窓は破られた形跡がない。書斎に入るドアは引き戸で、鍵がかかるタイプのものではなかった。

一分後、隣に立つ美雲が話し始める。

「見ての通り刺殺です。ヘッドホンをしていますね。音楽を聴きながらパソコンで仕事をしている最中、侵入してきた何者かに背後から刺されたんでしょう。心臓を一突き、おそらく即死。手練れの者の犯行と思われます。侵入したのは一階の窓。ヘッドホンをしていたので窓が割れた音に気づかなかった可能性が高いです」

「見たままだな。ほかには？」

「被害者は政治家、いや官僚でしょうか」

「なぜ官僚だと思った？」

「さっき班長が大物って言いました。大物という言葉はサラリーマンにはまず使いません。大物社長、大物医者という言い方も変ですよね。最初は大物政治家かと思いました。ここから最寄りの駅は代々木上原なので、千代田(ちよだ)線を使えば霞ケ関(かすみがせき)駅まで乗り換えなしで行けます。ですが議員だったら議員宿舎があると思い、官僚かなと考えました」

思わず口笛を吹きそうになっていた。たいした推理力と観察力だ。松永も感心したように言った。

「いい推理だ。鑑識の邪魔になるから下に行って話そう。桜庭、そろそろほかの者も集まってくる頃だろう。下の和室に全員集めてくれ」

到着しているほかの班員にも声をかけ、和室に集まった。松永が状況説明を開始する。

「被害者は島崎亨(とおる)、四十歳。法務省のエリート官僚だ。今日、島崎は仕事を無断欠勤した。部下がずっと連絡をとっていたんだが繋がらなかったみたいだな」

妻と五歳になる息子がいたが、二人は鎌倉にある妻の実家に帰省中だったらしい。妻の母に介護が必要で、最近では妻子は頻繁に鎌倉に帰省していたようだ。部下からの連絡を受けた妻が急遽自宅に戻り、変わり果てた夫の遺体を発見した。

「鑑識の話だと亡くなったのは昨日の深夜だと推測されるが、詳しくは司法解剖の結果待ちだ。代々木署に捜査本部が設置される運びになった。担当は俺たちだ。気を引き締めていくぞ」

「はい」

班員たちが声を揃えて返事をした。松永がさらに続けた。

「被害者は法務省のエリート官僚だ。彼に殺意を抱いている人物を重点的に探していく。仕事と家庭の両面から捜査を進めたい。分担は……」

和馬は美雲と組んで家族から聞き込みをおこなうことになった。といっても妻はショックで倒れてしまい、今は病院に入院しているという。事情を聞けるのは早くても明朝だろう。

鑑識の邪魔にならぬよう、いったん現場から出た。代々木署の捜査員と合同で近所へ聞き込みをおこなうことになった。時間はまだ午後七時、捜査を打ち切るには早過ぎるし、人の記憶力というのは事件の経過とともに薄らいでいく傾向にある。聞き込みは早ければ早い方がいい。

「北条さん、始めよう」

「わかりました、先輩」

和馬は美雲とともに夜の住宅街を歩き出した。


翌日の午後一時、ようやく被害者の妻、島崎美和と面会できることになった。渋谷区内の総合病院の一室だった。島崎美和はすっかり憔悴しきっていた。和馬たちが部屋の中に入って身分を名乗ると、島崎美和はいきなり大粒の涙を流した。

「驚きました。まさか主人が殺されるなんて……」

昨夜もずっと泣いていたようで、目の周りが真っ赤に腫れている。五歳になる息子は千葉県船橋市に住む姉夫婦が預かっているらしい。

「ご主人を恨んでいた人物に心当たりはありますか？」

和馬はそう質問した。隣の美雲は膝の上に手帳を広げている。

「本当に何もないんです。というより私、主人の仕事についてはほとんど知らなかったので。家でも一切仕事の話はしませんでした」

法務省の官僚という仕事からして、おそらく激務だろうと想像がつく。日付が変わる前に帰宅すれば早い方だったらしい。当然家での会話も少なく、朝食のときに話す程度だったという。話す内容はもっぱら五歳の息子のことで、仕事に関する話題が出ることはなかったようだ。

「最近、家の周りで何か不審な点はありませんでしたか？　どんな些細なことでも結構です」

「すみません、本当に何も思い当たることがないんです。なぜうちの主人が……あんな目に……」

昨日、被害者の部下から連絡を受け、午後四時過ぎに帰宅した彼女が夫の遺体を発見していた。現場は血の海だった。酷い殺され方だったので、そのショックは大きいだろうと想像がつく。

それからしばらく質問を続けたが、参考になるような話はまったく聞けなかった。何か思い出したら連絡をください。彼女にそう言い残して病室から出た。隣を歩く美雲が言う。

「奥さん、可哀想ですね」

「そうだね。早く犯人を逮捕してやりたいもんだ」

「これから船橋ですね」

「そうだ」

和馬たちは亡くなった島崎亨の家族関係の聞き込みを任されている。船橋に妻の姉夫婦が住んでいるので、これからそこに向かうことになる。島崎亨本人は山口県の生まれで、早くて今日中に両親が上京する予定になっていた。上京したら話を聞くことになると思うが、あまり期待はできそうもない。

病院を出て、渋谷駅に向かいながら美雲と話をした。

「先輩、やはり動機は仕事絡みですかね」

「その可能性は高いね。やり手の官僚だったみたいだし、敵も多かっただろうから」

一夜明け、島崎亨殺害の報はニュースでも大きくとり上げられている。大臣からの信頼も厚く、早くも省内では将来の事務次官候補と言われていたらしい。

現場の捜査も進み、犯人と被害者の行動が明らかになりつつあった。死亡推定時刻は午前一時から午前三時までの間とされ、犯人はリビングの窓ガラスを割って侵入していた。島崎亨が帰宅したのは日付が変わる前の午後十一時三十分くらいのことで、彼を自宅まで乗せたタクシーも判明していた。風呂に入った形跡が残されていたので、風呂に入ったあとで書斎にいたところ、いきなり侵入してきた犯人に襲われたと考えられた。いずれにしても島崎亨を狙った計画的な犯行だ。

財布の中身を引き抜かれた形跡もなく、クローゼットに入っていた妻の貴金属類にも手をつけられていないことから、怨恨の線が強いというのが捜査本部の考えだ。それには和馬も異存はない。

「先輩、被害者が浮気をしてたと考えられませんか？」

「どうだろうな」和馬は首を捻(ひね)る。「スマホの履歴を見る限り、それはなさそうという話だった。北条さん、まさか君、奥さんを疑っているんじゃないだろうね」

「私はすべてを疑っています。あの涙が嘘(うそ)という可能性もゼロじゃありません。浮気をされた妻が夫に復讐(ふくしゅう)を果たした。そう考えることもできると思います」

「ゼロじゃないと思うけど、厳しいんじゃないかな」

用心深い人間なら、不倫相手との連絡にスマートフォンを使わず、別の方法を使うケースもあるだろう。そういったあらゆる可能性を探るのが事件捜査というものだ。しかし今回に限っては妻の犯行という線は薄いように感じていた。

「先輩、Lって何のことだと思います?」

「例のパソコンに残されてたって文字だろ。偶然じゃないか」

被害者が突っ伏していたデスクの上にはノートパソコンが置かれており、その中には文書作成ソフトが起ち上がっていた。そこには「L」という一文字が打ち込まれていたのだった。今朝の捜査会議で報告されたことだ。被害者は背中から刺された。その拍子に指がキーボードに触れたんじゃないかな。特に意味はないと思うけどね」

「打ち間違いだと思うけどな。被害者は背中から刺された。その拍子に指がキーボードに触れたんじゃないかな。特に意味はないと思うけどね」

「そうでしょうか。ダイイング・メッセージかもしれませんよ」

犯人を告発するため、被害者が残した手がかりのことをダイイング・メッセージという。刑事ドラマでよくとり上げられるが、実際に事件現場でお目にかかることはそうはない。和馬は美雲の見解を否定した。

「被害者にとって一瞬の間の出来事だったはずだ。いきなり部屋に入ってきた犯人に背中を刺されたんだからね。時間にして五秒もなかっただろう。犯人を認識する時間さえなかったはずだし、ましてやダイイング・メッセージを残すことなんて不可能だろ」

「まあ、そうですね」

美雲は納得いかないといった表情だ。もし被害者が残したものでないのなら、犯人側が残したメッセージとも受けとれるが、アルファベット一文字では何ら意味を持たない。

隣を見る。思わず声が出ていたが、間に合わなかった。

「北条さん、危な――」

考えごとをしていたらしく、美雲が電柱にぶつかって盛大に転んだ。まったくこの子は――。和馬は右手を差し出して、彼女を起き上がらせる。

「君ねえ、ちゃんと前を向いて歩かないと」

「すみません」

美雲が膝についた砂埃を手で払っていた。結構汚れてしまっている。これじゃ何着あっても足りないな。そう思っていると和馬の心を読んだように美雲が笑って言った。

「こんなことがあってもいいように、同じスーツを三着持ってます。さあ行きましょう、先輩」

本当に面白い後輩が入ってきたものだ。和馬は小さく笑ってから、彼女を追いかけて歩き始めた。

※

インターホンが鳴った。杏がその音に反応し、勝手にモニター付きドアホンに向かって走っていった。「どちら様ですか」と言うのだが、通話ボタンを押してないので、その声は訪問客には届いていない。華の真似をしているのだ。

「ありがとね、杏」

そう言いながら華はモニターを見たが、そこには誰も映っていない。念のために通話ボタンを押して呼びかけてみたが、画面に変化は起きなかった。どういうことだろうか。気味が悪い。

「ま、いいか」

華は気をとり直して家事を再開する。今日は土曜日で、杏も保育園が休みだった。週末は家事で大忙しだ。溜まった洗濯をしなければならないし、和馬のワイシャツのアイロンがけも待っている。布団を干し、掃除をして、できれば作り置きができる料理を作っておきたい。その合間を縫って杏と遊ぶ時間も作る。週末はあっという間に時間が過ぎていく。

「ママ、終わった」

杏がそう言った。杏はテレビでアニメのＤＶＤを見ている。再生が終わったようで、エンディングテーマが流れていた。次のＤＶＤをセットしようとすると、今度は部屋のインターホンが鳴った。このマンションはオートロックであり、それを解除した覚えがないのに部屋のインターホンがなるのは不思議だった。警戒しながら玄関に向かうとすでにドアは開いていて、一人の男が立っている。

「やだ、お父さん。勝手に入ってこないでよ」

「不用心なマンションだな。引っ越した方がいいんじゃないか」

父の尊だった。凄腕の美術品専門の泥棒である父の尊だ。オートロックも解除し、そして部屋のドアもピッキングで開けてしまったのだろう。彼に――いや、三雲家の人間にとっては造作もないことだ。

「オートロックも部屋の鍵も三年前のやつだ。新しいやつに換えた方がいいだろ」

「普通の人なら入ってこれないから大丈夫。それよりどうしたの？」

「用がなけりゃ来ちゃいかんのか。俺たちは家族だろうが」尊は靴を脱いだ。右手には紙袋を持っている。「水臭いことは言いっこなしだ」廊下を歩き、リビングに入って尊は両手を広げた。「杏ちゃん、ジジが来たぞ」

「ジジー」

杏が尊の胸に飛び込んでいった。尊は杏を抱き上げ、満面に笑みを浮かべた。

「杏ちゃん、会いたかったぞ」

微笑(ほほえ)ましいが、少し複雑な心境だ。尊はいまだに泥棒稼業から足を洗っていないし、それ以前に足を洗うつもりもない。犯罪者である三雲家側の人間と杏が仲良くなるのは、彼女の教育上どうかと思ってしまうのだ。しかしそんなことはお構いなしといった感じで、こうして尊はふらりと訪ねてきてしまう。完全に孫を溺愛しており、さらに始末が悪いことに杏も尊に懐(なつ)いてしまっている。

「そうだ。今日はいいものを持ってきたぞ」

そう言って尊が紙袋から額縁を出した。受けとった額縁を見ると、そこには動物の素描が描かれている。

「何これ？」

「ディズニーのデッサンだ。本物だぞ」

「困るわよ、こんなの。高いんでしょ」

「値段は知らん。だが美術館で展示されててもおかしくない逸品だ。杏ちゃんが喜ぶと思ってな」

「要らない。盗品を受けとるわけにはいきません」

華は受けとった額縁を突き返す。尊は不思議なものを見るかのような視線でこちらを見ていた。

「変な奴だな。要らないなら売り飛ばせばいい。結構な金になるんだぞ」

「だからね、お父さん。私は一般人なの。お父さんとは違うの。それに刑事と結婚したのよ。刑事の妻が盗品を受けとるわけにはいかないじゃない」

「籍は入れてないだろ。お前は今でも三雲家の長女だろうが」

「だからそういう問題じゃないのよ、もう」

頭が痛くなってくる。無視することにして、華は掃除を再開した。尊と杏は楽しそうにじゃれ合っている。それだけ見ていると微笑ましい光景なのだが、やはり少し複雑な心境だ。

「おっと忘れてた」しばらく杏と遊んでいた尊だったが、何かを思い出したように立ち上がった。「今日は東京ドームでジャイアンツの本拠地最終戦だ。こうしちゃいられん。杏ちゃん、またな。今度一緒にハワイにでも行こう」

ハワイの意味を理解していないのか、杏は笑顔で応じた。尊は読売ジャイアンツのファンで年間シートを持っており、シーズン中は東京ドームで野球観戦するのが趣味だった。

「うん、行こう」

「バイバイ、杏ちゃん」

「ジジ、バイバイ」

華は玄関先まで尊を見送りに出た。目を光らせておかないと、そのあたりに例の額縁を置いていかれてしまいそうな気がした。尊が部屋から出て、外廊下の角に消えていくのを見届けてから部屋に戻った。リビングに入って仰天する。

「お母さん、いつの間に……」

今度は母の悦子だった。孫の杏を膝の上に乗せ、何やら楽しそうに笑っている。悦子がこちらを見て言った。

「本当に不用心なマンションね。引っ越したらどう？」

「お母さんたちが異常なの。それよりいつからいたの？」

「結構前から。あの人がいたからバスルームで息を殺してたの。今ね、喧嘩中なのよ。あの人、また浮気したの。相手はどこかの阿呆な女子大生よ」

単なる夫婦喧嘩だ。いつものことなので特に言葉も出ない。杏は目を輝かせて、悦子が首に巻いている派手なネックレスを手でいじっている。悦子のファッションは今日も派手で、銀座の高級クラブのホステスのようだ。杏はさすがに女の子だけのことはあり、三歳にして可愛いものや綺麗なものに興味を示し始めている。そういう点で悦子のファッションには惹きつけられるらしい。悦子もそんな杏が可愛いようで、尊に負けないほど溺愛している。

「あ、そうだ。忘れてたわ」悦子がハンドバッグから小さな紙袋を出した。「これ、杏ちゃんにプレゼント。きっと喜んでくれると思うの」

紙袋から出てきたのはサングラスだ。しかも子供用なのか普通のサイズより少し小さい。

「シャネルのサングラス。キッズサイズよ。可愛いでしょ」

杏はサングラスをかけ、無邪気に喜んでいる。念のために悦子に訊いてみた。

「お母さん、これっていくら？」

「さあ。いくらかしら」

「知らないってことは盗んだんでしょ」華は杏がかけているサングラスを素早くとり上げた。杏が不満そうに手を伸ばすが、その手を避けて悦子に言う。「盗んだものを杏に与えるのはやめて。夫婦揃って何やってんのよ、まったく」

「あんたたちだって公園行くでしょ。子供だからって紫外線を馬鹿にしちゃ駄目よ。

今のうちから対策しておかないと」

「行くわよ、公園。今日も午後から行くわ。でもね、お母さん。そもそもシャネルのサングラスして公園で遊んでたら周りのママ友から何て言われるかわかったもんじゃないわ」

「いいのよ。貧乏人なんて放っておけば」

言い返す気にもなれない。父といい、母といい、どうしてこうなのだろうか。うちの家族にはまともな者がいないのだろうか。

悦子が杏に話しかけていた。

「杏ちゃんのママって変わってるわね。杏ちゃん、可哀想ね」

またしても頭が痛くなってくる。父や母が来るといつもこうだ。華は熱いお茶を飲みたくなり、母と杏をリビングに残してキッチンに向かった。

※

事件発生から三日が経過したものの、いまだに有力な容疑者は浮かび上がっていなかった。今日は日曜日、美雲は休日を返上して捜査に当たっていた。先輩の桜庭和馬も一緒だった。朝から現場となった渋谷区上原で聞き込みをおこなっているが、これといった情報は聞き出すことはできなかった。

「北条さん、少し休憩しよう」

和馬はそう言い、通り沿いにあるファミレスの看板を見上げた。夕方六時になろうとしていた。昼に立ち食いそばを食べて以来、ずっと聞き込みを続けている。窓際の席に案内され、二人ともホットコーヒーを注文した。

「これほど物証が乏しいとは予想外でしたね」

美雲がそう言うと、和馬がうなずいた。

「そうだな。厳しい情勢だ」

すでに鑑識の結果も出ているが、現場に犯人に繋がる有力な証拠、たとえば指紋などは一切検出されなかった。唯一、犯人が残していった痕跡が廊下に残された靴あとで、サイズは二十八センチ、犯人は大柄な部類に入る男性だと推測された。

被害者である島崎亨の人物像も明らかになっていた。優秀なエリート官僚だけのことはあり、仕事を少々強引に進める傾向もあるようだが、殺害の動機に繋がるほどの恨みは買っていないようだった。法務省に入省してから十八年、司法制度改革に深く関わっており、裁判員制度の導入にも多大な貢献をしているという。

妻の美和は島崎亨の大学時代の後輩に当たり、大学四年のときから付き合っているという話だった。被害者の女性関係に疑わしき点はまったくなく、上司や同僚に誘われてもクラブやキャバクラには見向きもしなかったというのが同僚たちの証言だった。まさに仕事の鬼といった印象だ。

「働き方改革と言っておきながら、私たち公務員の働き方改革が必要のような気がするんですけど」

美雲はコーヒーを一口飲んで言った。亡くなった島崎は一ヵ月の時間外労働は平均して七十時間を超えているというデータもあった。それに美雲たちも昨日から二日連続で休日出勤だ。しかし刑事という職業柄、それに文句を言うつもりはない。ここで残業を厭(いと)うような者に刑事はとても務まらないだろう。

「この事件、どう思う？」

和馬に訊かれ、美雲はカップを置いてから言った。

「殺人というのは重罪です。下手したら死刑じゃないですか。それに手を染めるってことは犯人側に大きな動機があったってことだと思います。被害者を殺したいほど憎んでいた。もしくは彼を殺すことによって非常に大きなメリットがあった。こっちじゃないかって思うんですよね」

「島崎を殺すことによって得をする人間がいるってことか」

「そうです。すぐにではないかもしれません。今後何かしらのメリットを得る人間がいるかもしれないってことです。最初は出世かもしれないなって思いました。男性ってそういうのに拘るじゃないですか」

「なるほどな」

和馬が腕を組んだ。美雲も頭を巡らせる。法務省内における人間関係を調べている捜査員の話では、彼の死に困惑している者がほとんどらしい。彼の後釜となって仕事を任せられる人間もいるだろうが、その者にかかるプレッシャーは大きいようだ。それほどまでに島崎の功績が大きかったというわけだ。

しかしまだ捜査を開始して三日だ。そのうちの二日が休日なので、法務省内の聞き込みは明日から本格的になっていくだろうと予想できた。そこで何か進展に繫がる証言が出てくることに期待するしかなさそうだ。

和馬がスマートフォンの画面を見た。わずかに表情が曇ったような気がした。一応訊いてみる。

「どうしました？」

「ちょっとな。妻からだ。実家に食事に呼ばれたっていうメールだ」

「先輩は行かなくてもいいんですか」

「仕事中だから仕方がない」

そう言って先輩刑事は肩をすくめた。和馬が警察一家に生まれ育ったことは知っているが、彼の妻子については一切知らない。これを機に訊いてみようと思っていたところ、向こうから話し出した。

「実は俺たち、籍を入れてないんだ」

「そうなんですか」

「珍しいだろ。警察ってお堅い職場だし、上司にもいろいろ言われたんだけどな。実は俺、結婚するときに少しトラブってね。それがあっていまだに籍を入れてないんだよ。実は……」

聞いて驚いた。別の女性との披露宴を途中でとりやめ、今の奥さんと一緒になったという。そういう古典の映画があったような気がする。そうだ、ダスティン・ホフマンの『卒業』だ。そんな事情もあり、多くの関係者に考慮していまだに籍を入れていないらしい。

「もう四年半だしな。そろそろいいかと思ってはいるんだけど、なかなかね」

大恋愛だ。しかしその披露宴でフラれた彼女が可哀想な気がしてならない。美雲の胸中を推し量ったのか、和馬が笑顔で言った。

「俺が披露宴を台無しにしてしまった子だけど、一年後に医者と結婚したらしい。刑事の安月給よりはよかったんじゃないか」

「奥さん、どんな人なんですか？」

「普通の子だよ」和馬は答えた。「前は図書館に勤務してたんだ。司書の資格を持ってて、今は上野の本屋で書店員をしてる」

「娘さんは何歳ですか？」

「三歳になる。名前は杏っていうんだよ。アンズと書く」

「いい名前ですね」

やはり家族の話をするときは彼も父親の顔になる。美雲は提案した。

「先輩、ご実家に行かれてはどうですか？　今なら間に合うと思いますけど」

「いや、捜査中だし……」

「今夜は捜査会議はないので、各自解散ということになってるじゃないですか。働き方改革ってわけじゃないですけど、明日から頑張るってことにしましょうよ」

「そ、そうか」和馬は考え込むように俯いていたが、やがて顔を上げて言う。「北条さんの意見を採用しよう。班長には俺から連絡しておくから。明日からの捜査に備え、北条さんもしっかり休んでくれ」

そう言って彼が伝票を持って立ち上がった。レジで会計を済ませて店から出ていくのが見えた。美雲も店を出ようと立ち上がったところ、急に一人の男が美雲のいるボックス席に入ってくる。

助手の猿彦だった。

「猿彦、いつの間に……」

「お嬢、少しよろしいですかな」

そう言って猿彦がシートに座ったので、美雲も腰を下ろした。通りかかった店員にコーヒーを注文してから猿彦が口を開く。

「お嬢、今追っている事件、何か進展はありましたか？」

「ないわね。多分プロの犯行。問題はそれを依頼した人物ね」

「現場のパソコンにLの文字が残されていたということですが、その意味はわかりましたか？」

Lの文字についてはマスコミにも伏せられている極秘事項だ。調べてもらうために猿彦には内緒で教えたのだ。刑事というのは各自で情報屋を雇い、独自のルートで情報を仕入れていると聞いたことがある。猿彦は助手であると同時に情報屋だ。事件解決のためには手段を選ばない。それが美雲の流儀だ。

「調べてみましたが、Lという異名を持つ犯罪者は国内にはいません。ただ一つ、気になる情報があります」

店員がコーヒーを運んできたので、猿彦は口を閉ざした。店員が立ち去るのを待ってから猿彦が訊いてくる。

「お嬢、Lの一族というのをご存知ですか？」

「名前くらいは。でもあれって本当に存在するの？　都市伝説のようなものだと思ってたんだけど」

Ｌの一族と言われる凄腕の泥棒一家がいるという話だった。代々泥棒を生業にしている家で、その盗みの技術が先祖代々脈々と受け継がれているという漫画チックな話だ。

「都市伝説なんかじゃありませんよ。Ｌの一族は存在します。実はですね、お嬢。先代の宗真先生はＬの一族の頭領を追い詰めたことがあるんです」

時代としては昭和の話らしい。凄腕のスリ師がいて、その男こそＬの一族の頭領だと目されていた。電車の中で乗客から財布をすり、中身だけ引き抜いて財布を戻すという技を、二分の間に十回繰り返すという伝説もあった。また昭和後期から平成にかけて、日本だけではなく国外でも多くの美術品を盗みまくった男がおり、その男が伝説のスリ師の息子ではないかと疑われているようだが、真偽のほどは確かではなかった。

「先代だけではございません。宗太郎様も以前Ｌの一族と対決したことがございます。北条家とＬの一族はライバルといってもよろしいかと」

宗太郎が対決したのは美術品を盗む泥棒だった。犯行を未然に防ぐことはできたが逮捕までには至らなかったという。

「でも猿彦、Lの一族って盗みの専門なんだよね。殺人も請け負うことがあるのかしら」

「殺人はご法度（はっと）とされているようです。数年前に一度、警視庁がその正体を摑（つか）んだという噂が流れたんですが、結局ガセネタだったみたいですね。いまだに奴らが捕まったという話は耳にしませんし」

「じゃあ今回の事件とも無関係じゃないかな。それにLの一族が犯人なら、わざわざ自分の正体に繫がるアルファベットを現場に残していくとは思えないしね」

「そうですね。お嬢の言う通りです。私の考え過ぎでした」

さきほど和馬にも話したことだが、島崎亭を殺害することにより、何らかのメリットを受ける者がいるのではないかというのが美雲の推理だ。それは被害者の近く、たとえば法務省の内部にいるかもしれないし、場合によっては間接的な利益かもしれない。

「でも猿彦、ありがとう。Lの一族ってお祖父ちゃんもお父さんも追ってた大物だったのね。いつか私の手で逮捕できる日が来ればいい。そう思うわ」

「お嬢なら成し遂げることができると信じております」

「今は島崎亭を殺した犯人を挙げるのが先決ね。猿彦、それとなく被害者の周辺を探ってみてくれるかしら」

「わかりました。では私はこれにて」

猿彦が立ち上がり、店から出ていった。

警視庁本庁に配属されて今日で一週間だ。あっという間に過ぎ去ったが、濃密な一週間だった。歌舞伎町のホステス殺しも解決できたし、上々な滑り出しと言えるだろう。明日からも頑張らなくては。美雲は気を引き締めた。

※

和馬の実家は墨田区東向島の住宅街の中にある。和馬が華と杏の三人で住むマンションから徒歩で十五分ほどだ。華と一緒になって物件を選ぶとき、実家に近い方が何かと便利だろうと思って東向島にマンションを借りた。こうして実家で飯を食べることが月に一、二度は必ずある。

和馬が実家に到着したのは午後七時過ぎのことだった。古い家なので、家の外まで中の声が聞こえてくる。ドアを開けて中に入ると、その声がひと際大きく聞こえた。父の典和がはしゃぐ声だ。

「ただいま」

そう言って靴を脱いで中に入るとカレーの香りが漂ってきた。和馬たち家族はカレーライスが好物だ。

「杏ちゃん、どうだ、ジイジは速いだろ」

廊下で父の典和が四つん這いになり、その背に杏を乗せてお馬さんごっこをしている。杏も嬉しそうだ。父の典和は額に汗を滲ませているが、その顔には笑みが浮かんでいた。完全に初孫を溺愛しているお祖父ちゃんといった姿だが、実は警視庁警備部の副部長だ。警備部というのは集団警備や災害対策を所管しており、機動警備隊や特殊警備部隊、要人を警護するセキュリティポリスなども警備部の所属なのだ。

「パパー」

杏が和馬の存在に気づき、典和の背の上から手を振ってきた。その顔を見ただけで一瞬にして疲れが吹き飛んでしまいそうだった。杏に手を振り返してから廊下を奥に進んだ。

キッチンには母の美佐子が立っていた。その隣には華の姿が見える。二人でサラダを作りながら談笑しているようだ。

「あら、和馬。帰ってきたんだ」

母の美佐子が和馬に気づいてそう言った。華も振り向いたので、和馬は華に向かってうなずいた。

「華、メールありがと。今日は早く帰れることになったんだ」

「そうなんだ。和君、ビールでいい？」

「うん、ありがとう」

缶ビールを受けとり、和馬は椅子に座った。缶ビールを飲み始めると、杏を抱っこした典和が現れる。床に下ろされた杏がテーブルの下をくぐって和馬のところにやってくる。和馬は杏を膝の上に乗せた。

「杏、今日は何してたんだ？」

「公園に行った」

「そうか。公園行ったんだ。楽しかったか？」

「うん、楽しかった。ババが遊んでくれたから」

ババというのは華の母親である三雲悦子のことだ。その言葉を聞き、美佐子が敏感に反応して華に訊いた。ちなみに美佐子はバアバと呼ばれており、杏の中でも両家の区別化がされている。

「華ちゃん、お母さんが来ていたの？」

「そうなんです」華がサラダを盛り付けながら答える。「急に来たんです。パンを買ってきてくれたので、三人で一緒に食べました」

「へえ、パンを一緒に」

わずかに緊張した空気が流れたのを和馬は感じた。桜庭家は警察一家であり、一方の三雲家は泥棒一家だ。四年半ほど前、水と油の関係だった両家はお互いの息子、娘が一緒になることを認め合った。しかし両家の関係が良好だったのはほんの一年ほどで、やはりその違いが浮き彫りになっていった。典和は現役の警察官であり、一方の華の父、三雲尊も現役バリバリの泥棒なのだ。仲良く付き合うのにそもそも無理があったのだ。

典和も、そして美佐子も、三雲家の人間が孫の杏に接触するのをどことなく気にしているのは明らかだった。杏の人格形成に悪い影響を与えるのではないかと危惧しているのだ。華もそのあたりのことに勘づいている節があるが、面倒な話になるのは確実なので、彼女としっかりと話し合ったことはない。

「はい、お待たせ」

華と美佐子がカレーライスやサラダをテーブルの上に並べた。カレーライスは旨そうだった。杏を隣の椅子に座らせてから美佐子に訊いた。

「あれ？　お祖父ちゃんたちは？」

「映画を観に行ったわ。夕飯は外で食べてくるって言ってた」

祖父の和一と祖母の伸枝もこの家に住んでいる。二人とも高齢だがいまだに元気で、こうして二人で出かけることも多いらしい。羨ましい限りだった。

「いただきます」

カレーライスを食べ始める。杏もカレーは好物なので、子供用のスプーンを使って自分で食べていた。缶ビール片手に典和が訊いてきた。

「和馬、今日も仕事だったのか？」

「まあね。例の法務省の官僚殺しだよ」

「あれか。犯人の目途はついたのか？」

「全然だ。物証もないし、動機を持っていそうな人物もいない。あまり言いたくはないけど、長引きそうな感じがするね」

「かなり優秀な男だったと聞いてる。よほどの恨みを買ったんだな」

家族全員が警察関係者なので、食卓で事件の話題が出るのは桜庭家では日常茶飯事だ。夕飯を食べながら事件の推理をするのは一般的ではないと知ったのは、小学校に入学してからのことだった。

「杏ちゃん、偉いな。よく食べる子は大きくなるぞ」典和が杏を見て目を細めた。

「和馬、そろそろ剣道でもやらせてみたらどうだ？　この子は強くなりそうな気がする。将来は立派な警察官になれると思うぞ」

「あなた、そういうのはまだ早いわよ。杏ちゃんには好きなことをやらせてあげたいわね。法医学なんてどうかしら？　面白いわよ」

「父さん、母さん、杏はまだ三歳なんだぜ」

「いやいや和馬、こういうのは若い頃から始めるのが肝心なんだ」

「そうよ、和馬。あなただって杏ちゃんの年から剣道始めたんだから。早過ぎるってことはないと思うんだけど」

華と目が合った。華はいつもと同じく微笑んでいる。困ったもんだね。和馬はそんな意味を含めて肩をすくめ、再びカレーライスを食べ始めた。

「バイバイ、杏ちゃん。和馬、杏ちゃんに剣道習わせるって話、よく考えておくんだぞ」

「わかったよ。じゃあお休み」

午後八時、自宅マンションに戻るために実家から出た。杏を真ん中にして、和馬と華が杏の手を握り、三人で歩き始めた。杏も楽しそうで、たまにジャンプして全身の力を預けてくる。そのたびにぐっと持ち上げてやると杏は歓声を上げて喜ぶのだった。

「華、心配しなくていい」和馬は言った。「杏に剣道をやらせるつもりはまったくないから。父さんはああ言ってるけど、俺は杏を警察官にしようなんて思っちゃいないしね」

「わかってる」

「でも習い事をさせるってのはいいかもしれない。ピアノとか英会話とか。ママ友の間でそういう話題が出ることってない？」

「あるわ。ピアノやってる子もいるし、英会話やってる子もいる。最近では学習教室っていうの？　ひらがなとか計算とか、基礎的な勉強を小学校の入学前にやる教室が流行ってるみたい」

「へえ、そんなのがあるんだ」

「うん。でも私は必要ないと思うんだけどね」

「俺も勉強はまだ早いと思う。だったら音楽とかやらせて感性を磨いた方がいいだろうな」

ここ最近、華と話す会話の内容は杏のこと以外ないような気がする。だが三歳の子を抱える夫婦の話題はと言えば、子供中心になるのは致し方ないことだろう。たとえば昔、二人で付き合っていた頃は、どの料理が好きだのどの映画が面白かっただの、そういう話で何時間も盛り上がった。あの頃の関係性が無性に懐かしくなることもあるが、こうして子供の話をするのが二人の現実なのかもしれなかった。

自宅マンションに到着した。華はすぐに実家からもらってきたカレーを別の容器に移し始める。「和君、お風呂」と言われたので和馬は風呂を沸かすボタンを押した。それから冷蔵庫を開け、中から缶のハイボールを出して飲み始めた。杏は寝室で人形遊びを始めたようだ。以前は「パパ、パパ」と始終まとわりついてきたものだが、最近では杏も一人で遊ぶようになっていた。楽になったのはいいが、それはそれで少し淋しい。

「和君、ちょっといい？」

華に呼ばれ、和馬はキッチンに向かった。華が冷蔵庫にマグネットで留めてあったプリントをとり、それをこちらに寄越しながら言った。

「ごめん、言い忘れてたんだけど、今週保育園でバス旅行があるのよ」

「へえ、そうなんだ」

受けとったプリントを見る。杏の通うフラワー保育園で秋のバス旅行が開催されるらしい。行程表を見ると墨田区の水族館に行き、そこを見学したあと水族館近くの公園で昼食、午後は江戸川区の湾岸公園に行くようだ。保育園全体で行くのではなく、明日から一週間、クラスごとに出かける予定になっていた。杏のひまわり組は明後日の火曜が予定されている。雨天決行だった。

「厳しいな」プリントを眺めながら和馬は言った。「火曜日は難しい。さっきちらりと言ったけど、法務省の官僚が殺されて、その事件の担当になってるんだ。代々木署に捜査本部が設置されてる。火曜に抜けるのは難しいと思う」

「いいわよ。仕事なら仕方ないしね」

「でも平日にやるなんて保育園側も考えてほしいよな」

そう言いつつも、仮に休日に開催ということになっても、事件次第では行けないこともあると和馬は思っていた。

「華は参加するの？　華だって仕事だろ」

「先週店長に言ってシフト変更してもらったから大丈夫。それに父親の参加率はやっぱり低いみたい。大体母親が参加するんだって」

「でも共働きだったらどっちも参加できない場合もあるんじゃないか」

「そうね。そういう子もたまにいるんだって。可哀想だけど仕方ないよね」

「本当にごめん。次は必ず協力するから」

和馬は謝った。何度こうして頭を下げたかわからない。次は必ずと言っておきながら、次回も捜査本部が設置されるような事件が発生しないとも限らなかった。

「気にしないで。だって仕事なんだから仕方ないでしょう」

華はそう言ってくれるが、最近はその台詞も和馬の心を慰めることはない。理由は明白だ。華も四月から仕事を始めたことにある。今までは和馬は仕事、華は育児という割り振りができていた。しかし華が仕事を始めたことにより、自分だけ仕事を言い訳に育児をしないのがずるいことのように思えてきたのだ。

「これ、途中参加ってできるのかな？」

プリントを手に華に訊いた。華は冷蔵庫を覗きながら答えた。

「どうだろうね。できないこともないんじゃない」

「このプリント、もらっていいかな。無理かもしれないけど、一応検討してみるから」

「いいわよ、別に。和君、無理しないでね」

風呂が沸いたことを知らせる電子音が鳴ったので、和馬は立ち上がった。「杏、お風呂入るぞ」と言いながら寝室に向かって歩き始めた。華のことが気になった。バス旅行の件で怒っているかもしれないと思ったからだ。寝室で杏を抱き上げ、そのままバスルームに向かう。横目で見ると、キッチンにいる華の表情はいつもと変わらず穏やかなものだった。

※

火曜日のバス旅行当日、空は朝から晴れ渡っていた。といっても今は水族館の中にいるので外の天候はまったくわからない。実はこの水族館、去年家族で来たことがある。それでも杏は楽しそうにほかの園児たちと手を繋いで館内を歩いていた。

「みんな見て、お魚さんたち、元気に泳いでるよ」

引率の保育士の声が響き渡る。華も水槽の中で泳ぐマグロの群れに目をやった。まるで軍隊のように統一された動きで大量のマグロが回遊している。隣を歩く中原亜希が無邪気な感想を言った。

「あのマグロ、ずっと泳いでて疲れないんですかね。いつ寝るんだろ」

「マグロって泳いだまま寝るんだよ。だから一生泳ぎ続けるみたい」

「過酷ですね。でも三雲さん、魚に詳しいですね」

「ここ、前にも来たことがあって、そのときに主人から教えてもらったのよ」

園児たちはまとまって行動しており、その後ろを保護者たちが追いかけるように歩いていく。ひまわり組は園児十八名全員が今日のバス旅行に参加しており、同じく全員が保護者同伴だった。つまり子供だけでの参加はないということだ。母親だけの同伴が多いが、中には父母揃って参加している家族も三組ほどいた。

一時間ほどかけて水族館内を見て回った。この水族館にはイルカなどのショーがないことは前回来たときに知っていた。それでも子供たちは十分に楽しんだようで、笑い声が絶えなかった。水族館を出たのは午前十一時四十五分だった。このあとは近くの公園に移動し、そこで昼食をとることになっている。

いったんバスに戻った。保育園側が借り上げた大型バスだ。保育士が点呼をとった。今日のバス旅行には三人の保育士が同行している。全員乗っていることが確認できてから、バスは公園目指して出発した。

「三雲さん、お弁当上手にできました？」

通路を隔てた向こう側に座る亜希に訊かれた。

「うん、何とか。中原さんは？」

「私、滅多にお弁当作らないから慣れなくて」

十分ほどで公園に到着した。駐車場もあり、大型バスが停められるスペースもあった。バスが完全に停車すると保育士の一人がマイクを使って言った。

「ではお昼の休憩にします。バスはずっと開けっ放しにしておくので、車内でご飯を食べていただいても構いません。出発は午後一時十五分を予定していますので、それまでに戻ってくるようお願いします」

それぞれバッグやリュックサックを持ち、バスから降りていった。華も杏と一緒にバスから降りる。中原母子など四組ほどの母子と一緒になり、公園の中にある芝生に向かった。大きな木の陰を見つけ、そこにレジャーシートを敷いてみんなで座る。子供たちはすでにはしゃぎ始めており、レジャーシートの上を飛び回っている。

「ほら、杏。ご飯を食べるわよ」

作ってきたお弁当を食べる。あれこれとママ友たちとお喋りしながら昼食を楽しんだ。どこのスーパーが安いとか、どこの英会話教室がいいとか、そういった話だ。ママ友と話していると話題が尽きることがない。

「見てください、三雲さん」近くに座っていたママ友の一人に声をかけられた。その視線の先にはビニールシートの上でお弁当を囲んでいる面々の姿がある。「あの人たち、何か勘違いしていると思いませんか？」

両親揃って参加している三組の家族の集まりだった。男性陣はビールを飲んでおり、今はワインをコルク抜きで開けようとしているのが見えた。さすがにママたちは酒を飲んでいないようだが、男性陣はやけに盛り上がっている。華は小さく笑って言った。

「本人たちが楽しければいいんじゃないでしょうか」

「まあ、そうかもしれませんけど」

いい天気だ。やはり外で食べるご飯は美味しい。杏の口もとについた米粒をとってあげてから、華は頭上に広がる青空を見上げて目を細めた。

※

「優秀な男でしたよ。将来の事務次官候補というのは嘘じゃありません」

目の前の男が言った。ここは法務省内にある会議室だった。和馬は法務省の内部で事情聴取をおこなっていた。家族関係への聞き込みは一通り終わったので、今度は職場関係の捜査へと駆り出されたのだ。隣には新人の北条美雲の姿もある。

「島崎さんとは同期ですね。最近も付き合いはあったんですか？」

和馬は質問した。すると男が答えた。フレームレスの眼鏡をかけた神経質そうな男だった。

「特になかったですね。若い頃は飯を食ったりしたこともありましたが、お互い家庭を持つようになると、ちょっとね。でも島崎とは省内の勉強会なんかで一緒になることが多かったですよ」

「勉強会というのは？」

「有志で集まって情報を交換したり、ときには議論したりするんです。内容は多岐にわたりますが、当然業務に関するテーマが多いです。裁判員制度であるとか、死刑制度であるとかね。内容については勘弁してください」

「島崎さんも勉強会に参加していたんですね？」

「参加というより、あいつが率先して開いていたんですよ。だからあいつは凄いんです。普通なら自分の仕事だけで忙しくて、そんな勉強会なんて開いている時間はない。でもあいつは違った。勉強会を開いて知識を共有するだけじゃなく、同時に人脈も作り上げていく。そういう男でした」

聞けば聞くほど、島崎亨という官僚の素顔が明らかになっていくのだが、そこに弱点のようなものを見つけることはできなかった。

「法務省の内部で彼に恨みを抱いていた人物に心当たりはありますか？」

和馬が訊くと、島崎の同期の男は答えた。

「心当たりはないですね。彼が亡くなったのは多大な損失だと思います。それほどの男でした」

「お聞きしたいことがあります」

隣で美雲が口を開いた。聞きたいことがあったら遠慮しなくていいと彼女には事前に言ってある。新人とは思えぬ堂々とした口調で美雲は訊いた。

「さきほど勉強会を開かれていたとお聞きしました。裁判員制度や死刑制度がテーマであったとか。亡くなった島崎さんはどういったお考えの持ち主でしたか」

「そういうディスカッションのとき、あいつは司会をすることが多かったんで、何とも言えませんね」

「印象で結構です」

「印象ですか。うーん」男が首を傾げて言った。「あくまでも私個人の印象で申し上げると、被害者家族寄りの見解を持っているようでした」

「要するに島崎氏は犯罪者に対する厳罰化を望んでいた、ということでしょうか？」

「そこまでは申し上げることはできません」

その答えで察しがついた。おそらく島崎は犯罪者への厳罰を求める傾向が強かったのかもしれない。それからしばらく質問を重ねたが、事件究明に繋がるような話を聞くことができず、男に対する事情聴取は終了となった。男が会議室から出ていったあと、和馬は美雲に言った。

「北条さん、次に行こう」

「はい。わかりました」

事情聴取は一人につき十五分と決まっており、対象の職員には時間と会議室が告げられている。外には次の対象者が待っているはずだ。その者を呼び入れるために美雲が立ち上がったときだった。会議室のドアが開いて班長の松永が入ってきた。どこか慌てたような顔つきだった。

「桜庭、ちょっといいか。すまんが向島署に行ってくれ。大至急だ」

「どういうことですか?」

向島署は自宅マンションがある管轄だ。真っ先に頭に浮かんだのは家族のことだった。華と杏、それから実家のことだった。何かあったのだろうかと不安が押し寄せる。

「向島署に不審な電話が来たらしい。大型バスをジャックしたという内容だ。ある保育園がバス旅行のために借り上げたバスということだ」

「まさか……それって……」

和馬は慌ててポケットからプリントを出す。保育園側が用意したお知らせのプリントだ。今日火曜日はひまわり組、華と杏が参加しているはずだった。

「東向島フラワー保育園が借り上げたバスだ。今朝、お前が話してたことを思い出してな。おい、桜庭、聞いているのか、桜庭」

もはや松永の声は耳には届かなかった。気がつくと会議室から飛び出していた。

華――。杏――。いったい何がどうなっているのだろうか。焦りは募る一方だった。和馬は猛烈な勢いで階段を駆け下りた。

第二章　バス旅行にご用心

バスの車内は静かだった。ほとんどの子供が昼寝の最中らしく、一緒になって眠っている保護者の姿も多数あった。華はどうしても眠ることができず、前に座る保育士たちの様子を窺っていた。

さきほどから様子が変だ。三人とも暗い顔をして押し黙っていたかと思うと、たまに神妙な顔つきでスマートフォンを見たりしていた。そうかと思うと三人で顔を寄せ合い、小声で何かを話している。何か不測の事態が起きたような気がしてならなかった。

華は膝の上で眠っている杏の頭を持ち上げ、そっと座席の背もたれに寄りかからせた。立ち上がって通路を歩き、一番前の座席に座っている保育士たちに話しかけた。

「すみません。何かあったんですか？」

「えっ？」と保育士の一人が顔を上げ、顔の前で両手を振った。「な、何でもないです。危ないですから席にお戻りください」

少し慌てた様子がますます怪しいが、これ以上追及するのはどうかと思い、華は自分の席に戻った。杏はまだ眠っている。中原亜希が眠そうな目をして訊いてきた。息子と一緒に眠っていたようだ。

「三雲さん、どうしました？」

「ええ。ちょっと」

席に座る。窓から外を見ると川が見えた。荒川のようだ。今、バスは荒川の河川敷沿いを走っているようだ。次の目的地は江戸川区にある公園だと聞いている。そのためには荒川を渡って東に進む必要があると思うのだが、バスはいっこうに荒川を渡る気配を見せなかった。運転手は五十代くらいの男性で、普段は送迎バスを運転している運転手だった。

「……ママ」

杏が目を覚ました。時刻は午後二時になろうとしている。それでも三十分ほどは眠っただろう。子供たちも半数ほどは目を覚ましたようで、車内で声が聞こえ始めていた。

しばらくしてバスが停車した。窓から外を見ると、そこは公園の駐車場だった。荒川緑地公園というのが正式名称で、華も何度か足を運んだことがある。サッカー場やテニスコートもある大きな公園だ。しかしこの公園は本来の目的地ではない。トイレ休憩だろうか。

華と同じことを思ったのか、保護者の数人が首を捻っていた。まだ眠っている子供もいるので、騒ぎ出す保護者はいなかった。

「皆さん、すみません。お休みのところ」

保育士の一人がマイクで話し出した。彼女は名前を永井由香里(ながいゆかり)といい、三人いる保育士の中でもっとも年上だ。年齢は三十代半ばだろうと思われた。ほかの二人の保育士はおそらく二十代だ。

「実はさきほど、保育園から連絡がありました。予定を変更してバスをここまで走らせるように指示を受けました。無断で行き先を変更したことを深くお詫び申し上げます」

華は胸騒ぎを覚えた。ほかの保護者たちは永井由香里の話を聞き流し、中には子供と話している保護者の姿もあった。しかし保育士の永井由香里が発した次の言葉が、そんなムードを一変させた。

「落ち着いて聞いてください。実は保育園の園長先生宛てに電話がありました。その内容は、このバスに……爆弾を仕掛けた……というものでした」

一瞬、バスの車内は静寂に包まれた。時間にして十秒ほどだろうか。静寂を破ったのはある男性保護者の声だった。

「ちょっと待ってくれ。何を言い出すんだよ、先生。冗談だよな」

「じょ、冗談ではありません」震える声で永井由香里が説明する。「これは冗談なんかじゃないんです。皆さん、落ち着いて聞いてください。要求に従えば爆弾は解除される、らしいです。ですから皆さん、落ち着いて……」

「落ち着いていられるわけないって。今の話、本当か？」

別の男性保護者が立ち上がる。一番後ろの席に座っていた男性だ。昼から公園で酒を飲んでいた一人で、目の下のあたりが赤かった。

「呑気にしてる場合じゃないだろ。今すぐ降りないと危険じゃないか。まったく何を考えているんだ。おい、行くぞ」

妻と娘にそう言い、男は降りようとした。その姿を見て自分たちも降りた方がいいと思ったのか、腰を上げる保護者の姿が見えた。華は杏の手を握り、永井由香里に目を向けた。彼女がマイクを持って言う。

「落ち着いてください。駄目なんです。降りては駄目なんです」

「降りたら駄目だと？　どういうことだ」

華は永井由香里に目を向けた。ほかの保護者の視線も永井由香里に向けられていたが、彼女はことのほか落ち着いている。話しているうちに冷静になってきたのかもしれない。彼女ははっきりとした口調で言った。

「それが犯人側の要求なんです。バスから一人でも降りた瞬間、このバスが爆破されてしまうんです」

永井由香里の言葉が響き渡る。再びバスの車内が静まり返った。

華は杏の手を強く握る。乗客が一人でも降りたら、その瞬間にバスが爆発する。永井由香里の言っている意味は理解できたが、現実感が湧かなかった。そんなことが本当に――。

「だから皆さん、落ち着いてください」永井由香里が訴えるように言う。「お願いです。座ってください。すでに保育園から警察に連絡が行ってます。あとは警察が何とかしてくれるはずです」

車内がざわめく。保護者たちが何やら話している声が聞こえた。子供の泣き声が聞こえてくる。大人たちが発する緊張感を察知したのか、泣き出してしまった子供がいるようだ。杏は少し不安そうな顔をしているが、まだ泣いてはいない。華は杏の右手を強く握り、「大丈夫だからね」と小声で話しかけた。杏はこくりとうなずく。

「ちょっと待ってくれ」

男の声が聞こえ、保護者たちの視線がバスの後ろに集まった。またさっきの男だった。頬を赤くした男が言った。

「そんな話は信じられない。だから俺たち家族はバスから降りる。巻き込まれるのはごめんだからな」

そう言って男は妻と娘の手を引っ張って立ち上がらせた。家族の手を引き、男は通路を前に向かって歩き始めた。すると男の前に一人の女性が立ちはだかった。ママ友の一人だ。

「待ってください」

「どいてくれ」

「自分勝手はやめてください。本当に爆弾が仕掛けられていたらどうするんですか。あなた一人のわがままで私たちを巻き添えにするのはやめてください」

「わがままじゃない。俺たち家族は降りる。そう言ってんだ」

「だからそれがわがままだって言ってるんです」

今、バスの車内にいる保護者、保育士たちの気持ちは一つになっていた。誰もが男に対して抗議の視線を向けていた。その冷たい眼差しに気づいたらしく、男が舌打ちをして通路を奥へと引き返していく。男は「まったく」と言葉を吐き捨て、後部座席のシートの上にどすんと腰を下ろした。

別の保育士――名前は佐山優里（さやまゆり）といい、三つ編みをした童顔の保育士がスマートフォンを永井由香里に手渡すのが見えた。もう一人は篠田愛（しのだあい）といい、のっぽの保育士だ。永井由香里がマイクに向かって話し始めた。

「皆さん、今、このスマホは警察の人と繋がっています。警察の人が私たちに話があるそうです。聞いてください」

永井由香里はそう言ってスマートフォンをマイクに近づけた。やがて男の声が聞こえてきた。

「東向島フラワー保育園ひまわり組の園児、ご父兄の皆さん、初めまして。私は警視庁特殊犯罪対策課の小曽根と申します。こうした状況に置かれ、さぞかし驚かれていると思います。体調はいかがでしょうか。ご気分の悪い方はいらっしゃいませんでしょうか」

小曽根という男はそう問いかけてくるが、誰も口を開くことはなかった。誰もが黙ってマイクから聞こえてくる男の声に耳を傾けている。今、何が起こっているのか。それを知りたいという気持ちは誰もが一緒なのだろう。

「状況を説明します。さきほど保育園の園長先生宛てに電話がかかってきて、現在あなた方が乗っているバスに爆弾を仕掛けたと告げました。そしてバスを荒川緑地公園の駐車場――今、あなた方が乗るバスが停まっているところです――そちらにバスを向かわせるように指示がありました。乗客の一人でも降りたら爆弾は爆発するというのが犯人側の話でした。第一回目の通話の内容は以上です」

バスの車内がどよめく。たったそれだけか。誰もがそんな風に思ったようだ。爆弾の解除、車内にいる乗客たちを解放する条件については一切触れられていない。

「まだ犯人側の要求は不明です。我々は粘り強く交渉し、皆さんを守りたいと思っております。それまでどうか辛抱してください。ご不満はあろうかと思いますし、ご不便をかけることもあるでしょうが、そこは何卒こらえていただきたく思います。次回、犯人側から電話がありましたら、せめて園児だけでもバスから降りられるよう、交渉していく所存です。どうか皆さん、パニックにならぬように気をつけてください。必ず皆さんを救出します。進展がありましたら、またご連絡します」

男の話は終わった。しばらくの間、バスの車内では誰も口を利こうともしなかった。やがて保護者の一人が言った。

「私たちはここに閉じ込められた。そういうことですね」

誰も答えなかった。全員が事態の大きさに言葉を失っているようだった。バスジャックとでも言うのだろうか。ただし犯人はバスには乗っていないのだが。

「警察から追加のお知らせがあります」永井由香里がマイクを使って言った。「トイレに関しては公園のトイレを使っていいとのことですが、行く場合は必ず二人一組で行くようにと犯人側から指示が出ているそうです。トイレに行きたい方は私たちに教えてください。皆さん、くれぐれも慎重に行動してください」

慎重に行動しろというのが無理だろう。永井由香里が話している途中から、すでにスマートフォンで電話をかけ始めている女性がいた。女性はスマートフォンを耳に当て、やや混乱した様子で話している。

「わ、私よ。あのね、今ね、バスの中なの。閉じ込められてるの。……本当なんだって。信じてよ。爆弾が仕掛けられているの。だから降りられないのよ。……嘘なんて言うわけないじゃないの」

しばらくあちらこちらで声が聞こえてきた。ほとんどの保護者がスマートフォンを使って外にいる家族に連絡をとろうと試みていた。通話の途中で取り乱す者も多く、それに刺激されたのか数人の子供が泣き始めてしまっている。しかし子供に構っている余裕もなく、そんな子供たちをあやすために三人の保育士がバスの車内を動き回っている。

華はスマートフォンを出した。メッセージが届いている。和馬からだった。短く『必ず助けるから』と記されている。もう事件のことを知っているのだろう。少しだけ気持ちが落ち着き、不安そうな顔をしている杏に語りかける。

「杏、大丈夫だよ。パパが助けに来てくれるから」

「パパが？　助けに？」

「そうだよ。だからいい子で待っててようね」

そう言って華は杏の頭を撫でるが、車内の騒々しさは増す一方だった。泣き出す子供の声が不安を煽り、その不安は伝染病のように車内を包んでいく。このままだと駄目だ。風船が破裂するように不安がピークに達してしまったら、それこそ歯止めが利かなくなってしまうだろう。

華は永井由香里の姿を探した。彼女は今、泣いている子供を抱き上げて、その子をあやしている最中だった。彼女だけが頼りだったのに。華がそう思ったときだった。男の声が聞こえた。

「皆さん、落ち着いてください。警察の言う通りですよ。パニックになることだけは避けないといけません、絶対に」

運転手だった。年配の運転手の声は低くてよく通った。運転手は続けて言う。

「皆さん、考えてもみてください。私たちはいつになったら解放されるんでしょうか。今日中でしょうか。それとも明日でしょうか。下手したらもっとかかるかもしれない。そう考えたとき、今の段階で携帯の電池を消費しちゃうのはどうかと思いますよ。まあ充電器を持っていれば別なんでしょうが」

車内の混乱が収まっていく。たしかに電池の消耗を考えると、闇雲に電話をかけるのは得策ではない。それでも数人の保護者は外にいる家族と電話で話し続けているが、さきほどまでの混乱は軽減された。

運転手がうなずきながらマイクを永井由香里に渡す。永井由香里もほっとした表情をしている。彼女の額には大粒の汗が浮かんでおり、疲労の色が見てとれた。彼女が三人の保育士の中でも実質的なリーダーであり、このバスの主導権を握っている。彼女には元気でいてもらわなくてはならないだろう。

華は大きく深呼吸をした。とにかく落ち着かなくては。落ち着いて行動する。それが一番だ。

※

タクシーが停まると桜庭和馬は慌てたようにドアから降りていった。美雲は支払いを済ませ、領収書をもらってタクシーから降りる。歩哨(ほしょう)の警官に黙礼してから向島警察署の中に足を踏み入れた。向島署の中に入るのは初めてだ。

午後の二時を過ぎている。さきほど法務省の庁舎内で事情聴取をしていたところ、班長の松永から東向島フラワー保育園のバスに爆弾が仕掛けられたことが伝えられ、美雲たちは急遽(きゅうきょ)向島署に向かうことになった。理由は一つ。そのバスに先輩刑事である桜庭和馬の妻子が乗っているからだった。

「北条さん、こっちだ」

エレベーターの中で和馬が呼んでいる。走って乗り込むとエレベーターは上昇を開始した。すでに警視庁の捜査チームが派遣されているという話だった。五階の会議室は騒然とした雰囲気だった。多くの捜査員が情報収集のために躍起になっている。無理もない。園児らが多数乗ったバスに爆弾が仕掛けられたのだから。

和馬は会議室の中を見回している。知っている顔を探しているのだろう。やがて一人の捜査員のもとに駆け寄った。

「北川、ちょっといいか？」

北川と呼ばれた捜査員が顔を上げた。パソコンで何やら調べているようだ。和馬の顔を見て、北川という捜査員は怪訝そうな顔をした。

「サク、どうしてここに……」

「うちの班長から聞いた。実は俺の女房と娘がバスに乗ってるんだ」

「マジか」北川が目を見開き、手元にあるプリントを見て首を傾げた。「待てよ、サク。桜庭なんて名前の乗客は乗ってないぜ。勘違いじゃないのか」

「そんなことはない。これだ」

和馬がプリントの一点を指でさす。そこには『三雲華・杏』と記されていた。和馬が事情を説明した。

「ちょっと訳ありでな。まだ籍を入れてないんだ」

「そうか。大変なことになっちまったな。今はまだ状況を把握している段階だ」

「今までの経緯を教えてくれないか。あ、この子は新人の北条だ」

美雲は会釈をした。北川という捜査員も小さく頭を下げてから現在までにわかっている状況を説明した。

午後一時二十分頃、保育園の園長宛てに電話が入り、バス旅行で使用している大型バスに爆弾を仕掛けた旨が伝えられ、バスの行き先変更を指示された。犯人が指示した場所は墨田区にある荒川緑地公園の駐車場で、すでに数分前にバスは現地に到着しているという。現在、犯人からの次の指示を待っているところだった。

「保育園にはうちの主任が待機してる。これが保育園側から提供されたバス旅行への参加者名簿だ」

和馬がプリントを受けとった。美雲は横からそのプリントを見た。園児が十八人、保護者が二十一人、引率している保育士が三人とバスの運転手が一人、合計して四十三名がバスに乗っているらしい。

「悪戯(いたずら)ってことはないのか？　爆弾の実物を確認したわけじゃないんだろ」

和馬がそう言うと、北川が首を横に振った。

「保育園に第一回目の電話が入ったのと同じ頃、ここ向島署に宅配便が届いた。送り主の名前は明らかに偽名とわかる山田太郎(やまだたろう)。中にはプラスチック爆弾が入っていた。

すぐに警視庁の爆発物処理班が呼ばれて、信管が抜かれた本物のプラスチック爆弾だと判明した」

「同じ爆弾が仕掛けられていると？」

「おそらく。そうとしか考えられないだろ」

プラスチック爆弾。火薬とゴムを練り合わせて作った爆弾で、持ち運びが容易なため、都市ゲリラなどでもよく使用される爆弾だ。

「現在、公園内にいる来園者を速やかに避難させているところだ。同時に周囲十キロ四方に検問を設置する案も浮上している。しかしあまりに急な出来事なんで、検問を設置する人員を招集できないのが現状だな」

事件が発生して一時間も経っていない。迅速な対応と言うことができるだろう。あとは犯人側からの要求を待つしかない。

「北川、ありがとな」

そう和馬は礼を言ってから会議室をあとにしようとした。北川が和馬に訊いた。

「サク、どこへ行くんだ？」

「保育園だ。犯人からの電話はあっちにかかってくるんだろ」

二人は会議室を出て、再びエレベーターで一階まで降りた。署の前でタクシーを拾い、東向島フラワー保育園に向かって出発する。タクシーが走り出すと和馬がやや声のトーンを落として説明した。

「さっきの北川というのは特殊犯罪対策課の捜査員だ。この事件を仕切ってるのは奴ら特対だ」

誘拐事件などの特殊な犯罪に対応するセクションのことだ。立て籠もり事件で突入する部隊でお馴染みだが、突入する以前に交渉を重ねるのが捜査の基本だ。今、保育園にいる捜査員がそれを担当しているのだろう。

「さきほどおっしゃっていた主任というのは？」

「小曽根さんだ。この道一筋のベテラン捜査員だ。こういった事件で犯人側との交渉役を務めるのは彼しかいない。あ、運転手さん、次の角を右に曲がった方が早いと思います」

そう言って和馬は腕を組み、前方に目をやった。その顔つきは険しいものだった。妻と娘の命が危険に晒されているのだ。その心境は美雲にも痛いほど理解できた。

※

バスの車内には重苦しい空気が立ち込めている。たまに子供の声が聞こえてくるが、「静かに」と言って子供が話すのを止める親までいた。華も気が滅入っていた。

あとどれだけこうしていればいいのだろうか。

「三雲さん」通路を隔てた座席に座る中原亜希が話しかけてきた。「なんか雰囲気よくないですね。私たち、いつまでここに閉じ込められないといけないんだろ」

「本当ね。でもきっと警察が何とかしてくれるはずよ」

「気分転換に歌でも歌ったらいいんじゃないかなって思うんですよ。三雲さん、どう思います？」

「歌かあ」華は少しだけ考えてから口を開いた。「うーん、悪くないと思うけど、中には反対するお母さんもいるかもしれないね。不謹慎だと言われたら言い返せないし」

「そうですよね」

亜希が落胆したように言う。ただ彼女の考え方は悪くないと思った。この空気が何時間も続いたら、それこそ精神的に参ってしまう人もいるのではなかろうか。

何かないだろうか。そう思って顔を上げた華の目にあるものが飛び込んでくる。前の座席の方、ちょうど運転席の真裏あたりにテレビが備え付けられている。華はテレビを指さして亜希に言った。

「あれ、どうかな？　あのテレビでアニメでも流せば子供たちも観るはずだし、大人たちの気も紛れるんじゃないかしら」

「三雲さん、それいいですよ」

亜希と顔を見合わせ、二人同時に立ち上がった。通路を前に進み、一番前に座っている保育士に話しかける。永井由香里は運転手と何やら話していたので、ほかの二人に声をかけることにした。「あの、ちょっといいですか」と声をかけると、二人ともこちらを見た。佐山優里が言う。

「はい。何でしょうか」

「テレビでアニメでも流せば気が紛れるんじゃないかと思って」

「そうそう」と亜希が続けて言う。「子供たちも喜ぶだろうし、そもそも雰囲気悪いじゃないですか。アニメでも流せば気分転換にもなりますよ、きっと」

二人の保育士はすぐに提案の意図を察したようだった。篠田愛が手を上げた。

「私、DVD持ってきました。帰りのバスの中で流そうと思ってたんです」

篠田愛が立ち上がり、網棚からバッグを下ろした。バッグを開けて中をまさぐっている。佐山優里は身を乗り出して永井由香里にテレビでアニメを流すアイデアを伝えていた。異論はないようで、すぐにテレビでアニメが再生されることになった。それを永井由香里がマイクで伝える。

「皆さん、前にあるテレビでアニメを流すことになりました。子供たちを退屈させないためです。よろしいでしょうか」

保護者たちの間からも反対の声は出ることなく、アニメの再生が始まった。子供たちがぐずっていた声も収まり、前の座席に乗り出すようにアニメを見始める子供もいた。

「由香里先輩、少し休んでください。連絡があったらすぐに言うので」

その声を聞き、華は永井由香里を見た。あまり顔色がよくない。これまで永井由香里はリーダー的な役割で、外部とのパイプ役も務めている。パニックにならずに済んだのも彼女の冷静な言動によるところが大きい。華は思わず声をかけていた。

「大丈夫ですか。顔色が悪そうですけど」

「ええ、何とか」

永井由香里は笑みを浮かべたが、やはりその顔には覇気がない。すると佐山優里が小声で言った。

「由香里先輩、実は妊娠してるんです」

「そうなの？　何ヵ月ですか？」

「六ヵ月です。無理しない方がいいと思うんですけど、状況が状況なだけに何とも言えなくて……」

できればバスから降ろしてあげたいところだった。しかしおそらく保育士の中でも最年長という責任感もあり、本人が首を縦に振らないだろう。心配だが今はどうすることもできない。華は通路を引き返して席に戻る。座席に座ると「ママ」と杏の声が聞こえた。

「どうしたの？」

華が訊くと、杏がその小さい手を前の座席の背もたれについている網ポケットの方に向けた。網ポケットの中に入れたスマートフォンの液晶画面が明るくなっている。和馬からの着信だった。華は慌ててスマートフォンに手を伸ばした。

※

タクシーに乗って五分ほどで東向島フラワー保育園に到着した。普段なら子供たちの声が外の通りまで響き渡っているのだが、今日はその声は聞こえない。タクシーから降りた和馬は正面玄関から中に入った。北条美雲も一緒だった。玄関を入ったところに制服警官が見張りのために立っていて、彼に事情を訊くと臨時休園の措置がとられたという。保育士たちが手分けして園児たちを自宅まで送り届けているらしい。

廊下を奥に進む。関係者は会議室に集まっているという話だった。和馬も何度か出入りしたことがあるので、中の構造は大体知っている。会議室に入ると、そこには八人ほどの特殊犯罪対策課の捜査員たちが待機していた。中央のテーブルには初老の男がおり、彼がこの保育園の園長だった。捜査員たちは園長が座るテーブルをとり囲んでいる。逆探知の準備も万端のようだった。

園長の隣に座る男が顔を上げた。細身のスーツを着たその容貌は刑事というよりビジネスマンといった感じだった。彼が主任の小曽根だった。今回の事件を仕切る立場にある捜査員だ。

「失礼します」和馬は小曽根のもとに近づいた。「捜査一課の桜庭です。彼女は北条といいます。この度は申し訳ありませんでした」

和馬は頭を下げた。すると小曽根が和馬の肩に手を置いて言った。

「謝ることはない。巻き込まれたことに責任はないからな。それより奥さんと連絡はとれたのか？」

「さきほどメールを送りました」

タクシーで法務省から向島署に向かう車中で短いメールを送ったが、まだ返信は届いていない。すると小曽根が提案した。

「奥さんに連絡してみろ。俺たちも保育士とはメールでやりとりしているんだが、車内の正確な情報を知っておきたい。奥さんからいろいろ聞き出してくれ。今後の参考になるようなことがわかるかもしれない」

「了解しました」

和馬はスマートフォンを出し、その場で華に電話をかけた。しばらくして電話は繋がった。

「華か？　俺だ、和馬だ。大丈夫か？」

「うん、大丈夫」

華の声が聞こえ、和馬は大きく息を吐いた。ひとまず無事であることが確認できて何よりだった。和馬は続けて聞いた。

「杏も無事か？」

「ええ、杏も元気にしてるわ」

微かな声と音が聞こえている。今の状況とは明らかに場違いな明るい音声だ。続けられた華の説明を聞き、和馬は納得した。

「アニメのＤＶＤを流してるの。子供たちを退屈させないためにね。何かしていないと雰囲気が悪くなってしまうから」

この状況で一番いけないのはパニックによる暴発だ。本当にバスの車内に爆弾が仕掛けられているのであれば、とにかく落ち着いて行動することが第一だ。

「まだ犯人からの要求はない。そっちの詳しい状況を教えてくれないか？」

和馬が訊くと、電話の向こうで華が言った。やや声を押し殺しているのは周囲の目を気にしているからだろう。

「中にいるのは全員で四十三人、その内訳は園児が十八人で……」

和馬は手帳を開き、確認する。華の言った人数は警察側が確認している数字と一致した。華が続けて言う。

「実はね、保育士の一人に妊婦がいるの」

「本当か？」

「ええ。ナガイユカリさんって保育士よ。彼女、バスに乗ってる保育士の中では最年長で、かなり疲労しているみたい。このまま彼女をバスに乗せておくのは危険かも」

「そうか……ほかに妊婦はいないだろうな」

「いないわ。さっきママ友の一人に確認した。妊娠してるのは彼女だけよ」

彼女だけはバスから降ろすように犯人側に持ちかけてみるのも手かもしれないが、こればかりは和馬の判断ではどうにもならない。特殊犯罪対策課がどう判断するかだ。最後に和馬はライフラインについて確認する。

「水や食料に困っていないか？」

「飲み物もあるし、食べ物もお菓子がある。それぞれ用意してきたものだけどね。夜までは厳しいかもしれない」

「わかった。それも上に伝える。華、頑張れ。杏を頼むぞ」

「うん。頑張る」

名残(なごり)惜しいが通話を切る。小曽根のもとに向かい、電話の内容を彼に伝えた。妊婦がいることを知ると、小曽根は座っている園長に確認した。

「保育士さんの一人が妊娠していらっしゃるそうですが、本当ですか？」

「ええ、永井由香里君です。出産は来年春と聞いております」

「そうですか……」

小曽根がそう言って何やら考え込むように腕を組んだ。小曽根も妊婦の体調を憂慮しているようだった。そのときだった。園長の前にある電話機が鳴り響き、会議室の緊張が一気に増した。

「いいでしょう。出てください」

小曽根がそう合図を送ると、園長が緊張した面持ちで受話器を持ち上げた。その額には汗が滲んでいる。

「はい。東向島フラワー保育園です」

「園長先生ですか？」

「ええ、私が園長の鈴木(すずき)です」

男性の声だ。通話の内容はスピーカーから流れてくる。特にボイスチェンジャーなどで加工はされていない生の声だった。年齢は広く見積もって二十代から四十代といったあたりか。

「それでは要求を伝える」

「待ってください。警察の方と代わっていいでしょうか。私には荷が重い」

しばらく間があったあと、犯人は言った。

「いいでしょう。代わってください」

最初から園長とは話を合わせていたようだ。今回の犯人は爆弾の見本を向島署に送りつけているので、警察の介入を最初から予測している形跡があった。だからこそ小曽根が犯人と直接交渉することを決めたのだろう。引き継いだ小曽根が犯人に言う。

「警視庁特殊犯罪対策課の小曽根です。よろしくお願いします」

「挨拶は抜きです。要求を伝えます。午後五時までに現金で一億八千万円を用意してください。今回は以上です」

今、時刻は午後二時四十分だった。午後五時まであと二時間と二十分だ。

「ちょっと待ってください。一億八千万円という大金をその時間までに用意するのは無理です。もう少し時間をとってくれませんか」

「無理ですね。とにかく言われた通りの金を用意するのがあなた方にできる最善の道です」

そのとき異変が起きた。ずっと和馬の隣で黙って話を聞いていた北条美雲が突然小曽根のもとに駆け寄った。そして何を思ったのか、手にしていた紙片のようなものを小曽根に手渡した。紙片に目を落とした小曽根が驚いたような顔つきで美雲の顔を見てから、咳払い一つして犯人に言った。

「金については前向きに検討する。それ以外にね、実は保育士の一人が妊婦で体調を崩しているので解放させてほしい。乗客がパニックに陥る恐れもあることから、保育士を一人降ろす代わりに、女性警察官を一人乗せる許可をいただきたい。彼女は連絡係であり、バスの中のパニックを抑える役割を果たすでしょう。あなた方も取引を成立させたいはずだ。どうか検討をお願いします」

和馬は思わず目を見開いていた。おそらく美雲が提案したのだろう。自分でバスの中に乗り込む気なのか、この新人は。

「検討します。またかけ直します」

犯人はそう言い、通話を切った。思わず和馬は北条美雲のもとに駆け寄っていた。

「北条さん、勝手な真似を……」

「すみませんでした」美雲は素直に頭を下げる。「妊婦さんを降ろすことで何かメリットを得られないかと考えた結果です。駄目なら駄目で仕方がないですから」

すると小曽根が横から口を出した。

「いや、桜庭君。彼女のアイデアは悪くない。利用できるものはすべて利用する。効率的な考えだ」

　パソコンを見ていた若い捜査員が顔を上げて小曽根に報告した。

「逆探知、失敗です」

　犯人も通話時間を意識していたように感じられた。通話していた時間は二分もないだろう。逆探知を恐れている証拠だ。

　小曽根が次々と指示を出していった。

「公園付近にいる捜査員に不審者、不審車両を探すように伝えるんだ。発見した場合、迂闊(うかつ)に近づかずにまずは本部に連絡することを徹底させるように」

　本部というのは向島署のことだ。向こうが本部であり、こちらは前線基地のようなものだろう。小曽根が携帯電話を耳に当てて話し始めた。

「お聞きになっていたと思いますが、犯人からの要求がわかりました。現金で一億八千万円、紙幣についての指定は特にありません。ご検討お願いします」

　電話している先は本部にいる上司だろう。身代金の用意などは上層部の判断に一任されることになるはずだ。この手の事件の焦点は現金の受け渡しだ。現金を受けとるときだけ、犯人は姿を現さなければならない。その瞬間を狙って犯人を逮捕するのが警察側のセオリーだった。犯人サイドがどんな受け渡し方法を提案してくるか、それが今後の焦点となる。

再び電話の着信音が鳴った。捜査員の一人が声を上げた。

「非通知です。犯人からの入電だと思われます」

「わかった」

小曽根がうなずき、受話器を持ち上げた。「もしもし。小曽根です」

「単刀直入に言う」やはり犯人からだった。犯人は一方的に言った。「妊婦を降ろす許可を与える。同時に女性警察官を一人、バスに乗せてもいい。それともう一つ、バスに乗っている男性陣を全員降ろす。これら一連の作業を十五時までに完了させること。それができない場合、バスを爆破する」

通話は切れた。途端に周囲が慌ただしくなってくる。犯人が指定した午後三時まであと十七、八分を切っている。

「桜庭君、急げ。急いで現場まで北条君を連れていくんだ」

「は、はい」

和馬はうなずいた。美雲はすでに会議室から飛び出している。和馬は慌てて彼女の背中を追って走り出した。

※

バスの車内は落ち着いていた。さきほどまでスマートフォンで外にいる家族とやりとりしていた保護者たちも今はほとんどがスマートフォンを前の座席の網の中に入れている。長丁場になったら電源がなくなってしまう。運転手のアドバイスもあり、電池の減りを気にする者が増え始めたのだ。

杏はテレビのアニメを観ている。その頭を撫でていると網の中に入れたスマートフォンに着信があった。父の尊からだった。無視しようかと思ったが、出るまでしつこくかけてきそうな気がしたので、仕方なく華はスマートフォンを耳に当てた。声を押し殺して言う。

「ごめん、お父さん。今、忙しいの」

「おいおい、華。いきなりそれはないんじゃないか」

「お父さん。本当に今は……」

「実はな、華。俺は今、仕事で神戸に来ているんだが、いい神戸牛を手に入れたんだ。A5ランクの最上級の霜降り肉だ。しかも二キロ。今晩うちでバーベキューでもどうかと思ってな。できれば来るときでいいんだが、どこかのワインショップで高いボルドーの赤を盗んできてくれると有り難い」

「ごめん、お父さん。今はそれどころじゃないの」

「それどころじゃないってお前、いったい……ん？」そこで尊を言葉を区切った。しばらくして尊が言う。「まさかお前、このバスに乗ってるんじゃないだろうな」

どういうことだろう。なぜお父さんが……。するとそのときバスの中で数人の保護者が何やら話し出した。通路を隔てたところに座る中原亜希を見る。彼女は自分のスマートフォンに視線を落としている。華は立ち上がり、彼女のスマートフォンを見た。亜希も気づいたのか、見易い位置に画面の角度を調整してくれる。

ネットの記事だった。『墨田区内の公園でバス乗っとりか』という見出しが躍っている。事件のことがニュースとして流れたのだ。

「間違いないな。華、このバスに乗ってるんだな。おい、華。何とか言ったらどうなんだ」

「その通りよ」認めざるを得なかった。「ごめん、お父さん。スマホの電池も心配なの。和君がきっと助けてくれる。だから心配しないで」

「心配するに決まってるだろ。おい、華。杏ちゃんは無事なんだろうな。杏ちゃんにもしものことがあったら俺は……」

ごめん、と心の中で詫びてから通話を切った。すぐにまた尊から着信が入ったが、華はそれを無視した。この状況で父の尊に出てこられると厄介なことになりそうな気がしてならなかった。本気で孫を救出する作戦を練ってしまいそうで怖かった。

「皆さん、ちょっとよろしいでしょうか？」

マイクの声が聞こえた。話しているのは佐山優里だ。永井由香里ではない。佐山優里は続けて言った。

「今、警察から電話がありました。十分後の午後三時に男性陣を全員降ろすように指示されました」

男性陣というのはバス旅行に参加している三人の父親、それと運転手の合わせて四名のことだ。どうして男性だけ優先して降りることができるのだろう。すると佐山優里が説明した。

「これは犯人側からの指示なので、従っていただくしかありません。三人のお父さんはバスから降りる準備をしてください」

「おい、待ってくれ」一番後ろの席で男が立ち上がる。さきほど騒いだ例の男だった。「妻と娘を置いて俺だけ降りることなんてできない。俺は残る」

「お願いです。これは犯人からの指示なんです。従わなければ爆発してしまうかもしれないんです」

しばらく押し問答が続いたが、周りの保護者に説得される形で三人の父親はバスから降りることを了承したようだった。運転手が降りてしまうのは痛かった。彼はさきほど永井由香里に代わって車内の雰囲気を一変させた。彼がいなくなると考えると今後のことが思いやられて仕方がない。

「それともう一つ」佐山優里が説明する。「うちの永井由香里ですが、現在妊娠中のため、バスから降りる許可をいただきました」

永井由香里が立ち上がり、皆に向かって深々と頭を下げた。その目には光るものが見えた。無念そうな表情だった。しかし佐山優里が続けた言葉で車内の空気がわずかに明るくなる。

「永井由香里は降りてしまいますが、代わりに女性警察官が一人、このバスに乗り込んでくれるとのことです」

朗報だった。警察官というだけで期待できる。男性陣が降りてしまうと、残されるのは女性と子供だけだからだ。

華は隣に座る杏を見る。中断していたアニメが再生され、杏はテレビの画面に目を向けていた。

※

「北条さん、自分が何をするべきか、わかってるな」

和馬は隣に座る新人刑事、北条美雲に念を押した。今、二人はパトカーの後部座席に座っている。行く先は荒川緑地公園の駐車場で、パトカーはサイレンを鳴らして飛ばしている。

「はい、わかってます。バスの車内に残されているのは女性と子供だけです。混乱にならぬように落ち着かせ、同時に爆弾の位置を特定します」

正解だ。ただし爆弾の位置を特定するのは危険を伴う作業なので、優先順位はさほど高くない。普通に考えればバスの内部から特定できる位置に爆弾が仕掛けられているとは思えないからだ。

「北条さん、気をつけるんだぞ」

「お気遣いありがとうございます」

和馬は隣に座る新人刑事の横顔をちらりと見る。さすがの彼女も緊張しているようで、顔つきが険しかった。美人なだけに怖さが増す。

「北条さん、顔が怖いよ」

「すみません」

そう言って美雲は笑みを浮かべた。成り行きとはいえ、爆弾が仕掛けられたバスに乗り込もうというのだ。新人には荷が重い役目のはずだが、彼女なら何とかしてしまうだろうという妙な予感がするのが不思議だった。血筋というやつだろうか。

「そろそろ到着です」

パトカーを運転する制服警官が言った。パトカーが速度を落とし、荒川緑地公園の駐車場の前で停車した。駐車場の前には五台のパトカーが停まっていて、遠巻きに駐車場内の大型バスを見守っている。和馬たちが降りると、数人の捜査員が近づいてきた。特殊犯罪対策課の捜査員だ。

「君が北条美雲か？」

一人の男が美雲を見下ろして言った。美雲がうなずくと男が続けた。

「小曽根主任から話は聞いてる。保育士の代わりに中に入るんだってな。わかっていると思うが、重大な任務だ。心してかかってくれ」

「わかりました」

和馬は腕時計に目を落とした。時刻は午後二時五十八分だった。男性陣と妊娠している保育士の解放時刻まであと二分を切っている。

「先輩、奥さんに何か伝えることは？」

美雲に訊かれ、和馬は一瞬悩んでから答えた。

「必ず助ける。そう伝えてほしい」

「了解です」

美雲はそう言って長い髪を一つに束ね、シュシュで留めた。その顔つきは真剣なものだった。

二人の制服警官がやってきた。美雲を案内する役割のようだった。二人の警官に先導され、美雲がバスに向かって歩き始めた。するとそのとき、バスのドアが開くのが見えた。時刻は午後三時ちょうどになっていた。

最初にバスから降りてきたのは男性だった。続いても男性だ。四人の男性が降り立ってから、最後に保育士らしき女性がバスから降りてきた。白とピンクのエプロンをしている。

美雲がバスに到着したのが見えた。先導していた二人の警官が降りてきた五人に声をかけ、彼らを連れてこちらに向かって歩いてくる。美雲は一人その場に残される形となった。

頼むぞ、北条さん。

和馬は心の中で彼女に向かって言う。美雲が歩き始めるのが見えた。バスのステップに足をかけ、それを上り始めた彼女だったが、どこかにつまずいてしまったのか、盛大にこけてしまう。こちらまで音が聞こえてきそうな転びっぷりだ。和馬の近くにいた捜査員がつぶやいた。

「あの子、大丈夫かよ」

美雲が立ち上がり、再びステップを上り始めた。彼女の姿が見えなくなると、バスのドアが閉まった。警官に誘導された五人がこちらに向かって歩いてくる。待機していた医師と看護師が女性の保育士のもとに向かい、彼女の肩に毛布をかけた。顔色が悪いが、自分の足で歩けるなら大丈夫そうだ。四人の男性は疲れた様子もなく、無念そうな顔つきをしている者がほとんどだった。妻子より先に解放されたことを悔やんでいるのだろう。

捜査員の一人が彼らに向かって声を張り上げた。

「皆さんには事情聴取をさせていただきます。事件の早期解決のためにご協力ください。体調が優れない方、遠慮なく申し出てください。病院までお連れいたします」

四人の男性は誰も手を上げなかった。捜査員に誘導され、彼らはパトカーの方に案内されていく。妊娠している保育士は救急車に乗せられていた。

和馬はもう一度バスの方に目を向けた。爆弾が仕掛けられ、中に乗客が閉じ込められているのだが、そうは思えないほど不思議な静寂が漂っていた。

※

「だ、大丈夫ですか？」

保育士の佐山優里が心配そうな顔つきで言った。四人の男性と保育士の永井由香里がバスから降りた直後、代わりに女性警察官がバスに乗ってきた。その女性警察官はバスの入り口のステップで盛大に転んでしまったのだ。女性警察官は膝をさすりながらバスの車内に入ってくる。

「ご心配なく。いつものことなので」

予想を完全に裏切られ、華はしばらく女性警察官の顔を眺めていた。

まだ若い。二十代前半だろう。黒くて長い髪を後ろで無造作に束ねている。特徴的なのはその顔だ。お人形さんのように整った顔をしている。モデルとか芸能人だと言われても信じてしまうかもしれない。本当に彼女は警察官なのだろうか。

「皆さん、初めまして」女性警察官が言った。「警視庁の北条美雲と申します。頼りなく見えるかもしれませんが、こう見えてもれっきとした刑事です」

彼女はグレーのパンツスーツを着ている。そのスーツの上着の懐から手帳を出し、バッジを見せた。続けて彼女が言う。

「現在、警視庁が主導して、事件の早期解決に向けて動いています。パニックにならぬよう、ここでお待ちになってください」

バスの後ろの方から子供が啜り泣く声が聞こえてきた。さきほど三人の父親が降りていった際、その別れを惜しんだ子供が泣いているのだった。それに気づいたのか、北条美雲という女刑事が言った。

「大丈夫ですか？」

「ええ、大丈夫です」後ろに座っていた母親の一人が答えた。「それより教えてください。私たち、ずっとここにいるので外の状況がわからないんです。今の状況を知りたいんです」

それは華も同じだった。さきほどからほかの保護者と一緒にネットニュースを見ているのだが、最初の第一報が伝えられて以降、新しい情報は出てきていない。何がどうなっているか、まったくわからない状況だ。

「わかりました」北条美雲がそう答え、話し始める。「さきほど犯人側から要求がありました。現金で一億八千万円を用意すること。それが犯人側の要求です。期限は午後五時までです」

保護者の間からどよめきが洩れる。一億八千万円という大金、誰が用意できるのだろうか。

「ここに閉じ込められているのは十八名の園児と、その母親です。つまり一家族につき一千万円を目安にして、犯人が金額を設定したことは間違いありません」

残念ながら華と和馬の貯金は一千万円には到底及ばない。保護者たちも困惑した表情で顔を見合わせていた。北条美雲が続けて言う。

「身代金につきましては心配する必要はありません。大変かもしれませんが、今はここで耐えることが大事です。身代金の受け渡し方法などについては、警視庁の専門チームが対応する予定になっています」

心配するなと言われてもやはり不安だ。しかしここは警察を信じるしかないだろう。

「次に犯人から連絡があるのは、身代金の準備期限である午後五時過ぎだと思われます。それまで二時間近くあります。この時間を無駄にするつもりはありません」

バスに乗っている保護者の視線は北条美雲に注がれている。彼女は乗客たちを見回して言った。

「犯人は爆弾を仕掛けたと言っていますが、その実物はいまだに確認できていません。おそらくエンジンなどが入っている機関部に仕掛けられていると考えられますが、この室内にある可能性もゼロではありません」

否定はできない。バスの乗客が爆弾を持ち込んでいる、もしくは知らずのうちに持ち込んでしまった。そういうケースも考えられるのだ。

「気分を害されるかもしれませんが、これより私は皆様のところを回って、お一人ずつお荷物をチェックさせていただきます。よろしいでしょうか？」

誰も答えない。北条美雲は涼しい顔で続けた。

「では始めます。お手数ですが、網棚に載せてある荷物は下ろしていただけると助かります」

そう声をかけながら、北条美雲は通路を後ろへと歩いていった。

「ご協力ありがとうございました。問題ありませんね」

北条美雲の手荷物チェックはまだ続いていた。後ろから前へという順番で進んでくる。華は前方の席に座っているのでこれからだ。隣の杏は疲れたのか眠っている。

次は自分の番だ。華は立ち上がり、網棚に置いてあったバッグを下ろした。座席に座ったところで北条美雲が声をかけてきた。

「よろしくお願いします」

美雲が言う。その顔を見て華は思った。本当に若い。肌なんてツヤツヤで少し羨ましい。いや、少しどころではなくだいぶ羨ましい。華は今年で三十歳になり、二十代のときと比べて化粧のノリが悪くなったのを実感している。

「こちらこそよろしくお願いします」

そう言って華はリュックサックを開けた。中に入っているのは昼に食べたお弁当の容器と麦茶の入った水筒、あとはお菓子とタオルくらいだ。

「そちらのハンドバッグも念のためお願いします」

膝の上に置いてあったハンドバッグを開け、中身を美雲に見せる。中には財布と化粧ポーチ、ハンドタオルなどが入っている。中身を確認した美雲がうなずいた。

「大丈夫ですね。問題ありません。ご協力ありがとうございました」

　美雲は背中を向けて通路を隔てたところにいる中原亜希母子のもとに向かった。それからしばらく手荷物チェックは続き、最後に二人の保育士の荷物を調べて終了となった。美雲は全員に向かって言った。

「皆さん、ご協力ありがとうございました。不審物は発見されませんでした。私は車内の捜索を続けていきますので、皆さんはお気になさらずにお過ごしください」

　美雲は通路を歩き、後ろの方で膝をついた。その足元には四角い点検口があるのが見えた。あれを開けて中を見ようと言うのだろうか。彼女がレンチのようなものを使って点検口を開けようとしているのを見て、華はたまらず立ち上がった。

「あの、お手伝いさせてください」華は彼女のもとに向かって膝をついた。今日はスリムジーンズを穿いているので、多少の汚れは問題ない。「何をすればいいでしょうか？」

「ありがとうございます。それじゃここを回してもらっていいですか」

　五分ほどかかったが、点検口を開けることができた。中には見たこともない機械が入っていて、かすかにオイルの匂いがした。華は訊いた。

「刑事さん、車のエンジンとかに詳しいんですか？」

「いえ、全然」美雲が小さく笑って言う。「一応免許は持っていますが、自分で車を整備することはできません。タイヤのチェーン装着も無理です」

美雲は右手に持ったスマートフォンで点検口の内部を撮影した。右手を点検口の内部に差し込み、奥の様子まで撮影している。撮影を終えた美雲はその場でスマートフォンを操作しながら説明する。

「撮った画像を本部に送ります。専門家が見れば爆弾の場所を特定できるかもしれませんので。運転席の周りを確認したいので、引き続き手伝ってもらえますか？」

「ええ。私でよければ」

点検口を閉め、前方の運転席に向かった。運転手が降りてしまったため誰も座っていない。ドアの開閉の方法やエアコンのスイッチなどは保育士が知っているらしい。おそらく保護者の中で大型免許を持っている者はいないだろうし、この若い女刑事も運転できないだろう。

「三雲さん、お話があります」

美雲があたりを見回し、小声で言った。それを聞いて華は不思議に思った。どうしてこの刑事さん、私の名前を知っているんだろうか。

運転席の周りは誰もおらず、一番前の席に座る二人の保育士は疲れたのかぐったりしている。この会話を聞いている者は誰もいない。華も小声で言った。

「何でしょう？」

「先輩、いえ、ご主人からの伝言です。必ず助ける。そうおっしゃってました」

和馬からの伝言だろう。華は訊いた。

「主人をご存知で？」

「ええ、同じ班です。いつもお世話になっております。ところで三雲さんは何かスポーツでもやってらっしゃるんですか？　剣道とか合気道とか」

「特には。どうしてですか？」

「いえ、何かを究められたようなオーラを感じます。一流の武道家が発するものによく似ているような気がします」

この子、鋭いな。華は素直に思った。これは気を引き締めてかからなくてはならない。私の中には泥棒の血が流れている。それを知られてはいけないのだ。

「もしかすると茶道ではないでしょうか。母の影響で幼い頃から茶道を始め、かれこれ二十年近くやっておりますので」

母の悦子が茶道をやっているのは本当だが、連れていかれたのは一度か二度だけだ。しかし美雲は納得したようにうなずいた。

「茶道ですか。かなりのお手前とお見受けしました」

「それほどではありません。刑事さんこそ、まだお若いのに優秀なんですね」

お世辞でも何でもなかった。爆弾が仕掛けられたバスに単身乗り込んでくるなんて、普通だったらもっと動揺するだろう。しかしこの子は驚くほど冷静だ。並の女の子にできることではない。

「必ず皆さんをお助けします。そのために私はここに来ました」

美雲は笑みを浮かべてそう言い切った。その表情は自信に満ち溢れていて、若いっていいなと華は少し羨ましく思った。

※

和馬は東向島フラワー保育園に戻っていた。時刻は午後三時三十分を回っている。今は完全に犯人からの連絡待ちだった。今、和馬は年長組の教室にいる。バスに閉じ込められた園児は総勢十八名おり、その父親や祖父母といった家族が集まっていた。

「一千万円って、そんな大金どうすれば……警察は用意してくれないんですか？」

保護者の一人に訊かれ、和馬は答えた。

「原則的には用意しません。身代金というのはご家族の方が用意するものです。ただし誘拐事件というのは検挙率が非常に高い犯罪です。百パーセント近いと考えてもらって結構です。ですからほとんどの場合は身代金が戻ってきますし、本物の紙幣を使用しない場合もあるんですよ」

海外ではともかくとして、日本国内ではそもそも誘拐というのは発生率が低い犯罪だ。その理由として、犯行そのものを成功させることが難しいからだと言われている。最大の難関は身代金の受け渡しだ。警察からすると犯人が姿を現すのだから、その瞬間を狙って捕まえればいいだけだ。

「時間的にも銀行は閉店しています」和馬は集まった保護者に説明した。「金は用意できたと犯人に伝え、偽の金、たとえば新聞紙などを詰めたバッグを使用することになるかと思います」

「そんなことして、バレたらどうするんですか。妻と息子の命がかかっているんですよ」

「そうならないようにするのが警察の仕事です」

和馬は事件に巻き込まれた当事者であり、同時に警察官でもあった。そのため保護者への対応を一手に任されていた。遅れた保護者が到着するたび、最初から説明しなければならなかった。

教室に集まっているのは十五人ほどだ。大部分が園児の父親で、事件発生を仕事中に知らされたためか、ほとんどがスーツ姿だ。まだ連絡がとれていない家族もあった。仕事中らしく電話が繋がらないのだった。

「絶対に本物の金を用意するべきですよ」

「どうやって？　銀行は閉まっているんですよ」

保護者同士が言い合っている。二人ともサラリーマン風の男性だった。

「非常事態だ。銀行だって開けてくれるはずだ。もし偽金を使って犯人の気に障ったらどうするんですか？」

「そうならないようにするのが警察の仕事ですよ。ここは警察に任せた方がいい」

「警察に任せるのは賛成です。でも金だけは本物を用意するべきだ。警察が言えば開けてくれるでしょう。刑事さん、どうなんですか？」

「それは……」答えようとしたとき、胸のポケットの中で振動音を感じた。スマートフォンを出すと着信が入っている。「ちょっと失礼します」と謝ってから和馬は教室から出た。スマートフォンを耳に当てると、父である典和の声が聞こえてくる。

「和馬、話は聞いた。状況はどうなってる？」

典和の声は切迫していた。和馬は答えた。

「犯人からの連絡を待ってるところだ。俺は保育園で保護者相手に状況を説明してる」

「華ちゃんと杏ちゃんは無事なんだな」

「ああ、二人とも無事だ」

さきほど華からメールが来て、北条美雲と話したことが書かれていた。同時期に美雲からもメールが届き、二人が元気でいることを伝えられた。

「俺は生憎名古屋に出張中でな、戻るのは夜遅くになりそうだ」

典和は出張も多い。各地でおこなわれる会議やシンポジウムに参加するためだ。ほかにも海外のＶＩＰが訪れると同行する場合もある。

「なに和馬、心配は要らん。お前も知っての通り、誘拐事件というのはここ数年成功例がない。今回も必ず失敗に終わるはずだ。問題はいかにして人質の無事を確保するかだ」

今、小曽根を中心として作戦が練られているはずだ。爆弾の位置を特定するのが先決だった。爆弾が仕掛けられている場所を特定し、できれば解除すること。それが一番望ましい。

「和馬、頼むぞ。場合によっては俺の名前を出しても構わん。必ず華ちゃんと杏ちゃんを無事に救い出してくれ」

通話は切れた。典和が心から心配している様子が伝わってきた。教室に戻ろうとしたとき、またスマートフォンに着信が入る。画面に表示された名前を見て、和馬は一瞬だけ出るのを躊躇する。かけてきた相手は義母の三雲悦子だった。出なかったらしつこく何度もかかってくるだろう。和馬は諦めてスマートフォンを耳に当てた。

「はい、桜庭です」

「和馬君、どういうことかしら。今、うちの人から聞いたんだけど、華と杏ちゃんが誘拐されたっていうのは本当なの？」

「ええ、まあ。しかしお義母さん、安心してください。華と杏は必ず助けます」

「そんな警察みたいな台詞は聞きたくないわ」

「お義母さん、俺はこう見えても刑事なので……」

「身代金はいくらなの？　三億？　それとも五億？」

華と一緒になってわかったことだが、三雲家の人間の金銭感覚はおかしい。狂っていると言ってもいい。今年のお正月、尊はフェラーリの幼児用自転車を、悦子は幼児用のカシミヤのコートをお年玉代わりに杏に与えようとしていた。どちらも数十万円はする代物だったので受けとるわけにいかず、やんわりと断った。似たようなことがこれまでに何度もある。

「お義母さん、とにかく心配は要りません。警察が何とかしますので」

「和馬君、その肝心の警察が頼りないから心配しているんじゃないの。日本の警察がそんなに優秀なら、私たちみたいな泥棒をどうして逮捕できないのよ」

おっしゃる通りだ。それを言われてしまうと反論の余地がない。我が日本警察は長年にわたりLの一族を逮捕できずにいる。

「お義母さん、今回は誘拐事件です。誘拐事件の成功率はとてつもなく低いです。お義母さんもその世界では一流の方なので、おわかりになるとは思いますが」

「まあ、そうだけど」悦子が満更でもなさそうに言う。「私は一流の泥棒だけど、たしかに誘拐事件なんて割りに合わないわね。だったら金目のものを盗んだ方が早いし確実ね」

「そうなんですよ。だから今回も失敗に終わります。今、どうやって人質を救出するか、それを本部で検討しているはずです。お義母さんが警察に対して不信感を抱いているのはわかりますが、今回は警察に任せてください。お願いします」

和馬はよくサラリーマンがやるように電話片手に頭を下げていた。和馬の思いが通じたのか、悦子が言った。

「まあいいわ。今回に関しては警察に任せることにしましょう。でもね、和馬君。華と杏の身に何かあったら許さないわよ。それだけは覚悟しておきなさい」

「ええ、肝に銘じます」

通話を切って、和馬は大きく溜め息をつく。なぜこうも強烈なプレッシャーを義理の母親から受けなければならないのだろうか。まったく三雲家の人間はこれだから怖い。

「すみません、警察の方ですか?」

廊下の向こうからスーツ姿の男が歩いてきた。遅れて到着した保護者だろうか。

「そうです」と言いながら、和馬はスマートフォンをポケットにしまった。

※

美雲はスマートフォンに目を落とした。時刻は午後四時を過ぎたところだった。バスの車内に入って一時間が経過したが、いまだに爆弾が仕掛けられた場所は特定できずにいる。

美雲は今、運転席に座っている。客席部分はすべて調べ尽くしたといってもいい。どこにも爆弾らしきものはなかった。やはりエンジン部分に仕掛けられていると考えていいだろう。

残念でならない。爆弾を発見するのはいわば二次目的であり、最大の目的は人質の状況を確認し、パニックになるのを未然に防ぐことだ。しかしそれだけでは事件解決に繋がらない。美雲の目標は事件を解決に導くような決定的な仕事をすることだった。それこそ超一流の刑事になるためのステップだろう。

「刑事さん、お一ついかがですか？」

目の前にチョコレート菓子の箱が差し出された。顔を上げると三雲華が立っている。「ありがとうございます」と美雲は箱から菓子を手にとり、口に運んだ。甘くて美味しい。

「何か信じられません」三雲華は言う。「爆弾が仕掛けられたバスに乗ってるなんて。普通にお喋りしたりアニメを観たりできるのに、私たちは人質なんですね」

　たしかに変わった事件だと思う。日本では前例がないだろう。

「三雲さんがそうおっしゃるのは無理もありませんね。普通、人質というのはある程度の不便さが伴うものですが、今回の事件に関してはバスに乗り続けるという制約があるだけで、それ以外は自由に行動できますので」

「刑事さんは刑事になって長いんですか？」

「まだ新人です。一ヵ月も経っていません。三雲さん、名前で呼んでくださって結構です」

「美雲さん。何か変ですね。お互いミクモって呼び合うのって」

　そう言って三雲華は笑う。最初彼女の姿を見たとき、美雲はいつものように彼女を観察した。和馬の妻で書店員をしている。和馬から与えられていた事前情報以外に美雲が感じたことは、何かを究めたプロフェッショナルではないかという印象だった。聞くと長らく茶道をやっていたらしい。

「じゃあ私も名前で呼ばせてください。ところで華さん、どこで旦那さんと知り合ったんですか？」

「え、いきなりその質問？」

「参考までに。刑事と書店員っていう組み合わせが意外なので」

「出会った当時、私は図書館で司書をしていたんです。彼が図書館に本を返しに来たときに知り合いました。それが最初のきっかけですね」

美雲は人を好きになったことがない。もちろん、中学や高校、大学に通っていた頃、この先輩かっこいいなとか、この人優しいなとか、そういう淡い恋心程度は抱いたことがあるのだが、心の底から人を好きになったことは一度もない。

「先輩、いや旦那さんと出会ったとき、何か感じました?」

「そうだなあ」華は腕を組み、近くにあった補助椅子に座った。バスガイドが座る椅子らしい。「私の場合、特にないかな。第一印象は悪くなかったけれど」

運命の人に出会ったら、自分はそれを見抜けるという自信が美雲にはある。持ち前の勘と観察力があれば、会った瞬間にそれがわかるはずだと美雲は常日頃から思っている。今までに出会った異性にそういったものを感じたことはない。いつの日か、そういう男性に出会うだろうと美雲は漠然と思っている。

「美雲さん、やっぱり犯人はどこかから見ているんですよね」

「ええ。おそらく」

そう答えながら美雲は気づく。こうしてバスの車内にいるのだから、犯人がバスを観察している地点を特定できるのではないだろうか。

バスの周囲を観察する。このバスのほかに駐車場に停まっている車は現在三台ある。公園内は封鎖しているはずなので、所有者はここに車を置いたままどこかに行ってしまっていると考えられた。いずれにしても残された三台の車に不審な点がないことは捜査員によって確認されているはずだ。

では犯人はどこから観察しているか。美雲は周囲を見回した。駐車場の周りには桜の木々が植えられているので、ある程度の角度がなければ、このバスを観察するのは難しそうだ。となるとそれをできる建物は限られてくるのではなかろうか。

美雲はこの周辺の地図をスマートフォンで呼び起こした。そして窓から外を見て、このバスを視界に入れることができそうな建物をチェックしていく。周囲には二、三階建ての一軒家やアパートなどが多いが、その程度の高さではバスの様子を窺うことは無理だと思われた。

「美雲さん、これを使った方がいいんじゃないですか」

三雲華がタブレット端末を渡してくれた。保育士のものらしく、画面には周辺地図が表示されている。一緒に渡されたタッチペンでメモを書き込むことができるらしい。

「ありがとうございます。助かります」

「私も手伝いますよ。何をすればいいですか？」

「このバスを観察できそうな建物を探してください。犯人がそこに潜伏している可能性があります」

「わかりました。やってみます」

華がそう言って東側の窓の外に目を向けたので、美雲は逆の西側の窓から外の様子を観察した。何もしないよりはよかった。犯人は必ずこのバスの様子を観察しているはずだ。

※

「桜庭さん、お客さんです」

年長組の教室には二十人近い保護者が集まっていて、今も和馬はその対応に追われていた。やはり保護者たちが気になるのは身代金のことらしく、それをいちいち説明するのが面倒だった。しかし保護者の不安をとり除くのが自分の役割だと考え、和馬は懇切丁寧に説明することを心がけた。

外を見張っていた警官に呼ばれたのは、午後四時十五分のことだった。いったん説明を中断して教室から出る。

廊下を歩いて踊り場に出たところにその男は立っていた。男の顔を見た途端、急に頭が痛くなってきた。

「涉さん、なぜここに……」

「ごめんね、和馬君。仕事中に呼び出してしまって」

義理の兄の涉だった。彼は華の実の兄にあたり、その正体は凄腕のハッカーだ。十代から二十代にかけて引き籠もりながら国や企業の情報を盗み、それを売って稼いでいたらしい。ここ数年は外に出るようになったようで、今は黒いジャケットにベージュのチノパンというごくまともな服装をしている。昔はジャージしか着ていなかったらしい。なぜか涉は旅行用のスーツケースを持っている。

「お父さんから電話があって、これを持ってくるように言われたんだ」そう言って涉はスーツケースを前に押し出した。「一億入ってる。身代金として役立ててよ。妹と姪っ子のためだ」

「すみません、涉さん、これを受けとるわけには……」

「和馬君、僕を困らせないでよ。僕だってお父さんに命令されただけだし、これを受けとってくれないと僕が怒られちゃうよ」

「そうかもしれませんが……」

「じゃあね、和馬君。あとはよろしく」

涉は飄々と言い放ち、スーツケースをその場に置いて引き揚げようとした。和馬はスーツケースの引き手を持ち、それを引き摺りながら渉の背中を追いかける。

「渉さん、待ってください。これを受けとるわけにはいかないんです」

保育園を出たところでようやく追いついた。渉はタクシーに乗るつもりらしく、路肩でタクシーが通りかかるのを待っている。和馬は義理の兄に向かって言った。

「このお金は必要ありません。なぜなら犯人は必ず検挙されますし、華と杏も無事に帰ってくるからです、だから渉さん、この金は持ち帰ってください。お願いします」

和馬は深く頭を下げた。五秒ほど頭を下げ続けていると、頭上で渉の声が聞こえた。

「わかったよ、和馬君。お父さんには僕からうまく言っておく。このお金は持って帰ることにするから」

頭を上げ、和馬は言った。

「そうしてください。絶対に二人は助けます」

「でもまあ、せっかく持ってきたんだしね」

渉がスーツケースを横に倒し、暗証番号を入力してそれを開けた。和馬は目を疑う。スーツケースの中には札束がぎっしりと入っている。一億円と言っていたので、百万円の束が百個入っているということか。和馬は周囲を見回した。こんな大金を所持しているところを誰かに見られたらそれこそ大変なことになるだろう。下手したら、いや下手しなくても通報されてしまう。

しかしそんなことはどこ吹く風といった様子で渉は札束を一つ手にとり、それを和馬のスーツのポケットに押し込んでくる。

「これで美味しいものでも食べてよ。捜査員の皆さんも大変だろうしね」

「だから受けとるわけには……」

足音が聞こえた。振り返ると巡回中の二名の警察官がこちらに向かって歩いてきた。和馬は慌てて膝をついてスーツケースを閉めた。そして通りかかった空車のタクシーに向かって手を上げる。この男を一刻も早くここから追いやるべきだ。タクシーが停まったので、和馬は渉の代わりにスーツケースを持ち上げた。

「渉さん、乗ってください」

運転手にトランクを開けてもらい、スーツケースを中に入れた。後部座席の窓が開き、渉が顔を出して言う。

「じゃあね、和馬君。華と杏ちゃんを頼んだよ」

渉を乗せたタクシーが走り出し、和馬はそれを見送った。タクシーが角を曲がるのを見て、和馬はどっと疲れが出るのを感じた。華にはこんなことは言えないが、三雲家の人間と付き合うのは疲れてしまう。和馬は再び保育園の敷地内に戻ることにした。

保育園の前には二人の警官が立っていた。和馬はポケットに手を入れて、渉から受けとった札束から数枚の紙幣を引き抜いた。それを一人の警官に手渡した。

「これで食べ物や飲み物を買ってきてくれないか。ここにいる捜査員、保護者への差し入れにしたいんだ」

「いいんですか？」

「ああ。さっきの方は人質の親戚らしい。どうしてもと言ってこのお金を置いていかれたのでね。せっかくだから有り難く頂戴しよう」

「わかりました。ではコンビニに行ってきます」

「よろしく」

ちょうど通りを挟んだところにコンビニがあり、警官はそこに向かって走り出した。門から中に入って踊り場を歩いていると、スマートフォンに着信があった。北条美雲からだった。

「先輩、今、大丈夫ですか？」

美雲の声が聞こえてくる。和馬は答えた。

「ああ、大丈夫だ。今は保育園で保護者の相手をしている。そっちの様子はどうだ？」

「問題ありません。保護者も園児も落ち着いています。あ、奥さんと娘さんも元気ですよ。娘さんは今は眠ってるようです」

和馬は胸を撫で下ろす。保護者への説明に手こずり、華に電話をかけることができずにいた。あの二人が爆弾の仕掛けられたバスに乗っている。それを考えるだけで落ち着かない気分になってくる。二人が元気なら一安心だ。

「先輩、メール見ました？」

「いや、見てない。ちょっと待ってくれ」

渉と話していてメールの受信に気づかなかったようだ。見ると美雲からメールを受信しており、画像が添付されていた。バスが停まっている荒川緑地公園周辺の地図らしい。赤い線でいくつかの建物がマーキングされていた。

画像を確認し、和馬は美雲に訊いた。

「北条さん、これは？」

「犯人は絶えずバスを見張っているものと考えられます。望遠鏡などを使ったとしても、このバスを始終監視できる建物は限られていると考えました。添付した画像を見ていただければわかりますが、赤いチェックが入っている建物であれば、このバスを監視できると思われます。実際に私がバスの中から観察したことなので、間違いないかと」

なるほど。和馬は素直に感心した。こういう生の情報は実際にバスに乗った者にしか得られないものだ。

「わかったよ、北条さん。必ず捜査に役立てるよ」

「お願いします。該当する建物は全部で五棟あります。いずれもマンションです。条件は二つ、三階以上で、ここ三ヵ月以内に入居した物件をピックアップしてください。その中に犯人グループが借りた物件があるかもしれません」

「了解した。すぐに上に報告する」

「お願いします」

通話を切り、廊下を奥に急いだ。会議室のドアを開ける。特殊犯罪対策課の捜査員たちが電話機をとり囲むように座っている。

和馬は小曽根のもとに向かった。

「主任、よろしいですか?」スマートフォン片手に和馬は言った。「今しがたバスの車内にいる北条から連絡が入りました。スマートフォンに表示した地図を小曽根に見せ、彼女が送ってきた地図がこちらです」彼女の考えを説明した。高層マンションの一室に犯人グループの監視部屋があり、そこを特定するのが事件解決の早道ではないか。

説明を聞き終えた小曽根が言った。

「悪くない。やってみて損はないはずだ。向島署にうちの捜査員がつめている。彼らに連絡して、不動産会社を当たるように指示を出しておこう。桜庭、お前は建物の所在地、マンション名を調べてすぐに向島署に伝えてくれ」

「わかりました。これをお借りしてもよろしいですか？」

「ああ、好きに使え」

和馬は椅子に座り、テーブルの上に置いてあるノートパソコンをインターネットに接続した。自分のスマートフォンを見て、該当するマンションの名称、所在地を調べていく。頭上で小曽根の声が聞こえた。

「北条美雲。北条先生のご息女と聞いていたが、噂通りの才媛のようだな」

和馬はパソコンの画面で時間を確認した。午後四時三十分を回ったところで、約束の午後五時まであと三十分を切っていた。

※

「美雲さんはなぜ刑事になろうと思ったの？」

三雲華がそう訊いてきた。美雲は今、運転席に座っており、三雲華はその隣の補助席に座っている。美雲は答えた。

「私、実家が探偵事務所なんです。祖父の代から探偵業を営んでいて、私も探偵になるのを義務づけられていました。大人になったら探偵になるんだなってずっと思ってました」

不思議だった。三雲華とは初対面なのに、こんな話をしているのが不思議でならなかった。桜庭和馬の妻というだけで、これほどまで親近感が湧くものだろうかと疑問に思ったが、それでも美雲は話し続けた。

「私、一人娘なんですね。だから私が探偵にならないと、うちの事務所は潰れてしまうんです。でも私、このまま探偵になっていいのかって自分の将来に不安を覚えたんです。決められたレールの上を走るのを嫌になったというか」

簡単に言うと反抗期だ。探偵以外の道を模索した結果、思いついたのは刑事だけだった。

「探偵って、民事の捜査がほとんどなんです。父は有名な探偵なんで、たまに大阪府警や京都府警から刑事事件の相談を受けたりしますけど、原則的には民事関係がほとんどです。浮気調査とか人探しとか。でもやっぱり大きな事件に関わりたいじゃないですか。その点、警察というのは最初から刑事事件しか扱わないんです。それは凄い魅力的です、私にとって」

「そうだね。じゃないとここにいないわけだしね」

「その通りです」

三雲華と目が合い、自然と笑みがこぼれた。仮に京都の探偵事務所で働いていたら、こうしてバスジャックの現場にいることもなかっただろう。

「そうかあ、探偵一家の生まれなんだね、美雲さんって。何かわかるわ」

三雲華がしみじみと言うので、美雲は訊いた。

「何がわかるんですか？」

「あ、いや、うちの主人のこと。うちの主人も警察一家で、いろいろと気苦労が絶えないみたいなの。だから何か共感できるの」

「なるほど。そういうことですね」

先輩刑事のことを思い出すが、それほど気苦労を抱えて生きてきたようには見えない。どちらかというとのほほんと生きてきたタイプの男性に見える。私の観察力もまだまだだな、と美雲は内心反省する。

「最近耳に挟んだんですが」美雲は言った。「代々盗みを生業としている家族がいるみたいなんです。都市伝説みたいなものなんですけど、実は存在しているみたいで。そんな犯罪者の家族に生まれるよりは、探偵一家や警察一家に生まれた方がはるかにマシだと思うんです。そう思いませんか？」

「……思うよ」

「ですよね。いつか逮捕される、いや私が逮捕してみせます」

Lの一族というらしい。そこまで考えたところで美雲は思い出した。例の法務省の官僚、島崎亨の殺害事件だ。あの事件の現場にはLというアルファベットが残されていた。あれは何を意味しているのだろうか。

「何の音かしら」

三雲華の言葉に我に返る。頭上で音が聞こえた。ヘリコプターの轟音だった。マスコミだろうか。ヘリコプターの音に怯(おび)えたのか、園児の多くが不安そうな顔つきをしていた。中には眠りから覚めてしまった園児もいる。

あと十五分で午後五時だ。犯人側は果たしてどのようにして身代金を受けとるつもりだろうか。

※

午後五時ちょうど、会議室にある電話機が鳴り響いた。小曽根が三コール目で電話に出た。

「もしもし。警視庁特殊犯罪対策課の小曽根です」

「一億八千万円は用意できましたか?」

一回目に電話をかけてきた男と同一人物だと思われた。小曽根が答えた。

「ええ、用意できました」

和馬は会議室の片隅で二人のやりとりに耳を傾けていた。身代金をまだ用意できないという理由で取引を先送りする案も検討されたらしい。しかし今回の事件の場合、犯人側の意図がいっさいわからない状態なので、それを知る意味でも取引を進めることに決まったようだ。

「手短に説明します。質問は許しません。どうせ録音しているはずだから、それを聞いてください」

そう前置きしてから犯人は話し出した。

「まず金を九千万円ずつに分け、東京都指定のゴミ袋に入れて固く結ぶ。次にキャスター付きのスーツケースを二つ用意して、それに九千万円ずつ入れる。その二つのスーツケースを午後七時までにバスの前に運ぶ。バスに乗っている保育士、保護者の中から二名選び、その二人がスーツケースを運ぶ係になること。どこに運ぶかは午後七時にまた連絡します。以上です」

「ちょっと待ってください。いったいどこに……」

小曽根の呼びかけも虚しく通話は一方的に切られてしまった。犯人側の要求に沿うよりほかに道はなく、早くも捜査員たちが動き出している。期限まであと二時間しかない。

「桜庭君、北条君に今の内容を伝えるんだ」

「わかりました」

和馬はスマートフォンを出し、北条美雲に向けて電話をかけた。犯人からの要求を伝えると、電話の向こうで美雲は言った。

「川ですね、おそらく。スーツケースを橋の上から落とすように指示が来るはずです」

東京都指定のゴミ袋に入れるように指示があった。それが防水対策であることは明らかで、和馬も多分そうではないかと思っていた。

「徒歩で行ける橋は二つです。北側にある日ノ出橋か、南側にある新田橋です」

和馬はホワイトボードの前に向かった。そこには現場の周辺地図を拡大したものが貼られている。美雲の言葉通り、現場近くには荒川を渡る二本の橋があった。

「落としたスーツケースを回収するのが犯人の狙いです。スーツケースを落とす時刻に合わせて、チャーターした大型船で橋の下をくぐれば難なくスーツケースは回収できます。ただし大型船をチャーターするのは面倒だと思います。この場合、小型船を使うのではないでしょうか」

「なるほど。スキューバダイビングの要領だな」

小型船に潜水服を着て乗り込み、川面に浮かんでいるスーツケースを回収、その後は小型船で逃走するという段取りだろう。

「北条さん、二時間後にはバスの前に身代金が入ったスーツケースが到着する。それまでに身代金を運ぶ二名を選んでほしい」

「わかりました」

通話を切った。捜査員たちはスーツケースの確保のためか、必死の形相で電話をしていた。二時間という時間は長いようで短い。時間との戦いになるはずだった。

今の電話の内容を保護者に伝えなければならない。そう思って会議室を出たとき、スマートフォンに着信があった。向島署にいる特殊犯罪対策課の捜査員、北川からだった。北川は向島署で情報収集の任務に当たっていた。

「サク、俺だ。さっきの件だけど、いくつか怪しい物件が見つかったぜ」

美雲の情報をもとに犯人の潜伏先を割り出そうという作戦だ。さきほど北川に依頼をしたばかりで、まだ三十分ほどしか経っていない。緊急事態であるので、不動産会社にかなり無理を言ったはずだ。

「該当する物件は全部で七つある。どれも三階以上で、ここ三ヵ月以内に契約された賃貸物件だ。契約者はいずれも個人だが、一つだけ引っかかった契約者がいる。マンション名はリバーヒル向島の五〇二号室の木島武則、四十五歳。二度の逮捕歴がある。いずれも窃盗で、二度目は実刑判決を食らっている。半年前に出所しているようだ」

　警視庁には前科者のデータベースがあるので、それと照合した結果だろう。たしかに前科があるのは見過ごせないが——。

「北川、ちなみに木島の借りている物件だが、駐車場はあるか？」

「ちょっと待ってくれ」キーボードを叩く音が聞こえ、やがて北川が答えた。「ないようだな。リバーヒル向島には駐車場がない。なるほど、計画には車が必要というわけか」

「あくまでも可能性だ」

　こういった大がかりな事件を計画するからには、物資の運搬や逃走用に車を用意するのは必須だと思われた。

「一理あるな。ちょっと待ってろ」

　しばらく待っていると北川の声が聞こえた。

「契約者の情報を当たってみた。駐車場を借りているのは一名だけだ。グランドパレス荒川八〇一号室の石岡謙助(いしおかけんすけ)という男だ。入居したのは二ヵ月前で、駐車場も一緒に借りているようだな」

　間取りは2ＤＫで家賃は十万円弱。管理費、駐車場代を合わせて十二万円ほどになるようだった。該当する七件を虱潰し（しらみつぶし）に当たっていくのは時間的に無理がある。怪しい物件から潰していくべきだろう。

いったん電話を切り、和馬は小曽根のもとに向かった。七件の怪しい物件について報告すると、彼はすぐさま決断した。

「向島署から北川を呼び寄せる。桜庭君と北川はその物件を当たってくれ。わかってるとは思うが、爆弾の起爆装置を持っている可能性もある。決して警察とは気づかれるな」

「わかりました」

「今、荒川近辺に人員を配置しているところだ。何かあったらすぐに連絡を寄越すんだ」

「了解です」

スマートフォン片手に会議室を出た。あと二時間以内に犯人の潜伏先を割り出すことができるだろうか。

※

「……作業としてはそれほど難しいものではありません。警察もフォローいたしますし、犯人から危害を加えられることもないかと思います。皆さん、いかがでしょうか？」

美雲は車内を見回した。反応は芳しいものではなかった。九千万円が入ったスーツケースを運ぶ。女性には荷が重い仕事であることは想像がつく。

「皆さん、どうでしょうか？」

美雲はもう一度呼びかけた。肝心の二人の保育士が完全に萎縮してしまい、美雲と目を合わせようともしない。二人で顔を見合わせ、何やら小声で話し合っている。最悪の場合、今の格好だと明らかに刑事だとわかってしまう。どうしよう。本部に相談してみようか。美雲がそう思い始めたとき、一人の保護者が手を挙げた。その女性の顔を見て美雲は、やっぱりな、と思った。三雲華だった。

「私、行ってもいいですよ」

「本当ですか？」

「ええ。でも九千万円入ったバッグを持てるかな。結構重そうなんだけど」

「それは大丈夫だと思います。キャスター付きらしいので」

「だったら大丈夫かな。ええと、私がお金を運んでいる間、娘の世話を頼んでいいですか」

「それはもちろんです」

　さすがは刑事の妻だ。この状況で手を挙げるなんて、なかなかできることではない。感心しているともう一人の女性が手を挙げた。

「私も行っていいですよ。三雲さんが行くなら」

　三雲華と通路を隔てたところに座っている女性だ。二十代半ばくらいで、染めた髪が若さを感じさせる。少し派手な印象の女性だ。

「ありがとうございます。少しお話をしたいので、お二人は前に出てきてもらってよろしいですか。その間、お子さんのお世話をお願いしたいのですが」

　二人の保育士が立ち上がり、通路の奥へ向かった。しばらくして三雲華ともう一人の協力者が美雲のもとにやってくる。美雲はもう一人の協力者に礼を述べた。

「本当にありがとうございます。失礼ですけどお名前は？」

「中原です。中原亜希といいます」

　一番前の座席に二人を座らせた。美雲は説明する。

「おそらくですけど、スーツケースを運ぶ目的地は橋だと思います。その川からスーツケースを落とせというのが犯人側の要求だと私は考えています」

　もちろん本部だってそのくらいの想像はしているはずだ。今頃、橋周辺の警備体制を練っていることだろう。

「スーツケースって重いんじゃないですか？」中原亜希が不安そうな顔つきで言う。「持ち上げることができますかね。橋から落とさないといけないんでしょ」

答えたのは三雲華だった。

「二人で持ち上げれば何とかなりそうだけどね」

「あ、そうか。二人でやればいいんですね」

美雲は窓の外に目を向けた。午後五時三十分になろうとしており、外は暗くなり始めていた。午後七時になればあたりは真っ暗になることだろう。川面もおそらく暗闇に包まれるはずだ。犯人が身代金の引き渡しをこの時間に決めたのも、暗闇に紛れて逃走を図るつもりに違いなかった。

「あの人たちも大変そうですね」

中原亜希が駐車場入り口に集まる報道陣の車に目を向けた。今では中継車などの報道関係の車は十台以上停まっている。警視庁の注意勧告を受けたのか、ヘリコプターが飛ぶ音が聞こえなくなっていた。

「三雲さんのご主人、心配しているでしょうね」

中原亜希の言葉に三雲華が答えた。

「まあね。でも中原さんはどうなの？　ご両親は都内にお住まいだったっけ？」

「ええ。でも私の場合、両親と折り合いが悪くて、あまり付き合いないから」

「ふーん、そうなんだ」

二人の会話に耳を傾けながら、美雲は遠くに見えるマンションに目を向けた。どこかで犯人がこのバスを見張っているはずだ。桜庭先輩、早く犯人の潜伏先を割り出してください。

※

和馬は覆面パトカーの助手席に乗っていた。運転しているのは特殊犯罪対策課の北川だった。時刻は午後六時になろうとしている。覆面パトカーがゆっくりと停車した。

「あのマンションだな」

北川がそう言って通りを挟んだ向かい側にあるマンションを見上げた。リバーヒル向島という五階建てのマンションで、七件の怪しい物件のうちの一つだ。入居者の名前は木島武則という四十五歳の男で、二度の逮捕歴があることから最優先で確認することになった。

「サク、行こうぜ」

北川が運転席から降りた。北川は赤色の派手なジャンパーを身にまとっている。和馬は後部座席から宅配ピザの箱をとり、それを手に助手席から降りた。すでに北川と同じ赤いジャンパーを身にまとっている。

ジャンパーやピザの空き箱は北川が用意したものだ。特殊犯罪対策課の備品らしい。刑事としておおっぴらに聞き込みに回れないときに使うもののようだ。ピザの配達人を装い、マンションに侵入するためだ。

リバーヒル向島はオートロックではなかった。エレベーターを使って五階まで上る。木島が住んでいるのは五〇二号室だった。表札は出ていない。北川と視線を交わし、和馬はインターホンを押した。

しばらく待っても反応はなかった。しかしドアの隙間からわずかな光が洩れており、中に人がいる気配はあった。

もう一度インターホンを押すと、ようやくドアの向こうで反応があった。物音が聞こえ、ドアが開かれた。

「こんばんは、ピザ・アルバトロスです。焼き立てのピザをお持ちしました」

和馬はそう言ってピザの箱を差し出した。ドアの向こうには無精髭を生やした男が立っている。目が充血しており、髪もボサボサだった。

「ピザをお持ちしました。税込みで二千五百円になります」

「……でねえよ」

「は？」

「だから頼んでねえって言ってんだよ」

アルコールの匂いがする。酒を飲んでいるようだ。男の肩越しに素早く部屋の奥を観察した。間取りはワンルームで、窓際に洗濯物が干されているのが見えた。生活臭が漂っており、ハイジャック事件の拠点のようには見えなかった。

「すみません、間違えました」

早々に退散することにした。北川も同じ感想を抱いたらしく、次のマンションに向かうために覆面パトカーに戻った。次の物件はグランドパレス荒川の八〇一号室。七件中唯一、契約者が駐車場を一緒に借りている物件だ。

マンションの裏手が駐車場になっていた。エントランスの前で一人の男が和馬たちの到着を待っていた。和馬たちの姿を見て、男が小走りで近づいてくる。

男は管理人だった。このグランドパレス荒川はオートロックのため、あらかじめ管理人に連絡をしていたのだ。和馬は警察手帳を見せてから管理人に言った。

「警視庁の桜庭と申します。こちらは同じく北川。八〇一号室の石岡謙助さんについて話を伺いに参りました」

「石岡さんですね。何度か見かけたことがあります」

見かけるのは昼間が多かったので、夜の仕事をしているのではないかと思っていたという。

「ほかに何か気になる点はありませんか。些細なことでも結構です」

「そういえばダイビングをやってるみたいです」

「ダイビング？　潜る方ですか？」

「ええ。ウェットスーツっていうんですか。あの服を着て駐車場を歩いていたところを見たことがあります。二週間くらい前だったかな」

和馬は隣にいる北川を見た。彼も首を傾げている。関東近辺でスキューバダイビングをするとしたら千葉か神奈川、静岡の伊豆あたりがポイントだろうか。しかし東京から車で行くとして、最初からウェットスーツを着ていくというのは不可解だった。普通、現地に到着してから着替えるものではないだろうか。

「八階、そうでなければそれに近い階で空いている部屋はありますかね。できれば中を見せていただきたいのですが」

「いいですよ。七階に空いている部屋があったはずです」

歩き出した管理人に北川が訊いた。

「石岡さんが乗っている車の車種はわかりますか？」

「黒いステップワゴンだったと思います。駐車場の番号は七番だったかな」

それを聞き、北川が駐車場に向かって走っていった。和馬は管理人とともにエントランスから中に入った。エレベーターで七階まで上る。マスターキーを使い、七〇五号室の中に入った。

玄関で靴を脱ぐ。リビングに大きな窓があり、ベランダもあった。窓を開けてベランダに出る。ちょうど荒川緑地公園を正面から見下ろす形になる。公園を見張るには抜群のロケーションだ。駐車場に停まっているバスも目視で確認できた。あのバスの中に華と杏が乗っているのだ。それを考えると落ち着かない気分になってくる。

「サク」背後で足音が聞こえた。部屋に入ってきた北川が言う。「駐車場に車は停車していない。駐車場から見た限りでは、石岡が住む八〇一号室の電気は消えているようだ」

だからといって誰もいないという確証は持てなかった。いずれにしても石岡なる住人が怪しいことだけは間違いなかった。犯人はおそらく川に投げ入れたスーツケースを回収するつもりだろう。管理人が見かけたというウェットスーツを着た石岡の姿。本番に備えた予行演習とは考えられないか。和馬は管理人に向かって言った。

「この部屋をしばらく――数時間程度ですが、貸していただくことは可能ですか。無理でしたら警視庁から正式な協力要請を出しますので」

「結構ですよ。自由にお使いください。私は一階の管理人室にいますので、また声をかけてください」

ここは慎重に行くべきだ。迂闊に八〇一号室に近づくべきでない。隣では北川がスマートフォンで電話をかけている。通話の相手は小曽根だろうと思われた。しばらく話していた北川が通話を終えて言った。

「今から強襲部隊が六名、ここにやってくることになった。午後七時過ぎに突入する。突入のタイミングは本部から指示がある。俺たちはそれまでここに待機だ」

時刻は午後六時を回ったところだ。そのときスマートフォンがメールを受信した。送ってきたのは北条美雲で、内容は華がスーツケースの運搬役を買って出たという内容だった。

あいつ、危険なことを……。華はああ見えて反射神経もいいし、意外に運動もできる。幼い頃から祖父の巌に鍛えられてきたせいらしい。それでも不安だった。

和馬はベランダに出て、荒川緑地公園の駐車場に目を向けた。そこに停まった一台の大型バスはすでに周囲の闇に溶け込んでおり、そのシルエットだけがぼんやりと浮かび上がっている。

※

午後七時になった。華はバスの車内から窓の外の様子を窺っている。つい三分ほど前、二個のスーツケースが届けられた。今、そのスーツケースはバスの前に置かれている。あの中に九千万円ずつ、合計一億八千万円が入っているのだろう。

運転席付近に立っている北条美雲がスマートフォンを耳に当てている姿が見えた。やがて彼女はこちらを向いて声をかけてきた。

「華さん、中原さん、お願いします」

華は隣にいる杏の頭を撫でた。そして杏を抱いて立ち上がる。通路を前に向かって歩き、そこに立っていた保育士の一人に杏の体を預けた。

「お願いします」

「お預かりします。お気をつけて」

中原亜希も同じように息子の健政を保育士に預けていた。杏も健政も状況を理解しているはずもなく、二人とも笑顔を見せている。真面目な顔つきで美雲が説明した。

「行く先は日ノ出橋という橋です。橋の上の南側の歩道を歩くようにと犯人から指示が出ています。橋の欄干に赤い布が巻きつけてあるらしいです。そこから川に向かってスーツケースを落としてください。以上が犯人からの指示です」

「わかりました」と華は返事をした。「ところで日ノ出橋というのはどこですか？どうやって行けばいいのかな」

「それを今から説明します」

美雲はスマートフォンの画面を見せてくれた。そこにはこの周辺の地図が載っている。

「バスを降りたらいったん公園から出て北に向かいます。最初の信号を右に曲がれば、すぐに日ノ出橋です。ここからだと歩いて七、八分で橋の真ん中あたりまで行けると思います」

ルートは簡単だ。これなら地図を見なくても行けるだろう。華は亜希とともにバスから降りた。外の空気はわずかにひんやりしている。スーツケースのもとに向かう。旅行用のスーツケースで、下にキャスターがついている。両方とも色はシルバーだ。ハンドルを伸ばして引き摺ってみる。やはりそれほど重くはない。

「行きましょうか」

亜希にそう声をかけて華は歩き出した。公園の駐車場は静寂に包まれているため、キャスターが回る音がやけに大きく響いている。駐車場の外の路上にはマスコミの中継車両が停まっており、カメラをこちらに向けている者もいた。

駐車場を出て、歩道を北に向かって歩いていく。やはり亜希が一緒なので精神的に楽だった。

やがて信号が見えてきた。青い案内表示があり、右に曲がると日ノ出橋と書かれていた。歩道を右に曲がると、長い橋が見えた。日ノ出橋だ。さすがに通行を規制することは難しいらしく、橋の上を車が行き交っている。

　橋の上に差しかかったときだった。急に亜希が立ち止まった。着信があったらしく、亜希はスマートフォンを耳に当てて話し始めた。

「……どうして電話なんてかけてくるのよ。今、大変なの。……そうよ。わかってるなら電話してこないで。……大丈夫よ。健政だって元気にしてる。心配ないってば。……ごめん、悪いけど本当に切るわよ」

　通話を終えた亜希は少しバツが悪そうな顔をして言った。

「父からでした。まともに話したのは五年ぶりくらい。どうして私がバスに監禁されてるってわかったんだろ」

　報道では保育園の名称まで言及されていない。しかし不安な家族であれば問い合わせくらいはするだろうし、今ではＳＮＳというものがある。風評が流れていても不思議はない。それを説明すると亜希はうなずいた。

「なるほど。そういうこともあるかもしれませんね」

　二人でまた歩き出す。橋の欄干に赤い布が巻かれているとのことだったので、注意深く観察しながら進んだ。橋のたもとから二十メートルほど進んだところで赤い布を発見した。

「三雲さん、これですね」

「そうだね」

「本当にこれで受けとってくれるんでしょうか。失敗しなきゃいいけど」

その不安はわかる。犯人が無事にこの金を受けとり、まずはバスから降ろしてもらうことが第一だ。その後、警察が犯人を逮捕するという流れになるのではないだろうか。私たちの仕事はこのスーツケースを川に投げ入れることだけだ。

「中原さん、やりましょう」

華はスーツケースを横に倒し、ハンドルを中に押し込んだ。橋の欄干は華の身長ほどの高さがあり、一人ではとても持ち上げることはできない。二人でスーツケースを持ち上げ、「せいの」とかけ声を上げてスーツケースを川に投げ入れた。数秒後に川に落ちる音が聞こえた。続けてもう一個のスーツケースを同じように投げ入れた。

欄干の隙間から川面を覗き込む。銀色のスーツケースが二個、下流に向かってゆっくりと流れていくのが見えた。

※

和馬はグランドパレス荒川の七〇五号室にいた。特殊犯罪対策課の北川も一緒だった。二人でベランダに立ち、双眼鏡を使って荒川の方を見ていた。覆面パトカーにあった双眼鏡はそれほど倍率が高いものではなかったが、日ノ出橋の歩道を歩く人影だけは見ることができた。今、ちょうど二つの人影が橋の上を歩いていく。あれが華たちだと考えて間違いない。時刻は午後七時七分だった。

すでに強襲部隊の六名は七階から八階に通じる非常階段でスタンバイしている。全員が防護服を着ており、完全武装した選りすぐりの隊員たちだ。赤外線スコープを使い、問題の八〇一号室には一人の生体反応があることはわかっていた。

作戦はシンプルだった。管理人から借りたマスターキーを使って鍵を開け、六名が一気に雪崩れ込んで中にいる者を拘束するというものだ。突入のタイミングだが、華たちがスーツケースを川に落とすタイミングを狙い、本部が直接指示を出すとの話だった。犯人の心理を想像するに、川から金を落とす瞬間は確認するだろうというのが本部の読みだった。今、和馬たちが双眼鏡を覗いているのと同じように、八〇一号室にいる犯人もベランダに出て、固唾を飲んで望遠鏡を覗いているはずだ。

優先するべきは起爆させる遠隔装置の奪還だった。バスに仕掛けられた爆弾は時限式ではなく遠隔式の爆弾、すなわちボタンやスイッチなどを押すと爆発する仕組みだと思われた。映画などでテロリストが持つ、持ち運びのできるコントローラータイプのものは実現性が低いというのが専門家の分析らしい。電波を受信できる場所にあるパソコン等がもっとも可能性が高く、そういった意味ではこのマンションは格好の場所だった。

もちろん二個のスーツケースには発信機が仕掛けられており、それを追尾するための部隊も川周辺で準備しているとの話だった。もし八〇一号室に遠隔装置がなかった場合、スーツケースと接触したタイミングで犯人を検挙する予定になっていた。

「お、止まったぞ」

北川の声が聞こえた。二つの人影が立ち止まるのが見えた。華、落ち着けよ。口には出さずにそう語りかけたが、おそらく彼女は落ち着いているだろうなと和馬は思い直した。

銀色の物体が落下していくのが見えた。それと同時に和馬は身を翻し、ベランダから室内に入った。そのまま玄関から外廊下に出た。北川もあとからついてくる。廊下を走り、非常階段に入る。一気に八階まで駆け上がった。非常階段を出たすぐのところが八〇一号室だった。そのドアが大きく開け放たれており、中からくぐもった声が聞こえてきた。

すでに制圧は終わったらしい。土足のまま中に入ると、三人の隊員の手によって一人の男がフローリングの上に組み伏せられていた。残りの三人は部屋中を歩き回り、隈(くま)なくチェックしているようだった。

「これ、見てください」

一人の隊員の声が聞こえた。声がした部屋に入ると、一台の机の前に黒ずくめの隊員が立っている。机の上にはデスクトップ型のパソコンが置かれており、そこから伸びたケーブルが複雑に絡まり合っていた。隊員の一人が無線に向かって言った。

「爆発物処理班を呼んでください」

和馬はパソコンの画面を見た。何やらよくわからない数字の羅列がある。このパソコンを使って爆弾を起爆できるのだろうか。そう考えると触るのさえ怖くなってくる。

「やったな、サク」

肩に手を置かれた。背後に北川が立っている。

「男が吐いた。ここから爆弾を起爆させるつもりだったようだ。仲間はあと三人いるらしいぜ。金を回収するために荒川の近くにいるって話だ。これで奥さんと娘さんも助かったな」

和馬は隣の部屋に移動した。拘束された男は二十代半ばといった年齢だった。すでに観念したのか、すらすらと強襲部隊の隊員の質問に答えている。

「俺、全然わからないっすよ。連絡があったら、パソコンを操作することになっていたんです」

「どういう操作だ？」

「エンターキーを押すだけです。それしか教えてもらってないっす。作ったのは俺じゃありませんから」

バスに爆弾を仕掛けて身代金を要求する。そういう犯罪をする犯人像はもっと狡猾というか、プロ集団的なものを和馬は思い描いていた。しかし目の前にいる若者は和馬の想像していた犯人像と大きくかけ離れており、どこにでもいる若者といった感じで正直拍子抜けした。

和馬は開け放たれたままのベランダに出た。そこには大きな望遠鏡が置かれている。指紋をつけぬように覗き込むと、日ノ出橋がよく見えた。しかしもうその場から離れたようで、華の姿はどこにも見えなかった。

※

「そろそろだな。準備しとけよ」

その声に谷広喜は顔を上げた。ステップワゴンの後部座席に谷は座っていた。すでにウェットスーツを身にまとっている。隣には石岡謙助の姿も見える。石岡も谷と同じくウェットスーツを着ていた。

谷は今年で二十五歳になり、今は失業中だ。趣味はギャンブル全般で、石岡と出会ったのも競馬場だった。二年ほど前、石岡に誘われて闇カジノにハマってしまったのが運の尽きだった。一晩で数百万も稼げる夢のような世界だったが、そううまくはいかなかった。気づくと首のあたりまで借金に漬かっていた。

　石岡から連絡があったのは半年ほど前だった。彼も同じような境遇で、ギャンブルで作った借金に苦しんでいた。儲け話があるんだが。そう石岡から話を持ちかけられた。ヤバい話だとわかったが、即座に谷は話に乗った。

　その日から計画はスタートした。園児が乗ったバスに爆弾を仕掛け、保護者から金を奪いとる。その計画を最初に石岡の口から聞いたとき、谷は思わず笑ってしまっていた。そんな映画みたいな犯罪が成功するはずがない。

　しかし石岡が話す計画は細部まできちんと練られており、よくこんな計画を考えついたものだと感心するほどだった。詳しく聞くとネットで知り合った協力者が考え出した計画のようだった。しかも爆弾や車などを用意するのも協力者で、谷たちは計画通りに動くだけでよかった。

　とはいってもやるべきことはあった。現場近くにマンションを借り、ウェットスーツを着て荒川で泳ぐ訓練をした。この二ヵ月間、谷は石岡とともに荒川でダイビングの訓練に明け暮れた。ダイビングといっても技術的にさほど難しいものではなく、流れてくるスーツケースを回収してボートに上げ、そのままボートを漕いで陸に上がるというものだった。

「谷、行くぞ」

石岡に言われ、谷は我に返った。車の後部座席から降りる。フィンを持って歩き出す。石岡も同じくフィンを持っている。岸辺には小型のボートが留まっているので、それをオールで漕いでポイントまで向かう予定だった。

仲間はほかに二名いた。ステップワゴンの運転席に乗っているのが川野で、見張り役としてアジトに残っているのが菊田だ。川野は元暴走族で運転が上手いらしいので、逃走車を運転する役目になった。菊田は特に取り柄もないので、アジトで見張り役だ。もしものときは爆弾を起爆させるという大役だが、そうなることはないというのが石岡の見立てだった。

まるで夢の中にいるかのようだった。これほどうまくいくとは思ってもいなかった。石岡が数本の電話をかけただけで、言われるがままに二億円近い金が橋の上から投げ入れられたのだ。こんなに簡単な犯罪はない。いや、簡単過ぎて犯罪というよりむしろゲームに近い。

「石岡、本当にうまくいくかな」

「いくに決まってんだろ。何度練習したと思ってんだよ」

実際、練習は何度も繰り返した。特にスーツケースのコース予測と、川を流れてくるスーツケースを拾い上げる練習はそれこそ何十回もおこなった。もっともそれは石岡の意思によるものではなく、石岡の背後にいる協力者の指示によるものだった。協力者には六千万円が支払われ、残りは四人で山分けだった。一人当たり三千万円だ。

河川敷を歩く。何度も練習で足を運んだ場所だ。葦が生い茂っており、その中に小型のボートを隠していた。ようやくボートの前に辿り着き、二人でそれを引っ張り出した。そのまま岸辺までボートを引き摺っていると、その前に立ちはだかる二つの人影があった。

石岡も気づいたようだった。ボートに繋がるロープを持ったまま石岡が低い声を出した。

「な、何者だ？」

人影は答えない。しかし右側の人影はそのシルエットからして女だとわかる。腰のあたりは丸みを帯びており、胸も盛り上がっている。ほのかに香る甘い匂いは女がつけているコロンだろうか。

左側の人影――男の影が動いた。その影は一瞬のうちに間合いを詰め、石岡の顔面に強烈な一発を浴びせていた。「ぐえ」と声を上げ、石岡が倒れるのが見えた。すると次の瞬間、谷の目に何かが浴びせられた。猛烈に目に沁みる。何か変な液体を顔面に振りかけられたのだと気づいたが、どうすることもできなかった。

後頭部に強烈な痛みを覚え、谷はその場で意識を失った。

第三章　ある囚人の帰還

スマートフォンに着信があった。本部からだった。美雲は素早くスマートフォンを耳に当てる。

「もしもし。北条です」

「俺だ、桜庭だ」和馬はやや興奮気味に言った。「遠隔装置は確保した。バスの乗客を速やかにバスから降ろすんだ。慌てずに落ち着いてな」

「了解しました。ありがとうございます」

遠隔装置を確保した経緯、橋の上から落としたスーツケースの行方など、気になる点はいくつかあったが、今はそれよりも保護者と園児の安全を優先するべきだ。美雲は車内の乗客に向かって言った。

「皆さん、落ち着いて聞いてください。爆弾の遠隔装置を警察が確保しました。つまりバスが爆発することはありません」

歓声が上がる。子供たちも訳もわからぬまま手を叩いて喜んでいた。歓声が収まるのを待ってから美雲は言った。

「バスから降りましょう。いいですか。落ち着いてください。ゆっくりと慌てずに降りてください」

その言葉に保護者が立ち上がり、網棚から荷物を下ろし始める。続々と乗客がバスから降りていった。美雲は運転席の前に立ち、降りていく乗客の様子を見守った。二人の保育士が降りると、車内に残されたのは美雲だけとなった。美雲もステップを駆け下りる。

保護者と園児たちは警察官に誘導されて、駐車場から離れた場所まで徒歩で向かっているようだった。美雲もそちらに向かう。保護者たちは疲れた様子だったが、その解放感からか一様に笑みを浮かべている。

一台のパトカーが停車して、後部座席からスーツ姿の男が降りるのが見えた。あたりを見回した男は美雲に目を留め、こちらに向かって歩いてくる。特殊犯罪対策課の小曽根だ。

「お手柄だった。君がピックアップした物件の中に犯人のアジトがあった」

「刑事として当然のことをしただけです」

「今日はゆっくり休みなさい。そちらの課長にも礼を言っておこう」

小曽根はそう言ってほかの刑事と合流し、バスの方に向かって歩いていった。まだ誰もバスの中に入っていない。爆発物処理班の到着を待っているようだ。三雲華と中原亜希かった。

　保護者たちが拍手する音が聞こえ、美雲はそちらに目を向けた。美雲も二人のもとに向が帰ってきたようで、二人が拍手で迎えられているのだった。

「お疲れ様でした。華さん、中原さん」

「美雲さん」すでに華はしっかりと杏を抱いている。杏は少し眠そうだ。「本当にありがとうございました。助かってよかったです」

「お礼を言うのは私の方です。いろいろと助けてくださってありがとうございました」

　最初は先輩刑事の奥さんという程度の認識だったが、気がつくと彼女を頼りにしている自分がいた。長らく茶道をやっているということだったが、非常に頼もしい存在だった。

「もう帰っていいんですかね？」

　華に訊かれたので、美雲は答えた。

「さあ、どうでしょうか」

　ほかの捜査員に聞いてみようか。そう思って振り返ったとき、こちらに向かって走ってくる桜庭和馬の姿が見えた。

「華」と和馬は妻の名を呼んだ。「華、大丈夫だったか？　怪我はないか？」

「大丈夫。私も杏も全然平気」

「本当によかった。杏、おいで」そう言って和馬は娘を抱き上げた。それから美雲を見て言った。「北条さんもお疲れ様。よくやったと思う。君の情報がなければ犯人のアジトは特定できなかったはずだ」

やはり夫婦なんだなと二人の姿を見て実感する。こうして二人で並んでいるのがとても自然な感じだった。美雲は和馬に向かって言った。

「私の力だけではありません。奥さんも協力してくれたので」

「そうだったのか。華、ありがとな」

「ねえ、和君。これからどうするの？　もう帰っていいのかな」

妻に訊かれて和馬は答えた。妻だけではなく、周囲の保護者に向けられた言葉だった。

「皆さん、お疲れ様でした。まもなくマイクロバスが到着する予定ですので、それに乗って保育園に帰ります。保育園では皆さんの帰りをご家族が今や遅しと待っているはずです」

ちょうどマイクロバスが走ってきて停車した。和馬は続けて言う。

「お疲れのところ申し訳ありませんが、保護者の皆さんには事情聴取を受けていただくことになります。とは言ってもそれほど難しい質問ではなく、簡単な質問に答えていただくだけです。一人当たり二、三分です。それが終わり次第ご帰宅いただいて結構です。今しばらく警察の捜査にご協力ください」

和馬が頭を下げたので、美雲も同じように周囲の保護者たちに向かって頭を下げた。それから保護者が子供を連れてマイクロバスに乗り込んでいった。

事件は無事に解決した。しかし腑に落ちない点があるのも事実だった。不可解なことが多過ぎるのだ。

「北条さん、君はもう帰っていいよ。あとは俺がやっておくから」

「わかりました。ありがとうございます」

そう返事をした美雲だったが、このまま帰宅するつもりはなかった。警視庁に戻り、今回の事件について自分なりに考えてみるつもりだ。向島署に寄って情報収集するのもいいかもしれない。

「美雲さん、それでは」

華がマイクロバスに向かいながら手を振ってきたので、美雲も小さく頭を下げた。

「こちらこそ。杏ちゃん、元気でね」

華が杏の手首を持って、こちらに手を振る仕草をさせた。美雲も手を振って二人を見送った。

※

「杏、お腹空(なかす)いたね」

「うん、お腹空いた」

「だよね。家に帰ったらすぐにご飯にするからね」

午後九時。ようやく華は自宅マンションの前に辿り着いた。和馬はまだ何やら後始末に追われているようで、今日は遅くなるとメールが届いていた。警察から弁当の差し入れをもらったが、ほかの家族は誰もその場では食べていなかったので、華も自宅に持ち帰ることにした。お味噌汁を作れば、簡単な夜食になるだろう。

鍵を開けてドアを開けた瞬間、華は違和感を覚えた。この醤油(しょうゆ)が焼けるような香ばしい匂いは何だろうか。靴を脱いでリビングに向かう。その光景を見て華は我が目を疑った。

「お父さん、何してるのよ」

「遅かったな、華」答えたのは父の尊だった。尊はリビングのソファに座り、ワイングラスを手にしている。「おい、華。このマンションは本当に不用心だな。引っ越した方がいいんじゃないか」

「だから勝手に入ってくるのはやめてよ。お母さん、どういうことよ」

母の悦子はキッチンで料理をしている。大きな鍋をこちらに持ってきて、それをテーブルの上に置いて悦子が言った。

「できたわよ、すき焼き。さあ食べましょう」

「こりゃ旨そうだ。おい、華。お前も食べろ。さっき神戸から帰ってきたばかりなんだ。これはあっちで手に入れた上等な肉だぞ」

「まさかお父さん、このお肉も盗んだんじゃないでしょうね」

尊はその質問には答えずに悦子に対して言った。

「悦子、卵をくれ。やっぱりすき焼きには卵がないとな」

「どうして？　なぜ二人がここにいるのよ」

答えたのは尊だった。ワイングラス片手に言う。

「見てわからないのか。すき焼きパーティーだ。それにしてもお前たちも災難だったな。おお、杏ちゃんも元気そうで何よりだ」

バスに閉じ込められていたとき、一度尊から電話がかかってきたことを思い出した。あまり関わり合いになってほしくなかったので冷たくあしらってしまったが、別に後悔していない。

「それにしても警察はケチだな。華、お前が運んだスーツケースに入っていたのは新聞紙だったぞ。なあ、悦子」

「本当ね。警察の威信も地に堕ちたわね。一億八千万円くらい現金で用意しないと。お陰でこっちは骨折り損のくたびれもうけよ」

「骨折り損って……お母さんたち、何かしたの？」

「いやな、華。せっかくだから身代金を横どりしようと思ってな」

「せっかくだからってどういうことよ。私と杏の命がかかってたのよ。もし犯人が怒って爆弾を爆破させてたらどうするつもりだったのよ」

「華、怖い顔しないで」悦子にたしなめられる。「遠隔装置を確保したのは知ってたわよ。警察の無線を盗聴するのなんて簡単なんだから。あなたたちが安全だとわかったうえでやったことなんだから怒らないでよ。あら、杏ちゃん、やっぱりお腹空いてたんだね」

いつの間にか杏は悦子の膝の上にちゃっかり座り、すき焼きを食べていた。かなり美味しいらしく、普段と比べて食べっぷりが数倍違う。「杏ちゃん、美味しい？」と悦子に訊かれ、「いつも食べているお肉と違う」と杏は答えた。それを聞いた尊が膝を叩いて笑う。

「さすが杏ちゃん、味がわかるんだな。A5ランクの神戸牛だぞ。そうだな、ワインを合わせるなら赤だな。がっしりとした味わいがいいだろう。品種で言えばカベルネ・ソーヴィニヨンあたりがいいんじゃないか。たとえばボルドーの……」

「お父さん、ワインの講釈はやめて。お母さん、杏に盗んだものを食べさせるのはやめてよ。教育上よくないわ」

「華、盗んだなんて人聞きが悪いわね。置いてあったものをとってきただけじゃないの」

「だからそれを世間では盗んだっていうのよ」

「悦子、華のことは放っておけ。どれどれ、俺も食べてみようじゃないか」尊は溶いた生卵を熱々の牛肉に絡め、それを一口で食べた。「旨い。旨いな、この肉は。最高だな、悦子」

たしかに美味しそうだ。見ているだけで美味しさが伝わってくる。しかしここで負けるわけにはいかない。華は警察でもらってきた弁当を出し、それを食べることにした。するとその弁当を覗き込んで尊が言った。

「華、その貧相な弁当は何だ？」

「警察でもらったの」

「本当に警察ってのはケチ臭い奴らだな。もしよかったらタレくらいあげてもいいぞ」

「要りません」

「勝手にしろ。おい、悦子。まだ肉はあるんだろ。さあ杏ちゃん、どんどん食べろよ。やっぱりあれだな。家族揃ってのすき焼きパーティーは最高だな。週二くらいでやってもいいんじゃないか」

尊はすっかりご満悦だった。悦子もにこやかに笑って杏と一緒にすき焼きを食べている。冷たい弁当を食べながら、長い一日だったと改めて思う華だった。

※

「北条さん、まだ帰ってなかったのか」

背後から声をかけられ、振り返ると桜庭和馬が立っていた。すっかり疲れ果てた顔つきをしている。無理もない。今日は朝からずっと働きづめだ。時刻はもう深夜零時を回っている。

「そろそろ帰った方がいいんじゃないか。寮に門限があるんだろ」

「門限はありません」美雲は答えた。「今回の事件、考えれば考えるほど変なんですよ。簡単に言うと、犯人が本気で身代金を奪おうとしていたとは思えないんです」

向島署に出向き、情報を集めた。まだ犯人が捕まったばかりで詳細は不明だが、わかっていることもあった。

実行グループの人数は四人だ。主犯格の男は石岡謙助といい、アジトとなっていたグランドパレス荒川八〇一号室を借りていた男だ。そのほかには石岡の友人である谷広喜、あとは川野将仁と菊田和幸。四人とも二十代で、共通しているのは無職で消費者金融に借金があるということだった。川野と菊田の二人は数ヵ月前に石岡から声をかけられ、今回の計画に乗ることになったらしい。

「四人ともすでに捕まったらしいね。仲間割れという見方もあるって話だ」

「そうなんですよ。でもそれも変だなと思いまして」

石岡と谷の二人は日ノ出橋から二キロ南下したところにある河川敷で発見された。二人とも昏倒しており、すぐに病院に運ばれたが意識は回復した。その河川敷の近くに駐車中のステップワゴンの運転席で川野が発見され、彼も同じように気を失った状態だった。あとの一人の菊田に関しては、アジト内で特殊犯罪対策課の強襲部隊によって逮捕されていた。

河川敷にいた三人を襲った者の正体は不明だが、病院で意識をとり戻した石岡の供述によると、今回の事件は裏で計画を立てた者がいるとの話だった。つまり石岡ら四人は実行犯であり、計画を立てた者が主犯という考え方もできるのだ。三人を襲ったのはその裏の首謀者ではないか。そういう見方をする捜査員が多数を占めているようだった。

「石岡だっけ？　実行グループのリーダーは計画を立てた者と一切面識がなかったらしいね。ネットカフェでやりとりしてたんだろ」

「そうです。石岡と主犯――敢えて主犯と言ってしまいますが、二人のやりとりはどこにも残っていません。爆弾を用意したのも主犯らしいです。こんなことを言うと不謹慎かもしれませんが、計画自体は面白いと思うんです。普通、バスジャックというのは犯人みずからが人質の前に姿を現さなければいけません。でも今回の事件は電話一本かけるだけで、バスの乗客を内部に閉じ込めることに成功しました」

画期的な事件。それが美雲の率直な感想だ。しかも本物の爆弾を警察に送りつけることにより、犯人たちの本気度を警察に知らしめることにも成功している。迂闊に警察が手を出せない状況を見事に作り上げてしまったのだ。

「問題は身代金の受け渡しでした。もし先輩だったらどうします？　川に金を落とさせて、それを回収する。今回の犯人グループと同じ方法を採りましたか？」

「どうかな」和馬が答えた。さすがに深夜零時を過ぎ、捜査一課のフロアにはほとんど刑事は残っていない。「俺だったら海外の口座に振り込ませるとか、そういうのを考えるね。できればの話だけど」

「そうなんですよ。一連の計画の中で、身代金の受け渡しだけがレベルが低いんです」

「レベルが低い、か。北条さん、こういうのはどうかな。計画を考えた奴は頭がいいんだよ。だから四人の実行犯のレベルに合わせた受け渡し方法を選んでやったってわけ」

「それは私も考えました。でも計画を考えた人間が本当に計画を成功させたいのであれば、人選の段階でもっと優秀な人間を選んでいたと思うんです。失敗しないような人間をです」

「それもそうだな。うーん、考えると変だな」

ちぐはぐな事件だと美雲は思っていた。画期的で、かつ緻密な作戦であるにも拘わらず、成功させるつもりがない事件。それが美雲が抱いている全体像だった。

「でもまあ、バスの乗客は解放されたんだし、怪我人も出ていないようだ。妊婦だった保育士の一人も異状はなかったらしい。事件は無事に解決だ」

四人の実行犯も逮捕され、明日から本格的な事情聴取が始まるはずだ。といっても美雲たちの班は本来事件とは無関係なので、特殊犯罪対策課が主導して捜査が進んでいくことだろう。

「北条さん、そろそろ帰ろう。松永班長から電話があったんだけど、明日は午後から来ればいいと言われた。午前中はゆっくり休んでくれ。午後からは法務省の官僚殺しの捜査に合流だ」

「わかりました」

和馬が帰り支度を始めたので、美雲もそれにならってデスクの上を片づけた。パソコンの電源を切る。真っ暗になるディスプレイを見て、美雲は思った。

一つだけ考えられる可能性がある。今日の事件、計画を立てた真犯人の動機が身代金ではなかったというものだ。その場合、あんなバスジャック事件を引き起こした真犯人の狙いとは何だったのだろうか。


母から電話があったのは午前十時のことだった。美雲はすぐに電話に出た。母の声が耳に飛び込んでくる。

「美雲、元気にしてるの？　全然連絡寄越さへんで」

「元気よ。忙しくてね」

母、北条貴子(たかこ)は元大阪府警の婦人警察官だった。ある事件を契機にして探偵、北条宗太郎と知り合い、二人は意気投合したという。出会ってから半年後に結婚、母は大阪府警を辞め、北条宗太郎の妻、兼助手となった。今では前線から一歩引いた立場にいるが、若い頃は父の右腕として活躍していたらしい。

「猿彦から聞いたで。えらい活躍してるらしいな。昨日のバスジャック、中に入ったらしいやんか」

もう母の耳に入ってしまったか。となるとそれは父も知っていることを意味している。美雲は訊いた。

「お父さん、何て言ってた？」

「そのくらいは当然だって言ってたわ。でも内心は嬉しいはずやで、きっと」

父の宗太郎は変わり者だ。父の心の内側は娘である美雲にも読めないところがある。それが名探偵の名探偵たる所以かもしれない。

「でも東京ゆうところは物騒やな。バスジャックするなんて、京都ではまず起きへんもんな。美雲、猿彦だけで大丈夫？　あと二、三人送り込んだ方がええんやないか」

「猿彦だけで十分です」

どれだけ過保護なのだ。寮の子と話してみた限り、上京するに当たって世話係を連れてきたのは私のほかにいないらしい。ただし猿彦は世話係というよりも捜査活動の助手だと考えている。彼は必要不可欠な人材だ。

「ちゃんとご飯食べてるの？　コンビニばっか行ってたらあかんで」

「心配しないで。子供じゃないんだし。もう切るからね」

通話を切ったとき、窓に小石が当たる音が聞こえた。窓を開けて外を見ると、電柱の陰に猿彦の姿が見える。噂をすれば何とやらだ。

美雲は身支度を整え、部屋から出た。寮の裏手に向かうと猿彦が近づいてくる。

「お嬢、おはようございます」

「おはよう、猿彦。用事があるんだったら携帯にかけてくれればいいのに。何度も言ってるでしょ」

「すみません。昔の癖が抜けないもので」

近くのコンビニでコーヒーを買い、そのままフードコートで話すことにした。午前中なので客はほかに誰もいない。

「お嬢、昨日は活躍されたようで何よりです。幸先のいいスタートを切りましたな」

「まあね。少し引っかかってることはあるんだけど」

今朝の朝刊各紙は昨日のバスジャックの事件で持ち切りだ。テレビのワイドショーも昨日の事件を大きくとり上げていた。真犯人の意図は依然として不明だが、今後の捜査で明らかになっていくのを期待するしかない。捜査をしたくても美雲は担当ではなく、そこが探偵とは大きく違うところだ。探偵は自由業であるのに対し、刑事というのはあくまでも組織の一員なのだ。勝手に違う事件を捜査することは許されない。

「それで猿彦、私に話があるんじゃないの」

「そうでした、お嬢」猿彦はあたりを見回し、声のトーンを落として言った。「お嬢の追ってる事件のことです。被害者の周囲をそれとなく探ってみたんですが」

法務省の官僚、島崎亨が自宅で何者かに殺害された事件だ。犯行の手口からしてプロの仕業と見られ、犯人に繋がる証拠は現在まで発見できていない。

「何かわかったの？」

「ええ。代々木上原の駅近くにバーがあります。店の名前は〈カサブランカ〉。亡くなった島崎はたまに訪れていたらしいです」

被害者の行きつけの店か。まだ捜査本部も摑んでいない情報だ。さすが猿彦、長年父の助手を務めていただけのことはある。

「それで？　そのバーで何かあったの？」

「ええ。店員に聞いた話なんですがね。二ヵ月ほど前にある客と口論になったようです。島崎なる男は普段は温厚らしいんで、店員もよく憶えていたみたいですね。これ以上は聞いていません。あとはお嬢が動いた方がよろしいかと」

「ありがとう、猿彦。すぐに調べてみるわ」

猿彦は心得ている。匙加減も絶妙だ。ある程度は美雲自身が捜査をするという形を作ってくれるのが有り難い。早速今日にでも桜庭先輩に進言してみてもいいかもしれない。

「島崎の事件もそうだけど、昨日のバスジャック事件も少し気になる点があるの。猿彦、それとなく四人の実行犯について調べておいてもらえるかしら」

「わかりました。お嬢、私はこのへんで」

猿彦が空コップをゴミ箱に捨て、店から出ていった。私も仕事に行く準備をしなければならない。美雲は立ち上がってコンビニをあとにした。

※

「先輩、被害者の行きつけの店が代々木上原にあるみたいです。これから行ってみませんか？」

北条美雲がそう言ってきたのは午後五時過ぎのことだった。午後から法務省官僚殺しの捜査に合流したが、ほとんど進展はない状態だった。和馬は美雲の提案を受け入れることにした。

店の名前はカサブランカといい、代々木上原の駅近くの雑居ビルの二階にあった。まだ営業前だったが和馬と同じ年くらいのマスターが店の準備をしていたので話を聞くことができた。

「島崎さんですね。知ってますよ。何とか省のお偉いさんなんでしょ。そうですね、一ヵ月に一度くらいかな。一人で来てカウンターで飲んでました。今、刑事さんたちが座っている席ですよ」

「島崎さんが亡くなったことはご存知ですか？」

「えっ、そうなんですか」マスターが驚く。本当に島崎亨の死を知らなかったらしい。「いやあ、知りませんでした。事故か何か？　あ、そうか。刑事さんが来ているってことは、事件性があるってことか」

「その通りです。彼は先週何者かに殺害されました。島崎さんについて何か知ってることがあったら教えてもらえませんか？」

「あまり自分から喋るタイプの人じゃなかったからね。夜遅くにふらっとやってきて、ウィスキーを数杯飲んで帰るだけの人でしたよ。俺のほかにもう一人のバーテンダーがいるんですけど、そいつとはよく話してました」

「今日は彼は？」

「休みです。風邪ひいたみたいで」

たまに一人で来店して飲んでいただけでは、それほど参考になる話はなさそうだ。誰か一緒に来ていれば別なのだが。すると隣で黙って話を聞いていた美雲が顔を上げてマスターに訊いた。

「どんな些細なことでも結構です。たとえばほかの客と言い争いをしたりとか、そういうことはなかったですか？」

法務省の官僚がバーで言い争いをするわけないだろう。和馬は内心そう思ったが、マスターは思わぬことを口にした。

「あったな、そうえいば」

和馬は思わず身を乗り出していた。「あったんですか？」

「うん、あった。二ヵ月くらい前だったかな。男性のお客さんと揉めていたっけ。島崎さんがしつこくされて困ってたみたいだった。プライベートにまで押しかけるな。島崎さんはそんなことを言ってました」

島崎が一人で飲んでいたところ、その男が店に入ってきたという。男がカウンターに座り、それに気づいた島崎は急に機嫌が悪くなり、男と口論になったらしい。結局島崎は立ち上がって先に店から出ていった。立ち上がった拍子にグラスが床に落ちたが、それを気にすることなく出ていくほど島崎は機嫌を損ねていたという。

「そのお客さん、俺に謝ってきました。迷惑かけて申し訳ないって。凄い低姿勢の人でしたよ。意外にいい人なんだなって思いました」

「その男性客ですが、名前とかわかりますか？」

「名刺をもらいました。島崎さんが割ったグラスを弁償したいと言い出したんで。気にしないでくださいって言ったんですけどね、どうしてもって言って名刺を置いていったんです。ちょっと待ってくださいね」

そう言ってマスターはカウンターの奥に入っていった。和馬は隣に座っている美雲に言った。

「よくわかったね。島崎がこの店で言い争いをしてたって」

「いえ、それは……。もしかしたらと思っただけです」

警察官として、刑事としてスタートを切ったばかりの彼女だが、その優れた資質には驚かされるばかりだった。自分が彼女の年だった頃、配属された交番で先輩たちの教えを乞うて四苦八苦していたものだ。しかし彼女は捜査一課で普通に捜査に参加している。それだけでも凄いことだ。

「ありましたよ」

マスターがそう言いながら戻ってきた。手渡された名刺を見ると『ＴＭＭ法律事務所・共同代表・牧田真司』と書かれている。おそらく弁護士だろう。弁護士が法務省の官僚とどういう理由で言い争いをしていたのか。気になるところだった。

「ご協力ありがとうございました」

そう言って店を出ようとしたところでマスターが背後から声をかけてきた。その視線は美雲に向けられていた。

「今度よかったらプライベートで是非いらしてください。半額に、いやもっとサービスさせていただきますんで」

「あ、ありがとうございます」

美雲は困ったように頭を下げていた。店から出て通りを歩きながら和馬は言った。

「美人は得だよな」

美雲は真顔で答えた。

「損することはありませんね。きゃ」

どこかの居酒屋の看板におでこのあたりをぶつけてしまい、美雲は痛みに顔をしかめている。まあ完璧な人間などいない。こういうドジなところがなければ可愛げがないというものだ。

「北条さん、大丈夫か？」

「ええ、大丈夫です」

これから代々木署に戻って捜査会議に出席しなければならないが、それほど大きな成果は出ていないことは今の段階でも予想できた。牧田なる弁護士と面会のアポイントをとるため、和馬はスマートフォンをとり出した。

※

牧田真司という弁護士が共同代表を務める〈TMM法律事務所〉は新宿区四谷にあった。それほど大きな事務所ではなく、マンションの一室をオフィスとして使用しているようだった。美雲が桜庭和馬とともに事務所のインターホンを押したのは午前十一時のことだった。

出迎えたのは四十代から五十代とおぼしき男性だった。応接セットに案内される。どうやら彼が牧田真司本人らしい。美雲はオフィスを素早く観察する。決して片づいているとは言い難い。仲間の弁護士数人で開業した事務所だろう。美雲は法学部卒業なので、法曹界の現状についてはある程度の知識がある。今は弁護士資格を持っているだけで儲かる時代ではない。

「島崎さんの件ですね。いつか来るんじゃないかと思ってました」

牧田は先手を打ってきた。隣に座る和馬が口を開いた。

「島崎さんが亡くなったことはご存知ですね」

「ええ、知ってます。法務省は貴重な人材を失ってしまいましたね。彼がどれほど優秀な人間だったのか。それは私も承知していますので」

「代々木上原のバーであなたと島崎さんが口論をしていたとの証言を得ました。口論の理由をお聞かせください」

和馬がストレートに質問をぶつけた。しかし牧田は動じることはなかった。スーツもよれよれで、全体的にくたびれた印象がある牧田だが、実は老獪な弁護士なのではと美雲は思った。

「どこから説明すればいいのかわかりませんが」そう前置きしてから牧田は話し始め

た。「私たち弁護士は正業である弁護の仕事のほかにも、無報酬でおこなうボランティア的業務にも携わっています。弁護士によって内容なども異なりますが、私の場合は刑務所内の受刑者の待遇改善を要求する活動に従事しています」

「受刑者の待遇改善ですか。具体的にはどのようなことを？」

「無期懲役で入所している受刑者の仮釈放を求めています。刑事さん、無期懲役刑の受刑者が仮釈放になるプロセスはご存知ですね」

「ええ」和馬は答えた。もちろん美雲も知っている。「三十年経ったら審議がおこなわれるのではなかったでしょうか」

無期懲役というと死ぬまで刑務所から出られないと思っている一般人が多いらしいが、厳密にはそうではない。入所しておよそ三十年が経過した受刑者に関しては、審議の結果次第で出所することも可能なのだ。しかし仮釈放が許可される割合は低く、大半の無期懲役刑の受刑者は刑務所内で一生を終えることになる。

「さすが刑事さん、よくご存知で。正確に言えば三十年というのはあくまでも目安です。毎年、無期懲役刑の受刑者が仮釈放となりますが、その人数は少ないものですよ。出所が許される受刑者の数は大抵一桁ですね。無期懲役刑の受刑者の総数から考えると、〇・五パーセントあたりといったところでしょうか」

死刑囚が死刑になった場合、マスコミは大きく報道する。しかし無期懲役刑の受刑者が仮釈放になってもマスコミは報道しないし、法務省もそれを大々的に公表しないので、世間ではあまり知られていないのだ。

「遺族の感情を思うとなかなか難しい部分もありますがね、三十年近く経てば受刑者も高齢ですから。六十代、七十代になっていますし、残りの余生を刑務所の外で過ごさせてあげたいという受刑者の家族の気持ちも理解できます」

受刑者にも家族がいる。それは美雲にもわかる。たとえば家族の誰かが無期懲役の刑に服すことになったら、その時点で諦めの感情を抱くことだろう。しかし時は流れる。三十年経ったとき、刑務所にいる家族が仮釈放になる可能性が芽生えたとしたら、そこに一縷（いちる）の望みを託したくなるのは人として当然だろう。

「私は受刑者の家族と一緒になって、仮釈放を求める活動をしています。活動といってもたいしたことではありませんがね。受刑者に面会して励ますとか、法務省に嘆願書を出すとか、その程度です」

ようやく法務省という単語が出た。それに和馬が反応した。

「その活動を通じて島崎さんと親交があったというわけですね」

「そうです。島崎さんは法務省の中でもキーパーソンでしたからね。特に司法関係に強い影響力を持っておられた方でした。共通の知人を通じてお会いして、こちらの希望――つまり無期懲役刑の受刑者の仮釈放について善処するように求めました。しかし──」

島崎亨はとり合ってくれなかった。それどころか凶悪犯罪者に対する厳罰化に関する持論まで述べ、無期懲役刑の受刑者を仮釈放することへの違和感まで話したという。

「あとで聞いたところですと、彼自身が犯罪者に対して強い憎悪があるようでした。若い頃にお姉さんが暴行されていて、そういう犯罪者に対して強い憤りを覚えているようです。だからといって個人感情を仕事の場に持ち込むのはいかがなものか。そう思って彼に突っかかったのが代々木上原のバーで起きた一件でした」

彼の姉がそういう事件に巻き込まれていたことは初耳だった。島崎の本籍地は山口県なので、そちらで発生した事件だと思われた。裏をとっておくべきかもしれないと美雲は思った。

「ところで先生、島崎さんが殺害された日のことですが……」

和馬が最後まで言わないうちに牧田は答えた。その質問は最初から想定済みだったのだろう。

「その日でしたら、出張で仙台に行ってました。帰ってきたのは翌日ですね。アシスタントと一緒だったので、彼に確認していただければわかります。彼は隣の部屋にいますが、呼びましょうか？」

「いえ、それには及びませんよ」

和馬は立ち上がって隣の部屋に入っていった。アシスタントに裏付けの供述をとるつもりだろう。牧田がこちらに目を向けて言った。

「それにしても警察も変わりましたね。あなたみたいな女性が刑事をやっているなんて、昔は考えられなかった」

美雲は笑みを浮かべて牧田に訊いた。

「先生、一つ教えてください。今年は無期懲役刑の受刑者の中で仮釈放を許された方はいらっしゃいますか？」

「まだですね。これからじゃないですか」

「島崎さんを殺した犯人に心当たりがあったら教えてください」

「さあね。殺すほどの恨みとなると、ちょっと私にもわかりません。でも法務省は惜しい人材を失ったものですよ。あの法務大臣でさえ島崎さんの意見には従うと言われてましたから」

そんな優秀な官僚を殺害して利益を得た者がいる。依然として手掛かりらしきものは摑めていない。いまだ事件は深い闇に包まれていると美雲は感じていた。

※

「ありがとうございました。次にお待ちの方、どうぞ」

華は勤務先である書店のレジに立っていた。三階建ての書店で一階が雑誌や一般書籍の売り場であり、二階と三階が専門書のコーナーだ。華は二階の専門書コーナー、主に参考書や子供向けの絵本を担当しているが、午前か午後のどちらかは一階のレジに立つ決まりだった。今日は午前中がレジの当番だ。時刻は正午を回ったところで、十二時半から一時間が昼の休憩時間になっている。

「ありがとうございました。次にお待ちの方、どうぞ」

華がそう言うと列に並んでいた次の客がレジの前に立った。その客の顔を見て華は驚く。母の悦子だった。

「お、お母さん？」

悦子は無言で一冊の雑誌をカウンターの上に置いた。ファッション誌だった。悦子は白いスーツを着ており、大きなサングラスをかけている。孫がいるようには見えないほどの現役感が溢れていた。華は念のために小声で訊く。

「買うの？」

悦子がうなずいた。珍しい。母がわざわざお金を出して本を買うなんて雨でも降るんじゃないかしら。母が本気を出せば雑誌なら四、五冊、文庫本なら十冊くらいは軽く盗めてしまうだろう。でも買ってくれるなら止めることはできない。華はファッション誌を袋に入れ、悦子から代金を受けとった。すると悦子が言った。

「お昼を一緒にどうかしら？」

「わかった。ええと……店を出た向かい側に喫茶店がある。そこで待ってて」

悦子が店から出ていった。それから三十分後、ようやく昼休みになった。約束の喫茶店に向かうと窓際の席で悦子が雑誌を読んでいる。華はランチセットを注文してから母のもとに向かった。

「あなたも大変ね」華が座るなり悦子が言う。「レジ打ちなんて楽しいの？　意味がわからないわ。杏ちゃんと一緒にいてやればいいのに」

「あのね、お母さん。和君のお給料だけじゃ家計が大変なの。いろいろお金がかかるんだから」

家賃や食費などの生活費だけではなく、杏の学資保険や将来に向けての貯金などにも金をかけなければならない。和馬の給料だけではやりくりするのは難しい。

「別に仕事なんてしなくてもいいのよ。盗めばいいんだから」

「お母さんたちと一緒にしないで」

三雲家の中で唯一、きちんと働いて給料をもらっているのは華だった。ほかの家族はそうではなく、盗みで生計を立てている。よく私は警察官の妻になったものだと華は時折感心するほどだ。

「例の話はどうなったの？　渉の会社の役員になるってやつ。いい話だと思ったんだけど、あんな本屋で働いてるってことは、あなた断ったわね」

「当たり前です」

渉というのは華の兄で、ハッキングを得意としている風変わりな男だ。長年引き籠もっていたのだが、実はハッキングをしながらダミー会社を設立して情報の売り買いなどで大儲けをしており、今でも年間数億円稼いでいるらしい。渉が経営するダミー会社の役員にならないかと父から提案されたのは先月のことだ。何もしないで月に百万程度の役員報酬を受けとれるらしく、さすがの華も心が揺れたが、すんでのところで何とか思いとどまった。渉が過去にハッキングに手を染めていることは明らかだったし、私は警察官の妻だという自覚が何とか作用してくれた。

「お兄ちゃん、元気にしてるの？」

最近渉とは会ってない。最後に会ったのは今年の正月だろうか。華の五歳上なので今年で三十五歳になるはずだが、童顔なので二十代に見える。好きなことしかやらない三雲家の人間は総じて若く見えるのだった。

「渉なら元気よ。今ね、私、渉のマンションで暮らしてるのよ」

「お母さん、そうやって甘やかしてるからお兄ちゃんがいつまでたっても自立できないんだよ」

「立派に自立してるじゃない。あの子の貯金がいくらあるかあなたは知らないでしょう。私なんかより全然稼いでいるんだから。全部あの子が自力で稼いだお金よ」

そうかもしれないが、それは犯罪すれすれの極めてグレーな金だ。しかしそれを言っても母には通じないので、華は反論しなかった。注文したランチセットが運ばれてきた。ワンプレートの上にピラフとサラダ、グリルチキンなどが載っている。華はフォークを手にして悦子に訊いた。

「ところでお母さん、何の用？　わざわざ職場まで訪ねてきたりして」

「まあ電話でもよかったんだけど、近くまで来たものだからね」悦子はそう言ってカップの紅茶を一口飲んだ。「来週、杏ちゃんの誕生日でしょう。あの人の提案だけど、すき焼きパーティーでもどうかって。すっかり味を占めたようね。最高級の肉を用意するって張り切ってるわよ、あの人」

あの人というのは父の尊のことだ。杏の誕生日は例年、三雲家と桜庭家の両家が集まり、盛大に祝うことが習わしとなっている。どちらが主催するかで毎年揉めるのだが、去年は杏が風邪をひいたため中止になっていた。今年も荒れそうな雰囲気だった。

「牛肉を用意するって、どうせ盗むんでしょう。桜庭家の人たちに盗んだお肉を食べさせるわけにはいかないわ」

「餅は餅屋って言うでしょう。漁師に魚を釣るなって言える？　小説家にモノを書くなって言える？　言えないでしょ。盗みをやらない泥棒に価値はない。華、あなたも三雲家の人間なら理解しなさい。じゃあ来週、杏ちゃんのお誕生日会、楽しみにしてるわよ」

悦子はそう言って立ち上がった。そのまま喫茶店を出ていってしまう。困ったことになった。来週の杏の誕生日、めでたい日であるのは間違いないが、同時に憂鬱な一日になりそうな予感があった。

華は溜め息をつき、ランチプレートのグリルチキンにフォークを突き刺した。

※

午後九時、美雲は地下鉄に乗っていた。さきほど解散となり、これから寮に戻るところだ。今日も午後は法務省内で聞き込みをしていたが、めぼしい情報は得られなかった。さきほど代々木署でおこなわれた捜査会議に出席した。そこには重苦しい空気が流れ始めていた。

地下鉄から降りて地上に出る。寮では夕食の用意をしてくれない。コンビニでも寄っていこうか。そう思って歩き始めたとき、隣に並ぶ人影があった。

「お嬢、お帰りなさいませ」

猿彦だった。彼の姿を見て美雲は思いつく。

「猿彦、ちょうどよかった。夕飯まだなの。一緒に食べましょう」

「かしこまりました、お嬢」

ちょうどファミレスの看板が見えたので、猿彦とともに店内に入った。ボックス席に案内される。美雲はオムライスとサラダのセットを、猿彦は夕食が済んでいるようでコーヒーだけを注文した。

「お嬢、バスジャックの事件ですが、今でも担当していますか？」

「もう外れたけど、あの事件には何か裏があると思うの」美雲は手帳をとり出した。それをめくりながら答える。「昼に警視庁に寄ったときに聞いてみたんだけど、捕まった四人の口からもう一人の犯人、計画を立てた首謀者の素性を聞き出すことはできてないみたい」

実行犯のリーダー、石岡はネットを通じて首謀者とやりとりしており、しかもその痕跡はネット上にも残されていないとのことだった。

「猿彦の方は何かわかった？」

「いろいろ調べてはいるんですが、まだ決定的なものは出てきていません」

「四人の実行犯から有力な情報は得られないでしょう。彼らは無作為に選ばれた演者のようなものですから」

「そう」

猿彦の言う通りだった。四人の実行犯は台本を渡された下手糞な役者に過ぎない。ではなぜ首謀者は今回の事件を引き起こしたのか。そこが大きな謎だ。大胆な計画の割りに、身代金の受け渡し方法が雑で、どこかちぐはぐな印象を受けるのだった。

オムライスセットが運ばれてきたので、手帳を置いて食べ始めた。やはり刑事になって外食が格段に増えた。昼は基本的に外食だし、夜も大抵外食かコンビニ弁当になってしまう。自炊しようと思ってはいるが、ついつい忙しいのを理由にして簡単な方を選んでしまうのだ。京都にいた頃には考えられなかったが、今では美雲は一人で牛丼屋に入ることもできてしまう。驚くべき進化だ。

美雲は子供の頃からやや内向的な性格で、人見知りする傾向があった。外で友達と遊ぶよりも、書斎にある祖父の蔵書であるミステリーを読んでいる方が楽しかった。そんな内向的な少女が成長し、今は警視庁捜査一課で刑事をしているのだ。亡くなった祖父が知ったらさぞかし驚くことだろう。

「お嬢、こんなものを作ってみました」

美雲がオムライスを食べ終えたタイミングを見計らい、猿彦が数枚の書類を出してテーブルの上に置いた。空いた食器を脇にどけて美雲は書類を手にとった。

そこに書かれているのは人質となった十八名の園児とその家族構成などの資料だった。両親については勤め先、出身大学まで事細かに調べてある。

「さすがね、猿彦。仕事が細かいわ」

「ありがとうございます、お嬢」

犯人グループは一億八千万円の現金を要求し、その受けとりに失敗した。しかし首謀者には別の狙いがあったのではないか。そう考えると目を向けないわけにいかないのは、バスの中に閉じ込められた人質たちだ。たとえばその人質の保護者の誰かが、警察に内緒で取引に応じていたとは考えられないか。

リストに目を落とす。三雲杏のところで目が留まった。三雲杏（三）、父の桜庭和馬（三十三）、母の三雲華（三十）の三人暮らし。和馬も華も都内の大学を卒業しており、和馬は警視庁、華は上野にある書店に勤務している。特に目新しい情報ではない。

犯人の視点になって考えてみる。やはり狙うなら大物だ。たとえば一部上場企業の御曹司など、多額の身代金を要求できるような金持ちはいないかと調べてみたが、特にそういった家族は見受けられなかった。父親が大手企業に勤めている家庭はあるが、その父親が会社ではどんな役職に就き、どれほどの資産を有しているか。そこまではこのリストではわからない。

名の知れた大手企業にはマーカーで線を引いた。父親が大手企業に勤めているイコール金持ちとは決まっているわけではないが、今はどこにヒントが転がっているかわからない状態だ。

ちょっと待てよ。美雲はマーカーを持った手を止め、コーヒーを一口飲んでから口を開く。

「猿彦、犯人の動機が身代金以外にあるとしたら何だと思う？」

「金以外ですか。そうなると可能性はかなり広がりますね。たとえばお嬢の先輩である桜庭刑事ですが、彼がある犯罪の決定的証拠を握っていたとします。娘の命と引き換えにその証拠を握り潰すように要求された。そういうことが起きていたとしても不思議はありません」

猿彦は和馬を例に出したが、そういう事例はいくらでも考えられた。十八の家族を一つずつ調査していくのは、担当ではない美雲には大変な作業になる。やはり特殊犯罪対策課の捜査に任せるしかないのだろうか。

そんなことを考えながらリストに目を落とすと、ある部分に目が吸い寄せられた。

中原健政（三）の母親、中原亜希（二十九）の項目だ。彼女はシングルマザーであり、新宿の百貨店でアパレル店員をしているようだった。彼女は華と一緒に身代金を日ノ出橋まで運んでくれたので、強く印象に残っている。少し派手な感じの女性だったが、実は帝明大学を中退しているとリストにはあった。

帝明大は都内でも有数の名門私立大学だった。当然偏差値も高く、受験生の間でも難関校とされていた。あの彼女が帝明大を中退していた。その事実にどこか違和感を覚えた。

「お嬢、何か気になることでも？」

「うん、ちょっとね」

明日調べてみてもいいかもしれない。空振りに終わるかもしれないが、やはり中原亜希という女性と帝明大がイメージとして結びつかない。

「ところでお嬢、誠に言いにくいんですが、奥様からこのようなものが送られてきてしまいまして……」

猿彦がそう言いながら封筒を出してきた。母が送ってきたものであれば中身は大体想像がつく。

「猿彦、お母さんに言っておいて。私、刑事になったばかりなんだよ。結婚なんて当分できっこないわよ」

美雲は北条家の一人娘であり、跡取りでもある。そのため美雲が十代の頃から母の貴子は娘の婿(むこ)探しに余念がない。食事に行こうと誘われてのこのこついていったらお見合いの席だった。そんなこともあったほどだ。

「ですがお嬢、東京の男子もなかなかですよ。結構な面子(メンツ)が揃っております。せめてご覧いただくだけでも……」

「猿彦、しつこい。私は結婚なんて考えてないんだから」

美雲はきっぱりと言って、冷めたコーヒーを飲み干した。

※

「用事って何だよ。俺だっていろいろ忙しいんだぜ」

和馬はそう言って冷蔵庫からビールを出した。自宅マンションではなく、桜庭家の実家に来ていた。捜査を終えて自宅に帰ろうとしたら、母の美佐子からメールが届いていることに気づいたのだ。話があるから帰りに寄ってくれとの内容だった。

居間には父の典和と母の美佐子がいた。二人ともテーブルの前に座っている。祖父の和一と祖母の伸枝は二階の部屋で就寝したようだ。

「どうだ？　華ちゃんと杏ちゃんの様子は？」

典和に訊かれ、和馬はビールを飲んで答えた。

「元気だよ。杏も今日から保育園に行ったし、華も出勤したはずだ」

「不可解な事件だったらしいな。計画を立てた犯人を捕まえられるかどうかだな」

テレビのワイドショーでも大きくとり上げられているようだ。華ともう一人の女性がスーツケースを橋から落とすシーンをテレビ局は何度も放送しているらしいが、プライバシー保護のため顔にはモザイクがかけられているので安心した。

「まさかあんな事件に巻き込まれるとは思ってもいなかったよ。それより話って何？俺に話があるんだろ」

「そうよ、和馬」母の美佐子が口を開いた。「来週の杏ちゃんの誕生日のことよ。今年はどうするかまだ決まってないわよね」

来週、杏は誕生日を迎えて四歳になる。毎年杏の誕生日には桜庭家と三雲家の両家が集まって誕生日会を開くのが恒例行事だが、今年はまだ何も決まっていない。華が仕事を始めたこともあり、ゆっくりと話す時間が以前に比べて減っているからだ。

「まだ何も決まってない。華から何か聞いてる？」

「そういう話はないわ。和馬、あのね。できればなんだけど、今年は内々でできないかって思ってるのよ」

「内々ってどういうこと？」

「言いにくいけど、できれば桜庭家の人間だけでお祝いできないかと思って。あ、華ちゃんはもちろんいいのよ」

そういうことか。和馬は母の心中を理解したが、念のために口に出して確認する。

「母さん、それはつまり三雲家の人間と関わり合いになりたくないってことかな」

「そこまでは言ってないけど……」

「俺にはそう聞こえたけどね」

和馬と華が一緒になったのは今から四年半ほど前、杏がまだ華のお腹にいるときだった。両家ともに二人が一緒になることを認めてくれ、何度か食事会を開いたりもした。警察一家と泥棒一家。水と油の両家が歩み寄った歴史的な出来事だった。典和と三雲尊は何度かゴルフも一緒に行ったようだし、母親同士もお芝居をともに観にいくなど、両家の関係は良好に思えた。しかし――。

去年あたりから、徐々にその兆候はあった。やはり警察一家と泥棒一家は合わないというか、根本的な部分で別の生き物なのだとお互いが認識するようになったのだ。特に桜庭家は家族全員が警察関係者であり、犯罪者を受け入れることができない体質に生まれ育っている。

たとえば父親同士がゴルフに行ったとしよう。ラウンド中、典和が三雲尊の左手に巻かれたロレックスを見たとする。一本数百万円の高級腕時計だ。それを見た典和は盗品ではないかと疑う。それは警察官としての習性とも言える。

たとえば母親同士が新国立劇場にオペラを観にいったとしよう。美佐子が三雲悦子の指にはめられたダイヤモンドの指輪を見たとする。おそらく美佐子も盗品ではないかと疑うだろう。

こうした小さいことが積み重なり、去年あたりから父と母が三雲家を敬遠するようになっていったことに和馬はうっすらと気づいていた。しかしそれを口に出すことはなかったが。

「和馬、よく聞いて」美佐子が言った。「私たちは警察官なの。やっぱりあの人たちとうまくやっていけるわけがないのよ。あなただって気づいているんでしょ」

「今さら何言ってんだよ。そういうのを承知して俺たちのことを許してくれたんじゃなかったのかよ」

籍は入れていないが、華とは本当の夫婦だと思っている。しかし華の家族が裏稼業の人間であるのは紛れもない事実であり、それを受け入れるしかないと和馬は覚悟を決めていた。当事者である分、父や母よりはその思いが強いのかもしれない。

ずっと腕を組んで話を聞いていた父の典和が口を開いた。

「和馬、こういうご時世だ。SNSが普及して、素人が勝手に撮った画像や動画がネット上に出回る世の中だ。今やあらゆる不祥事がまずはSNSから流出する時代だ。

お前だってそのくらいわかるだろ」

「関係ないだろ。だから何だって言うんだよ」

「どこで誰が見ているかわからない。俺はそう言ってるんだよ。警察官と泥棒がプライベートで付き合う。その画像がひょんなことからネット上にアップされる。そういうことがないとは限らん」

父の言わんとしていることは理解できる。しかしそこまで神経質になることだろうか。自分が公僕であることに自覚はあるが、芸能人じゃあるまいし、そこまでプライベートに気を遣う必要はないような気がする。

「待ってくれ、父さん。あの人たちがどれだけ凄腕の泥棒か知ってるだろ。そんなヘマをするような人たちじゃないんだよ」

「和馬、杏ちゃんのことを真剣に考えたことがあるの？」

美佐子にそう言われ、和馬は言葉に詰まった。

「杏の……こと？」

「そうよ。杏ちゃんだってもう四歳でしょ。いろいろなことがわかる年頃になってくるわ。そろそろ三雲さんたちとの付き合い方を考えないといけないタイミングなの」

それを言われると言葉が出ない。たしかにずっとこのままというわけにはいかないと和馬自身も考えている。三雲家が泥棒一家であることを杏に教えることなどできない。ジジの仕事は何？　ババの仕事は何？　杏にそう訊かれたときの回答を和馬は用意していない。

「和馬、わかってくれ。これは母さんと二人でいろいろ話し合った末の結論だ。お前から華ちゃんに話してくれ」

そう言って典和は立ち上がり、居間から出ていった。和馬は唇を嚙み締めた。華に何て言えばいいのだろうか。缶ビールを一息に飲み干したが、味がほとんどわからなかった。和室から出て廊下を歩く。玄関で靴を履いていると美佐子の声が背中に届いた。

「来週の杏ちゃんの誕生日、〈寿司政〉を予約したからね。ケーキも予約してあるから、華ちゃんと杏ちゃんを連れてくるのよ」

寿司政というのは商店街にある桜庭家御用達の寿司屋だ。和馬は返事もせずに立ち上がり、外に出て乱暴にドアを閉めた。


翌日の昼過ぎ、和馬は後輩の北条美雲とともに新宿の百貨店を訪れていた。昼飯を食べているとき、華のママ友である中原亜希が気になると美雲が言い出したからだ。何でも美雲は彼女の学歴が気になっているという。彼女が帝明大を中退していたことは初耳だったが、和馬たちはバスジャック事件の担当ではない。しかし彼女がどうしてもと言い張るので、こうして中原亜希の職場に出向くことを了承したのだ。それに和馬はバスジャック事件の間接的な被害者であり、あながち無関係でもない。

昨夜、実家の両親から言われたことを華には言えなかった。どう切り出していいのかわからなかったが、あまり先延ばしにはできないだろう。そう考えると朝から気が重かった。

中原亜希は婦人服売り場のテナントで働いており、三十分くらいならという制限つきで話を聞くことができた。彼女が働く階にある喫茶店で対面した。明るい店内は女性客ばかりで、自分が完全に浮いていることを和馬は認識していた。

「お忙しいところすみません。それに先日は事件解決にご協力いただきありがとうございます」

美雲がそう言って頭を下げた。彼女の疑問を解消するために来ているので、質問役も彼女に任せるつもりだった。

「その節はどうも。北条さん、でしたよね」亜希は美雲に向かって頭を下げてから、和馬を見て言った。「三雲さんの旦那さんですよね。いつもお世話になってます」

「こちらこそ妻と娘がお世話になっているようで」

「三雲さんのご主人が刑事さんなんて知りませんでした。この前の事件のあとで初めて知ったんです」

「驚かせてしまって申し訳ありません。今日は少し質問があって参りました。お手数をおかけしてすみません」

和馬が目配せを送ると美雲が話し出した。

「先日のバスジャック事件の被害者、つまり園児や保護者について調べていて、気になったことがありました。失礼ですが中原さん、帝明大を中退しておいでですね。差し支えなかったらご事情をお聞かせいただければと思いまして」

「私のプライベートと事件が関係あるってことですか？」

「そこまでは言ってません。今回、犯人たちは身代金を奪うことに失敗しました。でももしかすると別に真犯人がいて、その人物は警察に知られることなく園児の家族と取引を済ませているかもしれない。私はそう考えたんです」

和馬ははっとする。大胆な仮説だが、可能性はゼロではない。亜希は考え込むようにテーブルの一点を見つめている。和馬はカップをとり、コーヒーを口にした。しばらく待っていると彼女が顔を上げた。

「あまり人には知られたくない話です。できる限り内密にお願いしたいのですが、大丈夫ですか？」

「はい」

美雲がうなずくと、亜希は話し出した。

「私には父がいません。物心ついたときからでした。母は銀座で働くホステスでした。鍵っ子っていうんですかね。学校から帰ってきてもいつも独りぼっちでした」

テレビは一日一時間と決められていたため、一人でずっと勉強をしていた。もともと飲み込みの早い子供だったということもあり、学校での成績は常に上位だった。私じゃなくてあの人の血を継いだんだね。娘の成績表を見るたびに母はそう言った。

「地元の公立高校を卒業して、帝明大の経済学部に進学しました。どうしても大学に進学するように母に言われたんです。その頃、母はホステスの仕事を辞めてました。年をとって指名客が減ったのが原因で、その後は飲食店の厨房で働くようになりました」

転機が訪れたのは亜希が大学三年生のときだった。母が突然倒れたのだ。末期の肝臓がんと診断され、半年後に息を引きとった。

「母のお葬式のとき、初めて父と会いました。私、頭に来てしまって……そのときのことをよく憶えていないんです。いろんなものを投げつけたり、汚い言葉を吐いたりしたと思います。今までずっと放っておかれて、お葬式にだけ顔を出すなんてあんまりだと思ったからです」

母と死に別れ、亜希はすさんだ生活を送るようになった。大学は中退し、母と同じく夜の世界に足を踏み入れた。いつしか借金をしてしまっていて、風俗関係の仕事を勧められるようになった。そんなときに現れたのが父だった。

「ファミレスに連れていかれました。父は私に話をしてくれました。これまでの父の人生の話です。どういう風に生きてきたのか。今している仕事の話や、今の奥さんとのこと。もちろん母と出会って私が生まれるまでの話もしてくれました」

父の話は一晩中かかった。すべて許したわけではないが、父にも父の事情があったんだなと亜希は思った。夜の仕事を辞めることを父と約束した。借金も父が清算してくれることになった。

「服が好きだったから、今の職場で働くことにしたんです。採用された年にフロアマネージャーだった前の旦那と出会って結婚しました。でも健政――息子が生まれた直後に彼の浮気を知って、大喧嘩して別れました。もともと女癖の悪い男だったみたいです。母のことを男を見る目がないと思ってましたが、私の方が酷いですね」

父と母が出会ったのは二人が三十代の頃だった。父は仕事の関係で母が勤めている銀座のクラブをよく訪れており、出身地が同じ大分県であることから意気投合した。父はすでに結婚していたが、妻との間に子供はいなかった。その妻は子供ができない体質であり、それがわかった途端、夫婦仲は急激に冷めていた。二人が愛し合うようになるのにさして時間はかからなかったという。

「今では二ヵ月に一度、父と会います。父は忙しい人ですが、何とか時間を作ってくれるんです。健政を溺愛してるんですよ。唯一の孫だから嬉しいみたいで、息子と遊んでいるときの顔は世間で知られているイメージとは違って、にこにこしていて面白いです」

すでに約束の三十分を過ぎている。亜希もそれを気にしているのか、腕時計に目を落とした。隣に座っている美雲が彼女に訊いた。

「中原さん、お父様のことですが、世間のイメージというのはどういうことですか？有名な方なんですか？」

「これは内密にお願いします」そう前置きしてから亜希が声を小さくして言った。「信じていただけないかもしれませんが、私の父は国会議員の岸間繁正（きしましげまさ）です」

和馬は思わず固まっていた。岸間繁正。現法務大臣だった。

※

「先輩、これは大変なことになってきましたね」

美雲がそう言うと、運転席に座る桜庭和馬がハンドルを握りながら応えた。新宿をあとにして、これから代々木署に向かうところだった。

「まあね。中原亜希の父親が岸間大臣だった。現時点でわかっていることはこれだけだ。先走るのはよくないぜ」

「法務大臣なんですよ。取引を持ちかけるには絶好の相手です」

岸間繁正。与党の大物政治家だ。年齢は六十五歳。二十代は商社に勤務、三十代は政治家の秘書を務め、四十歳で衆議院議員に当選してから、一度も落選したことがない。いくつかの大臣を歴任し、前回の内閣改造でも党の三役への就任を囁かれたが、前回と同じく法務大臣に留任することになった。歯に衣着せぬ物言いと、その強気な姿勢で有名な政治家だ。気に食わない記者がいると名指しで議論を吹っかけることもあり、テレビでもたまにとり上げられる。

「孫を誘拐されたんです。岸間大臣は跡とりがいないから、将来的には孫の健政君を後継者にするつもりかもしれません。そんな孫のためならいくら金を積まれても払うものではないでしょうか」

「だから北条さん、先走るのは禁物だ。中原亜希の父親が岸間繁正。現時点でわかっているのはそれだけなんだからね」

「いえ、先輩。もう一つあります。亡くなった島崎亨は法務省の官僚でした。岸間繁正は法務大臣です」

「関係あるとでも？」

「偶然を疑うのは刑事の鉄則です」

「そりゃそうだけど」

法務省のエリート官僚が殺害され、バスジャックの人質の中に法務大臣の孫がいた。ただの偶然と言われればそれまでだが、無視できる問題ではないと思われた。

「先輩、今から永田町に行きませんか？」

「岸間大臣に会おうっていうのか。いくら何でもそれは無理だ」

大臣だからといって怯んでいたら事件はいつまでたっても解決できない。

「国家公務員になった同級生もいますし、新聞社に勤めている友人もいます。伝手を頼って調べてみます」

法務省ではないが、官僚になった同級生は何人もいる。大手新聞社に就職した記者も知っている。しかし彼らは皆、まだピカピカの一年生だ。あまり情報を持っているとは思えない。やはりここは猿彦にお願いするしかなさそうだ。

美雲が後部座席に置いたハンドバッグに手を伸ばそうとすると、運転中の和馬が胸のポケットからスマートフォンを出した。画面を見て、それをこちらに寄越してくる。画面には『松永班長』と表示されていた。運転中だから代わりに出ろ、ということだろう。美雲はスマートフォンを耳に当てた。

「はい、北条です」

「松永だ。桜庭はいるか？」

「運転中です。私でよければご用件を伺いますが」

「今、どこだ？」

別の事件の捜査中だとは言えない。美雲は当たり障りのない答えを述べた。

「移動しているところです」

「そうか。実は世田谷で事件が起きた。高齢の男性が自宅で遺体となって発見された。うちの事件――例の法務省官僚殺しと繋がりがあるかもしれん。今すぐ現場に向かってくれ」

「わかりました。どういう繋がりがあるんでしょうか？」

同じく法務省の官僚が殺されたのか。美雲はそんな想像をしていたが、松永から返ってきた答えは意外なものだった。

「アルファベットだ。アルファベットのLが現場に残されていたらしい」

現場は世田谷区下馬の閑静な住宅街だった。すでに世田谷署の捜査員、鑑識職員が現場で捜査を開始していた。警視庁から駆けつけたのは美雲たちだけだった。今後、他殺と判断されれば、正式に警視庁に協力要請がなされるだろう。

所轄の刑事に案内されたのは二階の寝室だった。中を覗き込むとベッドの上に男性が仰向けに横たわっているのが見えた。男はカッと目を見開いており、死んでいるのは明らかだった。胸から大量の血が流れている。所轄の刑事の説明を聞く。

「亡くなったのはこの家の主、柳沢友則、六十九歳。今日の午前中、訪ねてきた友人が遺体を発見しました。妻に先立たれて一人暮らしをしていたようです」

部屋では二人の鑑識職員が写真を撮っている。美雲は素早く室内を観察した。ベッドサイドにはゴルフの雑誌が数冊置かれていた。たしか玄関を入ったところにゴルフバッグが置いてあった。壁に吊るされたカレンダーを見て、今日のところに赤い丸が記されているのが見えた。赤い丸は週に二つか三つの割合で記されている。

赤い丸はゴルフの日で、今日もそうだったのだ。遺体を発見したのは一緒に回る予定だった友人といったところではなかろうか。世田谷署の刑事が説明を続けた。

「遺体の第一発見者は被害者のゴルフ仲間ですね。今日は午後から横浜のコースを回る予定だったみたいです。迎えにきた男がインターホンを押しても応答はなかったようですが、玄関に鍵がかかっていないので彼は不審に思ったようです」

もともと被害者の柳沢は心臓に持病があり、遺体を発見したゴルフ仲間はそれを知っていたため、発作でも起こしたのではないかと思って家の中に上がったらしい。そして寝室で変わり果てた友人の遺体を発見したということだ。

「被害者は元検事です。六十歳で検察庁を退官したあと、公益財団法人の理事を務めていたようですが、そちらも三年ほど前に辞めているみたいですね」

検察庁か。法務省とは違うが、同じ法曹関係という意味では近いのかもしれない。鑑識作業の邪魔になってはいけないので、美雲たちは寝室から出た。一階に降りてからさらに説明を受ける。

「うちの鑑識職員によれば、殺害されたのは昨日の深夜だと推定されます。あそこの窓ガラスを破って侵入したようです」

世田谷署の刑事が指さした先はリビングの窓ガラスだった。ガラスを割って侵入し、鋭利な刃物で一刺しで命を奪う。その犯行の手口も島崎亨殺害の事件とよく似ていた。

「ところで」和馬が質問した。「現場にアルファベットが残されていたとのことですが、どういうことですか？」

島崎亨の殺害された部屋では、ノートパソコンの文書作成ソフトの中に「Ｌ」の一文字が記されていた。さきほど見た寝室にはパソコンは置かれていなかった。世田谷署の刑事が説明する。

「これです」

そう言って見せられたのはスマートフォンだった。すでに証拠品用のビニール袋に入れられている。

「遺体発見当時、メール機能が立ち上がっていまして、Ｌの一文字が入力されたままの状態でした。実は二日ほど前、代々木署に勤務する同期と飯を食ったんです。そのときに代々木上原の事件について話を聞いていたので、もしやと思って連絡した次第です」

まだ捜査は始まったばかりで、詳細については今後明らかになるだろう。他殺と考えて間違いないので、世田谷署に捜査本部が設置されることになるはずだった。世田谷署の刑事に礼を述べてから、美雲たちは現場となった家から出た。

「先輩、どうしますか？」

「そうだな」和馬が答えた。「現時点でははっきりしたことはわからない。見聞きしたことを班長に伝えて指示を仰ぐべきだな。同一犯の犯行と決まったわけじゃないからね」

しかし被害者が亡くなる前にメール機能を起ち上げ、誤って「L」の文字を入力したとは考えにくかった。犯人が意図的に現場に残していったものと考えていいだろう。

法務省の官僚と、引退した元検事。両者の接点を見つけるのが事件解決の糸口だ。さらには岸間法務大臣の問題も残っているし、現場に残されたLという文字の意味も謎に包まれている。

「何だか大がかりな事件になってきたな」

和馬がつぶやくように言った。その感想に美雲も同意せざるを得なかった。

※

杏の就寝時刻は午後九時だ。一緒にベッドに横になり、絵本を読んだり今日一日の話をする。すると次第に杏の瞼（まぶた）が重くなってきて、早くて五分、遅くても十五分程度で眠りに落ちる。

杏が眠ったのを見計らい、華は静かにベッドから抜け出した。リビングに向かい、音量を絞ってテレビを点けた。これから二時間くらいが一人で落ち着いて過ごせる時間帯だ。和馬が家にいるときは二人で晩酌をしたりするのだが、ここ最近は和馬は帰りが遅い。たまに先に寝てしまう日もあるくらいだ。

ニュース番組を見る。例のバスジャック事件の報道もようやく下火になってきた。今日は世田谷で元検事が殺害されたらしく、その事件が大きく報道されていた。男性レポーターがマイクを持って現場から中継している。

玄関の方で音が聞こえた。鍵を解除する音だ。やがて和馬がリビングに入ってくる。午後九時を過ぎたら杏を起こさないようインターホンを押さない決まりになっている。

「お帰りなさい」

「ただいま」

和馬は帰宅したら先に風呂に入る。彼が風呂に入っている間におかずや味噌汁を温めることにしていた。しかし今日に限っては和馬は風呂場に向かわず、リビングのソファに腰を下ろした。

「お風呂入らないの？」

「悪い、華。ちょっと話があるんだ」

その声色だけで彼が真剣な話をしようとしていることに気がついた。どんな話だろうか。少し緊張しながら華は和馬の前に座った。

「話って何？」

「来週の杏の誕生日のことだ」

その話か。だったらちょうどよかった。そろそろ話さないといけないと思っていたところだった。

「その話なら私もしたいと思ってた。昨日、珍しくお母さんが職場に来たの。昼休みに少し話したんだけど、今年はすき焼きパーティーでもどうかって。お父さんも張り切っていいお肉を……」

「俺も昨日、実家に呼び出された」華の話を遮るように和馬が言った。「杏の誕生日会の話だった。今年は、いや今年からと言った方がいいかな、できれば桜庭家だけでやりたいっていうのが父さんと母さんの意向らしい」

華はすっと息を吸った。いつかこういうことを言われるのではないか。心の隅でずっと思っていたことだ。しかし、いざ言葉に出されてしまうとどう返していいのかわからない。

「二人とも悩んだ末の結論らしい。だから今年の誕生日会は寿司政を予約してくれているみたいだ。三雲家の人間は呼ばないと思う」

「和君は？　和君はどう思うの？　誕生日会には三雲家の家族を呼ばない方がいいと思ってる？」

和馬は答えなかった。しばらくして立ち上がり、キッチンに向かって冷蔵庫から缶ビールを出した。それを手に戻ってきた和馬は再びソファに座った。ビールを一口飲んで彼は言った。

「正直俺は三雲家が来てもいいと思ってた。それを承知で華と一緒になったんだからな。でも昨日二人に言われたんだ。杏の将来のことを考えろってね。杏はもうじき四歳になる。これからどんどん成長していって、周りの物事がわかる年齢になってくる。そのときに三雲家の家族と付き合うのは杏にどんな影響を与えるのか。それを考えると心配なんだよ。ほら、三雲家の人たちって……」

和馬が言いにくそうに言葉に詰まったので、華は代わりに言ってあげた。

「まともじゃない」

「そ、そうだ。世間一般の価値観とは大きくずれてる人たちだろ。いい意味でも悪い意味でも」

ほとんどが悪い意味だろう。華も長年にわたり父や母の理不尽な言動に悩まされてきた張本人なので、和馬が言っていることは理解できた。

「つまり桜庭家は三雲家と絶縁したい？　そういうことなの？」

華が訊くと、和馬は困惑気味に答えた。

「そこまでは言ってない」

「でもそれに近いことじゃないの？　最近お父さんやお母さんが桜庭家のご両親とどこかに行ったたって話は聞かなくなった。前はゴルフとかお芝居とか一緒に行ってたみたいだけどね」

「華、怒らないで聞いてくれ。華と一緒になるって決めたとき、どうにかなるだろうと考えていた。今思えば楽観していたんだよ、俺たちは。やっぱりうちは警察一家で、三雲家は泥棒一家だ。その両家族がうまくやっていこうっていうのが無理だったのかもしれない。桜庭家側の人間にとって、三雲家の人たちと付き合うっていうのは一種の後ろめたさが付きまとうものなんだ。本来なら逮捕しなければならない犯罪者が目の前にいるんだからね」

その通りかもしれない。何も反論できないのが辛かった。少なくとも父と母は付き合う相手に対して気を遣うことができない人種だ。盗むことには熱心だが、それ以外のことには頭が回らない人たちだ。

しかし桜庭家の人たちはそうではない。きちんと相手のことを考え、気遣いができる人たちだ。そういう人たちが父や母と付き合っていくのは、かなり気苦労が絶えないだろう。

「別に華が個人的にあちらのご両親と会うのは問題ない。そこを切り離そうとは俺だって思っちゃいないよ。でもね、華。これから杏が大きくなれば、必ず訊かれるよ。三雲のジジとババは何している人なんだってね。そのときにどう答えるか、その答えを用意しなければいけない時期に来ていると思う」

最近、杏はあらゆる物事に対して興味を抱き始めるようになってきた。ことあるごとに疑問を口にする。今夜もそうだった。どうしてパパは帰ってこないのかと質問され、仕事だからと答えると、じゃあ仕事って何だといった具合に質問が延々と続いた。

「すぐに答えを出す必要はない。ゆっくり考えよう、華」

和馬はそう言って缶ビールを飲んだ。それほどゆっくり考えている暇はないと華も思っていた。すぐそこに差し迫っている問題だ。

杏の将来のことを考えると、三雲家と一線を引くのが一番だ。尊にしても悦子にしても、自分の仕事に誇りを持ち過ぎているきらいがあり、おそらく孫に家業を継がせようとひそかに、いや堂々と考えている節がある。そんなのは絶対駄目だ。杏にあの二人を近づかせないのがいいのかもしれないが、自分一人で二人を説得する自信がなかった。

「風呂入ってくるよ」

和馬がそう言って立ち上がったとき、着信音が聞こえた。和馬はスマートフォンを出して画面を見る。顔を上げて和馬が言った。

「明日、かなり早く出ることになった。五時起きだ。朝飯は要らないから」

「五時なら私も起きるわ」

「いつも悪いな」

「早くお風呂入ってきたらどう。夕飯の準備しておくから」

和馬が風呂場に向かっていったので、華も立ち上がってキッチンに入る。味噌汁の入った鍋に火をかけながら思った。

時が解決する問題ではない。しっかりと考えて結論を出さなければいけない問題だ。しかもあまり時間は残されていない。

※

朝の六時三十分、和馬は覆面パトカーの運転席にいた。助手席に座っている北条美雲が口を開いた。

「先輩、張り込みって好きですか？」

「好きも嫌いもないよ。仕事だからね」

目黒区青葉台の住宅地の中だ。高級そうな一軒家が立ち並んでいる区域だった。和馬の視線の先には生け垣があり、その向こうに二階建ての日本家屋が見える。法務大臣である岸間繁正の自宅だ。

ここの住所を調べたのは美雲だった。大学時代の伝手に頼ったらしいが、驚くほど仕事が早くて感心する。しかも住所だけではなく、その日課まで調べ上げていた。朝の六時台に必ず愛犬の散歩をするらしい。

「お腹空きましたね、先輩」

「そうだね。あれ？　寮って朝飯がついてんじゃないの？」

「今日は早くて食堂も閉まってました」

「これが終わったらどこかで朝飯食べよう。奢るよ」

「いいです。自分で払うんで」

後輩刑事の受け答えに和馬は思わず苦笑する。何と言えばいいのだろうか。可愛げがないところが逆に可愛い。そんな感じだ。

「君ねえ、そういうときは『嬉しいです』とか『ご馳走になります』とか言えばいいんだよ」

「あ、すみません。嬉しいです」

関西では有名な探偵事務所の一人娘として生まれ、幼い頃からミステリー小説に囲まれて育ち、高校時代から事務所の調査を手伝っていたらしい。そのためだろうか、どこか世間一般の常識からズレている部分がある。しかもこの美貌だ。なかなか個性的な新人刑事であり、早くも捜査一課では話題になっている。

「でも知りませんでした。法務大臣にSPってつかないんですね」

「そうだ。今はどうなんだろう。多分総理大臣と与党幹事長、衆参両院の議長だけじゃないかな」

あとは国賓にもSP——セキュリティポリスがつく。さらに警護が必要であると警視庁が判断した場合、たとえば脅迫状が送られたとか、何らかの危険に晒された場合に限り、国会議員にもSPがつくことがある。

「あ、門が開きます」

正確にはシャッターだ。中で操作されたようで、シャッターがゆっくりと開いていく。半分ほど開いたところで犬を連れた男性が姿を現した。ベージュのパンツに黒いシャツを着ている。その強面に見憶えがある。あれが岸間大臣だろう。

「行こう」

そう言って和馬は覆面パトカーから降りた。美雲があとからついてくるのが気配でわかった。和馬たちとは反対方向に向かって岸間大臣は歩き始めている。早足で追いつき、隣に並んだ。警察手帳を見せながら和馬は言う。

「岸間大臣、朝早くから申し訳ありません。警視庁捜査一課の桜庭といいます。こちらは北条」

岸間はじろりと和馬の顔を見たが、何も言わずに歩き続ける。その足元を歩いているのは柴犬の成犬だった。

「岸間大臣、少しお話があります。散歩しながらで結構ですので、いくつか質問させていただいてよろしいでしょうか？」

岸間は前を見たまま言った。

「わかるだろ。私は犬を散歩中だ。私に用があるなら秘書を通してくれ。たとえ警察でもな」

まったくとり合ってくれないが、出直すわけにはいかなかった。どうしたものかと考えていると、いきなり美雲が前に出て、柴犬の前に立ちはだかる。何を思ったか、美雲は柴犬を抱き上げた。

「おい、何をする？」

「可愛い犬ですね。何て名前ですか？」

「貴様、下ろせ。タロウを下ろせ」

「へえ、タロウっていうんですね」

犬の扱いに慣れているのか、美雲は赤子をあやすかのようにタロウを胸に抱いていた。タロウも嬉しそうに美雲の頰を舐めている。それを見て岸間は顔を赤くして怒鳴る。

「下ろせって言ってるんだ。貴様、私に逆らうと承知せんぞ」

「よほどタロウ君のことが可愛いんですね。お孫さんの健政君とどっちが可愛いですか？」

岸間は黙りこくった。それを見て美雲が抱いていたタロウという柴犬を地面に下ろした。タロウは美雲に懐いてしまったのか、彼女の靴の匂いをクンクンと嗅いでいる。美雲が話し出した。

「先日、墨田区の某保育園のバスに爆弾が仕掛けられました。ニュースでも大きく報道されたので、大臣もご存知だと思います。バスの車内に閉じ込められた園児の中に中原健政君という男の子がいました。彼のお母さんは中原亜希。大臣の実の娘さんです」

和馬は岸間の表情を観察した。今は美雲の顔を睨んでいるだけで、そこから心境を推し量ることはできなかった。

「犯人側の要求は現金で一億八千万円でしたが、身代金の受けとりに失敗して、四人の男が逮捕されました。しかしまだ事件の首謀者は捕まっていません。もしかするとこの事件には裏があるのではないか。私たちはそう考えました。つまり犯人は別の要求をした。その相手が現役の法務大臣です。お孫さんのためなら多少の犠牲は払っても構わない。岸間大臣、あなたは犯人側の取引に応じたんじゃないですか。身代金を払ったんじゃないですか」

岸間はリードを握り直し、自宅に向かって引き返していく。その背中に向かって美雲が言った。

「大臣、教えてください。取引に応じたんですか？　いったい犯人にいくら払ったんですか？」

「うるさい、小娘。金など払ってない」

そう言ったあと、岸間はしまったといった表情をした。和馬は思わず美雲の目を見ていた。彼女もこちらを見ている。美雲がうなずき、もう一度岸間に向かって言った。

「お金ではないなら、犯人の要求は何だったんですか？　教えてください。お願いします」

もう口を開くことなく、岸間は開いたシャッターの向こうに消えていった。二台のドイツ車が停まっているのが見えた。やがてシャッターがゆっくりと下りてきた。ここまでだ。中に入ったら住居侵入で訴えられてしまうだろう。

「先輩、間違いないですね」

美雲の言葉に和馬は答えた。

「うん、間違いないね。岸間大臣は取引に応じている」

松永班長と合流できたのは昼前のことだった。喫茶店のテーブル席に和馬と美雲、それから松永の三人で座っていた。少し早めに昼飯を食べながらの打ち合わせとなった。和馬がこれまでの経緯を説明すると、松永は唸(うな)って言った。

「マジか。本当に岸間大臣は取引に応じたんだな」

「おそらく。大臣が正式に認めたわけではありませんが。ただし俺の感触では絶対に彼は取引に応じたと思います。北条も同じ考えです」

「北条、本当にそう思うのか？」

松永に念を押されて美雲が答える。

「ええ、私も桜庭先輩と同じ意見です」

「どうなってんだよ」松永が嘆いた。「相手は法務大臣だぞ。大臣が勝手に取引に応じたなんて大変なことじゃないか。取引内容は何だ？　やっぱり金か？」

「わかりません。しかし金ではないと思います。本人もそんなことを言っていましたので」

金など払っていない。岸間はそう言った。言い換えれば別のものを支払ったということだ。美雲がつけ足すように言った。

「物品が犯人の手に渡ったと考えるのは早計です。岸間繁正は国会議員、しかも法務大臣です。何らかの形で犯人の要求に応えることができる立場ですので、形ではない何かかもしれません」

「形ではない何かって、いったい何だよ」

岸間の言動からして彼が犯人側の要求を飲んだと推測できた。石岡ら実行犯四人によっておこなわれた身代金の取引は、いわば目くらましだった。首謀者の真の狙いは岸間法務大臣にあったのだ。

「それはわかりません。しかし岸間大臣が取引に応じた可能性は高いです」

「わかったよ」松永が溜め息をつきながら言う。「お前たちの見解はわかった。でもな、二人とも。バスジャック事件は俺たちの担当じゃない。仮に岸間法務大臣が犯人と取引をしていたとしても、それを捜査するのは特対だ。俺にできるのは情報提供くらいだぞ。それでもいいんだな」

うなずくしかなかった。仕方がないことだ。摑んだネタを特殊犯罪対策課に渡してしまうのは悔しいが、バスジャック事件は彼らの事件（ヤマ）なのだから。

松永がスマートフォンで電話をかけ始めた。美雲がやや声を小さくして訊いてくる。

「先輩、どう思います？　岸間大臣は口を割りますかね」

「今朝の調子からすると無理だろうね」

取引をしたことを認めれば、それこそ彼は終わる。大臣の辞任だけでは済まない問題に発展する恐れもある。だから彼は決して取引したことを認めないだろう。

「向こうの担当とアポをとった」

松永がそう言いながらスマートフォンをテーブルの上に置き、飲みかけのコーヒーに手を伸ばした。すると美雲が「ちょっといいでしょうか」と声をかけた。

「まだ何かあるのか？」

「島崎亭の殺害事件です。彼は法務省の官僚でした。岸間繁正は法務大臣です。二つの事件は繫がっている可能性が高いと考えます。それに一昨日発生した元検事の殺害事件の現場にもＬのアルファベットが残されていました」

「全部繫がっている。北条はそう考えているのか？」

「ええ。法務省の官僚、元検事、岸間法務大臣。この三つはすべて繫がっている可能性があるんです。そういう大局的な見方で捜査に当たる必要があると考えます。それぞれの担当がバラバラに事件を捜査していても、見えるはずのものが見えてこないと思うんです」

　正論だ。現状では三つの事件は別の担当が捜査をしている。もっとも一昨日の元検事の殺害事件については、島崎亨殺害事件との関連が認められれば合同捜査に発展する可能性は残されている。

「仕方ないな」松永が諦めたように言った。「桜庭、北条。お前たちは三つの事件を繫げるものを探せ。島崎亨殺害の件については俺たちに任せておけ。とにかくお前たちは三つの事件の関連性を探すんだ」

　松永は伝票片手に立ち上がった。これから警視庁に戻って特殊犯罪対策課の担当と話をするに違いない。松永が店から出ていくのを見届けてから和馬は美雲に言った。

「というわけだ。どうする？　北条さん。どこから手をつけようか？」

　そう言って彼女の方に目を向けると、美雲は「すみません」と断ってからスマートフォンを耳に当てた。和馬はカップの中に残っていた冷めたコーヒーを飲み干した。

やはり気になるのは岸間大臣がどんな取引に応じたか、だ。金ではないとすると、彼は孫のためにどんな条件を飲んだというのだろうか。

「先輩」

美雲に呼ばれ、和馬は顔を上げた。スマートフォン片手に彼女が言った。

「わかったかもしれません」

「わかったって何が？」

「岸間法務大臣の取引の内容です。行きましょう」

美雲が立ち上がり、すたすたと歩いていく。和馬も慌てて立ち上がってその背中を追って店から出た。

※

「私も急な釈放で驚きましたよ。普通は何となく情報が洩れ伝わってくるものなんですけどね」

覆面パトカーに戻り、美雲はすぐにスマートフォンで電話をかけた。相手はＴＭＭ法律事務所の牧田真司だ。一昨日、五人の無期懲役刑の受刑者が仮釈放になったという情報が寄せられたのだ。今はハンズフリーの設定にしてあるので運転席の和馬も耳を傾けている。

「名前は公表されません。やはりプライベートに関する事柄ですからね。ただし年齢や性別、服役していた年数や罪状などは後日公表されるかもしれません。私も何人かの無期懲役刑の受刑者家族と連絡をとっているんですが、残念ながら仮釈放になったという連絡はまだ来ていません」

「すみません」美雲は一応確認した。「やっぱりあれですか？　その仮釈放の決定には法務大臣の承認が必要なんですよね」

「そう考えるのが当然ですね。大事な決定ですから。法務大臣の決裁は確実に必要でしょう」

　また何かわかったら教えてほしい。牧田にはそう言い残して通話を切った。和馬が腕を組みながら訊いてきた。

「今回の五人の受刑者を仮釈放させること。それがバスジャックの首謀者の真の狙いだった。君はそう考えているんだな」

「あくまでも可能性の一つに過ぎません。ただ、このタイミングで仮釈放になったことが気になるんです」

　問題は仮釈放になった受刑者たちの詳細だ。今回の仮釈放がバスジャックの首謀者の狙いであるなら、特定の受刑者を仮釈放させることが目的だろう。その受刑者とはいったい誰なのか。それがわかれば事件は大きく進展するはずだ。

「それに島崎さんの殺害事件も、今回の仮釈放へ向けての布石だと思うんです」

「布石？　つまりそれって……」

「島崎さんは優秀な官僚だった。誰に聞いてもそう証言してくれました。実際そうだったんでしょう。あの法務大臣でさえも島崎さんの言うことには従う。そんな証言もあったほどです。先日島崎さんの同僚に話を聞いた感じでは、彼は犯罪者に対して厳罰化を望む傾向にあった。推測の域を出ませんが、お姉さんの事件が影響しているんでしょう」

　島崎の姉が襲われた事件について彼の故郷である山口県警に問い合わせたところ、要点だけは電話で教えてくれた。事件が発生したのは三十年近く前のことで、島崎亨の二歳年上の姉が帰宅途中に襲われたという。目撃情報などから近所に住む無職の男が逮捕され、裁判の結果、懲役四年の実刑判決が下っていた。

　姉を襲った犯人がたった四年服役しただけで刑務所から出てくる。まだ十代だった島崎にとって、この判決は生涯忘れ得ぬものとなったであろうことは容易に想像できた。犯罪者には厳しい懲罰を与えるべきだ。島崎がそう考えるようになっても不思議はない。

「でも島崎さんは優秀な官僚であったはずです。そうした個人感情は押し殺して仕事をしていたと思います。ただし今年に入っていまだに仮釈放の決定がなされていなかったのは事実です」

美雲の話を聞き、和馬は大きくうなずいた。

「なるほど。仮釈放を強く望む者にとって、島崎さんは障害だったのか」

「はい。おそらく島崎さんのポストは仮釈放の決定にも関与していたと思います。岸間大臣を脅すことには成功しても、現場責任者の島崎さんが首を縦に振らなければ仮釈放はあり得ない。しかし島崎さんは家族を誘拐したくらいでは屈しないほどの信念をもって仕事をしていた。となると方法は限られてくる」

「それで事前に殺害したってわけか」

「すべては想像に過ぎません」

「いや、いい線だと思う。法務省に問い合わせてみよう。まずは班長に連絡してみる」

そう言って和馬はスマートフォンを出した。松永班長に報告すると、法務省を訪ねてみるようにと指示を受けたようだった。松永も島崎亨殺害の事件で法務省には何度も出入りをしており、その窓口となっている先方の職員の名前も教えられたという。

それから二時間後、美雲たちは霞が関にある法務省の一室に通されていた。今日は土曜日だったが、緊急の用件ということを告げると、二人の男性職員が対応してくれた。男性職員相手に一昨日仮釈放となった無期懲役刑の受刑者の詳細を教えてほしいと言っても、二人はなかなか首を縦に振らなかった。

「だから何度も言ってるじゃないですか。事件捜査の一環と考えていただきたい」

「ですから島崎の死に一昨日の仮釈放がどう関与しているっていうんですか？」

「それは捜査上の秘密です」

「そちらは秘密にするくせに、こっちの情報は全部出せっておかしくないですか」

和馬と職員の議論は平行線を辿っている。そのやりとりを見ていて、公務員って大変だなと美雲は他人事のように思ったりした。それぞれの立場で、それぞれの職責を負わなければならないのだ。

それからしばらく粘ってみたが、結局法務省側の職員が情報の開示に応じることはなかった。

※

今日も仕事で遅くなる。午後五時に仕事を終えたとき、和馬からそういうメールが入っていたので、たまには祖父の家に行こうと華は思い立った。祖父の巖と祖母のマツは月島(つきしま)の一軒家に住んでいる。華も幼い頃に住んでいたことのある思い出深い家だった。

「いらっしゃい」

祖母のマツに出迎えられる。事前に来ることを連絡しておいたので、首を長くして待っていたようだ。「杏ちゃん、大きくなったねえ」とマツは杏を抱き上げた。杏も嬉しそうだ。

「ごめんね、おばあちゃん。急に来ちゃって」

「いいのよ、華。気にしないで」

居間に入ると、祖父の巌が出迎えてくれた。

「よく来たな、華」

「おじいちゃん、元気だった？」

「まあな」

巌もマツも今年で八十一歳になる。元気でいてくれて何よりだ。華は昔からおじいちゃん子であり、巌によく可愛がってもらったものだ。盗みの技法を華に授けたのも祖父の巌だった。そのことをちょっぴり恨んだこともあったが、今ではまったく気にしていない。

「ご飯できてるわよ。食べましょう」

キッチンのテーブルに料理が並んでいる。ブリの照り焼きと筑前煮（ちくぜんに）、ご飯と味噌汁という献立だ。「こんなものしか用意できなくてごめんね」とマツは言ったが、これこそが華が食べたかったマツの手料理だった。

「おばあちゃん、凄く美味しそう」

「杏ちゃんのお口に合えばいいんだけど」

マツはそう心配したが、杏はすでに筑前煮を美味しそうに食べている。あまり好き嫌いをしない子なので、そういう点では助かっている。

「来週ね、杏ね、誕生日なんだよ」

杏がご飯粒を口元につけたまま言った。誕生日プレゼントはまだ用意していない。そろそろ和馬と相談しなければいけないと思っている。

「そうなんだ。杏ちゃん、何歳になるのかな」

マツに訊かれ、杏は嬉しそうに答えた。「四歳」

「そうか、四歳か」巌が目を細めた。お猪口で冷酒を飲んでいる。「そろそろかるたができるんじゃないか。華が使っていたかるたがあったと思うけどな」

「おじいちゃん、まだ早いんじゃないかな、かるたは。杏は字も読めないんだし」

幼い頃、よく巌とかるたをして遊んだ。もっとも巌は遊びのつもりではなく、基礎訓練として孫にかるたを教えていた節がある。文字を認識し、素早く札をとる。その一連の動きはスリの技術にも通じるものがあるという。お陰で華はかるたが上達し、高校生のときは競技かるた部の助っ人として都大会にも出場したことがあるほどだ。

「華、何か元気ないわね。仕事が忙しいの？」

マツにそう言われた。さすがおばあちゃんだ。しばらく会っていなくても微妙な心の変化にも気づかれてしまう。こういう心遣いは父や母にはないものだ。マツは一流の鍵師であり、どんな鍵でも開けてしまうのが特技なのだが、心の鍵さえも開けてしまうらしい。

「うん、ちょっとね」

華の心の内を悟ったのか、巌がお猪口を置いて言った。

「杏ちゃん、お腹一杯かな」

「うん。ご馳走様する」

「そうか。ご馳走様するか。じゃあわしと一緒にあっちで遊ぼう。こないだ来たときにも遊んだぬいぐるみがあったはずだ」

そう言って巌は杏を抱き上げ、居間に連れていった。それを見てから華はマツに説明した。和馬からの提案のことだ。桜庭家が三雲家との付き合いを考え直そうとしていること。話を聞き終えたマツが言った。

「なるほど、そういうことね。まあいずれこういう日が来るんじゃないかって私は思っていたわ。華と和馬君だけならよかったの。でも杏が生まれたから、こうなってしまったのね。杏の将来をどうするか。そう考えたとき両家は必ず対立するもの」

マツの言う通りだ。そもそも杏の誕生日会が発端となった問題だ。夫婦だけならこういう話にはならなかっただろう。

「でもまあ、華の中で答えは出ているんでしょう。杏ちゃんのことを考えれば、おのずと道は限られているんだし」

三雲家か桜庭家。どちらか選べと言われたら桜庭家を選ぶしか道はない。杏を犯罪者にするわけにはいかないのだから。

「でもおばあちゃん、そうなったら、もう……」

こうして気軽に会えなくなる。そう考えると淋しくてたまらなかった。

「どこかで達者に暮らしてる。そう思ってれば大丈夫よ、華。それに今だって似たようなものじゃないか。尊も悦子さんも自由気ままに暮らしているだろ。三雲家というのはそういう家風なのよ」

それもそうだな、と華は思った。尊にしても悦子にしても、たまにふらりと現れては風のように去っていく。まさに自由人だ。

「ありがと、おばあちゃん。何かすっきりした気がする」

「それはよかった。あ、華。煮物余ってるけど持っていくかい？」

「もちろん。全部もらっていくわ」

そのとき杏を抱いた巌がやってきた。華に向かって巌が言う。

「杏ちゃん、おしっこらしい。華、頼む」

華は立ち上がって巌の手から杏を受けとり、キッチンから出てトイレに向かった。杏のおしっこを済ませて手を洗わせた。そのまま居間に戻ろうとすると、通りかかった和室に大量の本が置かれているのが見えた。本だけではなく、洋服なども置かれている。引っ越しでもするのかと思ってしまうほどの量だった。

背後に人の気配を感じ、振り返ると巌の姿があった。巌が言った。

「終活ってやつだな」

「終活？　まさかおじいちゃん、体の具合でも……」

「それは心配ない。わしもマツも元気じゃ。でもな、いい加減年とったからな。元気なうちに整理しておこうと思ったんだ。欲しいものがあったら持っていってもいいぞ。古くて黴（かび）の生えたものばかりだけどな」

巌はそう言って居間に戻っていく。杏は和室に入って遊び始めていた。華も和室に入った。それにしても凄い量だ。本の中に数冊の絵本があった。かなり古い絵本らしく、ところどころが色褪（いろあ）せてしまっている。華は見たことがないものなので、もしかすると父が子供の頃に読んだ絵本だろうか。裏返してみると平仮名で『れい』と名前が書いてあり、華は苦笑した。おじいちゃんったら。この絵本ももともとは他人のものってことか。しかしこれだけ古い絵本をずっととっておくということは、かなり思い入れがある絵本なのだろう。

「行くわよ、杏」

華はそう言って杏の手を引き寄せた。

※

その知らせは意外なところから届いた。一夜明けた日曜日、美雲が和馬とともに聞き込みに向かおうとしていたところ、警視庁から連絡が入って呼び戻された。

経緯はこうだった。昨日、綾瀬署に一人の男が相談に訪れた。男は東綾瀬に住む竹田という男で、元弁護士だった。男は弁護士の仕事を辞めてから長年保護司を務めていた。相談の内容は面会に来るはずの元受刑者と連絡がとれないというものだった。その元受刑者は栃木刑務所から釈放されたばかりで、最初に保護司と面会する決まりになっていた。面会の場所は竹田の自宅だったが、いくら待っても訪れることはなく、連絡先として聞いていた携帯番号も通じなかった。何とか連絡をとろうと試みたがうまくいかず、竹田は保護司の連盟と協議の末、地元の綾瀬署に相談に訪れたという。

相談を受けた綾瀬署の担当者も取り扱いに困ったようで、泣く泣く警視庁に相談した。そして今日、その話が捜査一課の捜査員の耳に入った。美雲たちが法務省に対して仮釈放となった受刑者の情報提供を求めていることは捜査一課でも知られていたので、その情報が美雲たちに寄せられたということだ。

その話を聞き、すぐに綾瀬署に向かった。美雲たちが綾瀬署内に入ると、受付の隣にあるソファで一人の男性が腰を上げた。どうやら彼が竹田らしい。

「警視庁の桜庭と申します。こちらは北条。早速ですがお話を聞かせてください。出所した元受刑者と連絡がとれなくなったということですね」

年齢は七十歳ほどだろうか。茶色いスーツを着ているが、ネクタイは締めていない。人のよさそうな穏やかな老人だった。

「ええ、そうです。出所は三日前の午前中だと聞いてました。栃木ですから、まあ二、三時間はかかると踏んでました。でも夜まで待っても現れる気配はないし、電話をしても通じないのでね。朝になるのを待ってから連盟に相談したんです」

「ちなみに出所した受刑者の名前はおわかりですか？」

「ええ」と竹田は手帳を開く。「岩永礼子（いわながれいこ）といいます。年齢は六十歳ですね。三十年前に殺人罪や詐欺罪などの容疑で逮捕され、無期懲役の判決を言い渡されたようです」

「竹田さん、保護司のお仕事が長いとか。こういうケースは今までありましたか？」

「保護観察の期間中、行方をくらませてしまう若者は二、三人いました。しかし出所した初日から姿を消してしまうというのは初めてですね」

仮釈放というのは刑期の期間満了前に釈放されることだ。ただし残りの刑期が残っているので、その期間中は定期的に保護司と会い、生活指導を受けなければならない。ちなみに無期懲役刑の受刑者が仮釈放となった場合、刑期が無期であることには変わりはないので、保護観察が一生続くのである。

「竹田さんは岩永という受刑者にお会いしたことが？」

「ありません。異例のことなんですが、彼女の場合、あらかじめ決まっていた保護司が急病になってしまい、その代理ということで私に話が回ってきたんです。本来であれば事前に通知が来て、出所後の生活の計画などを話すために本人と面会したりするんですけどね」

和馬と視線が合った。彼も同じことを考えていると美雲はわかった。急に決まった仮釈放なので、保護司への連絡も急なものになったとは考えられないか。決まっていた保護司が急病になったというのもおそらく嘘だろう。

「仮釈放になった場合、身元引受人がいるんですよね」

和馬がそう言うと、竹田がうなずいた。

「刑事さんのおっしゃる通りです。岩永さんの場合、ご主人が身元引受人になっていました。私が保護司になると決まった日に一度お会いしました。あちらから訪ねてきたんです」

「岩永さんは結婚しているんですね」

「ええ、五年ほど前に籍を入れたようです。私も驚いたんですが、ご主人は元刑務官です。つまり二人の出会いは刑務所の中ということです。珍しいケースだと思います」

刑務官と受刑者が結婚する。たしかにあまり聞いたことがない。元刑務官であれば出所後のサポートも万全だろうし、身元引受人として適任だ。竹田は続けて言った。

「ご主人は日暮里（にっぽり）に住んでおられて、出所後は二人でそこに住むとの話でした。本来であれば就労支援なども保護司である私がおこなっていくのですが、岩永さんの場合はすべてご主人が自分で何とかするとおっしゃっていたので、楽といってはあれですが、スムーズに進みそうだと思っていたんですがね」

蓋を開けてみたら、出所した受刑者が面会をすっぽかして姿をくらませた。竹田の胸中は想像できる。悩んだ末に警察に相談することを決めたのだろう。

「ご主人の携帯にも何度か電話をかけているんですが、番号が違っているのか通じないんです」

「ご主人の住所はおわかりですか？」

「ええ。これです」

竹田が手帳をこちらに向けた。そこに記入してある住所を見て、美雲は直接スマートフォンに入力して検索した。結果は該当なし。存在していない地番であることがわかったので検索結果を和馬に見せる。和馬もそれを見てうなずいた。さほど驚いていないのは予想通りの結果だからだろう。

「私もね、おかしいと思っていたんですよ」

竹田がそう言ったので、和馬が訊いた。

「どこがおかしいと思われたんですか？」

「仮釈放になるためには、更生、反省が認められるのが第一の条件ですが、それ以前に罪状も大きな要件だと言われています。たとえば大量殺人を犯した無期懲役の受刑者は、どれだけ反省しても仮釈放になる確率は低いんですよ」

それはわかる。そういったことを踏まえて仮釈放するか否か判断するのが地方更生保護委員会だ。受刑態度、再犯の可能性、身元引受人などを考慮して、仮釈放の是非を判断すると言われている。

「岩永さんの主な罪状は殺人罪と詐欺罪ですが、それ以外にも細かい罪があるようで、こういう複数の罪を犯している受刑者はあまり仮釈放になることがないというのが私個人の見解なんですよ」

長年保護司をしている竹田がそう感じるのだ。信用してもいいだろう。

いずれにしても岩永礼子という元受刑者は怪しい。保護司との面会をすっぽかし、さらに身元引受人の住所も出鱈目（でたらめ）なのだ。バスジャック事件、さらに法務省の官僚殺しも、彼女を出所させるために引き起こされたと考えてもいいかもしれない。

事態が大きく動き始めている。美雲はそれを肌で感じていた。

第四章　夢なら醒めないで

岩永礼子という元受刑者が逮捕されたのは三十年前だった。その当時のことをよく知る人物に事件について話を聞きたいと和馬は考えた。しかし三十年前ともなると、当時のことをよく知る人物は捜査一課になかなかいなかった。思い悩んだ末、和馬は以前世話になった草野（くさの）という元刑事を訪ねることにした。久し振りの電話を草野は喜んでくれて、彼の自宅近くのファミレスで落ち合った。

「桜庭君、元気そうで何よりだよ」

「ご無沙汰しております、草野さん。こちらは部下の北条です」

隣で美雲が「初めまして」と頭を下げた。時間がないので早速本題に入る。和馬は草野に訊いた。

「今から三十年前、岩永礼子という女性が起こした事件についてご存知ですか？」

「岩永礼子？」

「あ、すみません」岩永礼子は結婚したあとの名前だ。和馬は言い直した。「間宮（まみや）礼子という女性が起こした詐欺事件です。ご存知ですか？」

「間宮礼子なら知ってる。当時、私は三課にいたんだが、大規模な事件だったから応援要員として捜査に参加した。彼女がどうかしたのかい？」

三課というのは空き巣やひったくり犯などを担当している部署だ。詐欺罪などは捜査二課の担当となる。草野は二課の事案に協力したということだろう。

「実は仮釈放後に姿を消しました。この件はご内密にお願いします」

「姿を消した、か。それは大変だな。彼女は詐欺グループのリーダーだった。別荘販売と称して老人に近づき、金を巻き上げるという手法だ。かなり組織化されていて、グループ内での役割も決まっていたようだ。捕まったのはリーダーの間宮のほかに二十人近くいたんじゃないかな」

被害総額は二十億円を超え、警視庁では特別対策本部を設置して詐欺グループの摘発に乗り出した。二年ほどの内偵捜査の末、遂に詐欺グループがアジトとして使用している品川（しながわ）のマンションの存在を突き止めた。詐欺グループの一人、幹部と思われる男に対して別件で逮捕状をとり、そこを突破口にして全容を解明する予定だった。

「幹部が全員集まるミーティング当日に踏み込んだんだ。幹部たちは全員捕まえたんだが、主犯と目されていた間宮礼子の姿は見つからなかった」

間宮礼子を発見したのは警邏（けいら）中の警察官だった。職務質問をかけたが間宮礼子は逃亡、二人の警察官が彼女を追った。その際、間宮礼子が発砲し、追跡していた巡査の胸に命中した。応援が到着したときにはすでに撃たれた巡査は死亡していた。

「彼女を逮捕した若い警察官は一躍脚光を浴びた。しかし実際にはもう一人の警察官が命を落としているんだから、素直に喜ぶことはできなかったがね」

逮捕された間宮礼子は大筋で容疑を認め、裁判では無期懲役の刑が言い渡された。

そしてそれから三十年という歳月が流れ、岩永礼子という名前に変わった彼女は、仮釈放後に姿を消した。

「草野さん、岩永礼子、いえ間宮礼子というのはどういう女性でしたか？」

「そうだな」草野が腕を組んで答えた。「冷静沈着。笑顔を見せない氷のような女だったようだ。あれだけの詐欺グループを率いていたんだ。並大抵の女ではなかったと思うぞ」

あまり詳細については草野も担当ではなかったので知らないらしいが、事件の概要だけは知ることができた。別れる間際に草野が訊いてくる。

「桜庭君、Lの一族の捜査はどうなってる？」

Lの一族。三雲家のことだ。アルセーヌ・ルパンの頭文字からそう呼ばれているらしい。草野は若い頃からLの一族を追っていた刑事だ。五年前に彼と一緒に捜査をしたことがある。

「さすがにもう、追っている捜査員はいないようですね」

「そうか……」

草野が肩を落とした。まさか自分がLの一族の娘と一緒になり、子供まで作ってしまったとは口が裂けても言えない。草野に丁重に礼を述べて店から出た。領収書を財布にしまっていると、美雲が訊いてきた。

「先輩、Lの一族って泥棒一家のことですよね？」

「えっ？　知ってるの？」

「うちの祖父、それから父とも因縁があるみたいです」

北条宗真と北条宗太郎のことだろう。何となく嫌な話の展開になってきたと思い、和馬ははぐらかすことにした。

「そうなんだ。結構昔の話だろ。もう引退しているんじゃないかな」

「祖父も父も捕まえられなかった泥棒ですよ。できれば私が逮捕したいと思ってます」

おいおい勘弁してくれ。和馬は心の中で嘆く。それに君はバスジャックのときに会ってるんだよ、とも言えず、和馬は覆面パトカーを停めてあるコインパーキングに向かって歩き出す。電話がかかってきたようで、美雲はスマートフォンを耳に当てていた。しばらくして美雲が言った。

「先輩、新情報です。世田谷の自宅で殺害された元検事ですが、間宮礼子の裁判を担当した検事らしいです。繋がりましたね」

「誰が調べたの？」

「情報屋みたいなもんですけど、何か？」

美雲は当たり前だと言わんばかりに言った。和馬は何も言えなかった。新人離れしているとはこのことだ。情報屋を使いこなすピカピカの新人刑事なんて聞いたことがない。

「きゃ」

悲鳴が聞こえたので振り返る。美雲が盛大に倒れている。段差につまずいて転んだようだ。

「大丈夫かよ」

そう言いながら和馬は美雲の手首を摑んで起こしてあげる。「すみません」と言いながら美雲は立ち上がった。スーツの膝のあたりが破けてしまっている。

「全然大丈夫ですよ。家に帰れば同じスーツがたくさんありますから」

和馬は苦笑して彼女の顔を改めて見た。美雲は照れたように笑っている。

※

「また？　そういうことはしない方がいいと思うんだけど」

「いいじゃないか。私の頼みを聞けないっていうのかよ」

「それが人にものを頼む態度とは思えない」

「頼む。この通りだ」

そう言って桜庭香が頭を下げるのを見て、華は小さく溜め息をついた。ＪＲ有楽町駅近くにある喫茶店だ。目の前には私服を着た義理の妹、桜庭香が座っている。彼女は警視庁の機動捜査隊に配属されているのだが、今日は日曜日で非番のようだった。

夕方、彼女からメールが入っていた。頼みがあるから会いたいという内容で、杏がいるから別の日にしたいと返信すると、実家の両親に預ければいいと提案された。すでに桜庭家の両親に連絡してしまったという。そこまでされたら仕方なく、華は杏を夫の実家に預けてから待ち合わせ場所に向かったのだ。

「彼はあと五分くらいでやってくる。こんなことは義姉さんにしか頼めないんだよ」

義理の姉だが、年齢は華が一歳上なだけだ。香は顔はそこそこ美人なのだが、鍛えているので体格がいい。そんな香は現在二十九歳で、絶賛婚活中なのだ。

三十歳までに結婚する。そう決意したのが去年の暮れのことらしく、それからお見合いパーティーに参加したり、ネットのお見合いサイトに登録したりして、躍起になって相手を探しているようだ。

「今度の相手はどんな人なの?」

華は訊いた。すると香がアイスコーヒーを飲んでから答えた。

「製薬会社に勤めるサラリーマン。婚活サイトで知り合って、今日で会うのは三回目だ。年齢は私より五つ上で、真面目そうなんだけど、ちょっと裏がありそうっていうかね。気になるんだよ」

仕事柄、彼は医師を接待することが多いらしい。となると女性が接客する店に行くのではないかというのが香の推論だった。でもサラリーマンなんだしそのくらいは仕方ないと華は思うのだが、香はそこを疑っているらしい。

「でも指紋認証だったらどうするの?」

「そこは大丈夫。暗証番号タイプってことは確認済みだ。暗証番号もわかってる。こないだ彼がロックを解除をしたときにちらりと見たんだ」

下調べは十分ってことか。香は自慢げに胸を張った。

「こう見えても私だって警察官だからな。勘が働くんだよ、勘が。結婚って賭けみたいなもんじゃないか。だったら事前に調べておくべきことは調べておきたい。そして私には義姉さんっていう強力な武器がある。使える武器は使わないとな」

「武器って言われても……」

「お、来たぞ。今、入り口から入ってきた男だ。グレーのスーツに眼鏡をかけた男だよ。義姉さん、頼んだ。私はトイレで待ってるから」

入り口に目を向けると、グレーのスーツを着た三十代とおぼしき男性が店内を見回していた。香は彼に見つからないよう、体を屈(かが)めて奥のトイレに向かっていく。気が進まないがやるしかない。華は諦めて立ち上がった。

男に向かって近づいていく。つまずいた振りをして、彼にぶつかった。「あ、すみません」と謝り、そのまま彼から離れた。華のハンドバッグの中には男のスマートフォンが入っている。ぶつかった際に彼のポケットから拝借したのだ。神業の域にあるのだが、そんなのは自慢にもならないし、主婦には必要のない技術だ。

そのまま華は女性用トイレに向かった。洗面台の前で待っている香にスマートフォンを渡す。「サンキュ」とそれを受けとり、香は画面を眺め始める。

「香さん、これって一歩間違えれば犯罪だからね」

一歩間違えなくても犯罪だ。容疑は窃盗。まったくなぜ私がこんなことをしなければならないのか。華はがっくりと肩を落とす。しかも現役警察官の片棒を担いでいるのだ。

「やっぱりな」スマートフォンを見ながら香が言った。「相手はキャバクラ嬢だ。プライベートでも一緒に遊んでいるみたいだ。ゴルフに行ってるようだし、来週ドライブの約束をしてるらしいな」

ちらりと見ると、画面にはメッセージのやりとりが延々と表示されている。可愛い絵文字も多く、二人が親密であることが伝わってくる。

「私が睨んだ通りだ。義姉さん、恩に着るよ」

「それはよかった。じゃなくてね、香さん。こういうのは絶対にやめた方がいいわよ」

香はその助言を無視してトイレから出て、通りかかった店員に「これ、落ちてました」とスマートフォンを渡し、支払いを済ませてすたすたと店から出ていった。華も慌ててそれを追いかける。

「どうする？　義姉さん。お礼に焼き鳥でも奢ってもいいぜ」

「杏を迎えにいかないと」

「そっか。じゃあまた今度ゆっくりな。私はジムに行くことにする。ありがとな、義姉さん」

香が手を振って大股で歩き出した。あの調子じゃしばらく結婚は無理そうだな。義妹のたくましい背中を見送ってから華も歩き出そうとした。すると目の前に一人の男性が立っており、華は目を丸くして驚いた。父の尊がそこに立っていた。

「お父さん、こんなところで何してるの？」

「何してるって、尾行に決まってるだろ。娘を尾行して何が悪い」

「いつから？」

質問には答えずに尊は言う。

「桜庭家のガキは教育がなってないな。お前にスマホを盗ませるなんてたいした度胸じゃないか。それにしても華。お前、腕は錆びついていないようだな。全盛期の親父を見ているようだったぞ」

褒められても全然嬉しくない。それより気になることがあった。尊の格好だ。珍しくスーツを着ていて、ネクタイまで締めている。こんな格好をしている尊を見るのは久し振りだ。

「お父さん、どっか行くの？　スーツなんて着ちゃって」

「ちょっと野暮用でな。ところで華、杏ちゃんはどうしたんだ？」

事情を説明した。杏は桜庭の実家に預かってもらっていることを話すと、尊がうなずいた。

「それは都合がいい」

「都合がいいって、どういうこと?」

「こっちの話だ」

夕方の有楽町は混んでいる。日曜日ということもあり、買い物客でごった返していた。

「よし。あの店にするか」

そう言って尊は通りに面した洋菓子店に足を踏み入れた。華も仕方なく父の背中を追う。女性客ばかりの洋菓子店で尊の姿は完全に浮いてしまっているが、どこ吹く風といった感じで父はショーケースを見て、店員に対して言った。

「これをくれ」

尊が指でさしているのはホールのチョコレートケーキだった。それを見て華は驚き、思わず小声で口走っていた。

「まさかお父さん、買うの？」

「当たり前だろ。ここはケーキ屋だろ。ケーキを買って何が悪い」

父がお金を払ってモノを買う光景を見るのが久し振りで、斬新だった。それにしても父はどうしてしまったのか。お金を払ってケーキを買ったり、普段は着ないスーツを着ている。何かよくないことが起こる前触れのように思えて仕方がない。

「釣りは要らん。チップだ」

尊は釣りを受けとらず、ケーキの入った箱を店員から受けとる。お釣りを受けとらないなんて変だ。お父さん、頭がおかしくなってしまったのだろうか。

箱を持って店を出た尊は、通りに出て走ってくる車に目を向けている。その姿にまたしても驚き、華は駆け寄った。

「お父さん。タクシー捕まえる気じゃないでしょうね」

「そのつもりだ。電車で行くのは面倒臭いしな」

眩暈がした。タクシーに乗るなんて父らしくない。街に停まっている車はすべてレンタカー。それが尊の口癖だった。路上に停まっている車を解錠して乗り回し、飽きたら別の車に乗り換える。それが尊の流儀だった。タクシーに乗って料金を払うなんて父のやることではない。

「お父さん、タクシーなんてやめようよ。あっちにも、こっちにも車停まってるじゃない。ほら、あれなんてかっこいいよ」通りの向こうに赤いスポーツカーが路上駐車しているのが見えた。運転席に誰も乗っていない。「あれがいい。ねえ、お父さん。あの車にしよう」

そう言ったが無駄だった。尊はタクシーを止め、後部座席に乗り込んだ。嘘だ。嘘に決まっている。あの父がタクシーに乗るなんて。お父さん、本当に頭でも打ってしまったのだろうか。

「おい、華。早くしろ。置いていくぞ」

「う、うん」

半ば呆然としたまま、華はタクシーに乗り込んだ。「これ、揺らすなよ」と膝の上にケーキの箱が置かれたので、両手で箱を支えるように持つ。タクシーがゆっくりと発進した。

※

和馬は警視庁に戻り、班長の松永にこれまでの経緯を報告した。和馬の話を聞いて事の重大さに気づいた松永は、急遽松永班の捜査員を警視庁に呼び戻した。今、美雲が班員たちの前で澱(よど)みのない口調で説明している。

「……以上、申し上げた通り、今回の一連の事件はすべて岩永礼子、旧姓間宮礼子を仮釈放させるために起きた犯行だと思われます」

「つまりあれか」班員の一人が声を上げた。「あの岸間法務大臣が取引に応じたってわけか。それってよくよく考えれば大問題じゃないの」

「ええ、その通りです。ですからこのあたりの問題はデリケートなので、法務省サイドと調整する必要があるかと思います」

また別の捜査員が手を上げる。

「仮釈放になった岩永礼子の夫、元刑務官の岩永について何かわかってることはあるの？」

「栃木刑務所に照会済みです。本名は岩永吉剛（よしたけ）、五十八歳。東京都狛江（こまえ）市生まれです。二十五歳のときに刑務官になり、最初に赴任したのは横浜刑務所です。以来、関東地区の刑務所を転々として、十二年ほど前に栃木刑務所に転任となった模様です。そして五年前に刑務官を辞め、同時に間宮礼子と入籍しています」

二人が付き合っていた気配はなかったらしい。人知れず、その愛を貫いたというわけだ。刑務官と受刑者の結婚はあまり大っぴらにできる話題ではなく、箝口令（かんこうれい）とまではいかないが、関係者がその話題を口にすることはなかったようだ。

美雲が続けて言った。

「岩永の現住所は栃木刑務所近くのアパートのようですが、そちらはかなり前に引き払われていると栃木県警からの回答を得ています」

「美雲ちゃん」と捜査員の一人が手を上げた。「ズボンの膝のところ、破けてるけど大丈夫？」

美雲は真顔で答えた。

「大丈夫です。明日にはちゃんと新しいやつを穿いてきますので」

捜査員の間で笑いが起きる。松永も苦笑していた。配属されて間もないが、美雲は班員たちの間で早くもいじられキャラに定着しつつある。教育係である和馬としては、彼女が職場の雰囲気に馴染んでいくのは嬉しかった。

「いいか、みんな」松永が手を叩くと、笑いが収まって皆が彼に注目する。「バスジャック事件、それから二件の殺人事件に関与しているかもしれない二人だ。とにかく彼らの身柄を確保することが先決だ。二人が事件に関与しているという確たる証拠はないが、岩永礼子が行方をくらませたことだけは疑いようのない事実だ。公開捜査も視野に入れている」

岩永礼子は仮釈放の身でありながら保護司のもとを訪れずに姿を消した。マスコミに顔写真などを提供し、広く情報を集めるのも効果的だろう。

美雲が班員たちに顔写真を配っていた。岩永礼子のものだ。出所間際に撮られたものらしい。年齢は六十歳と聞いているが、随分若々しい印象だ。化粧をしないでこれなら、まあ美人の部類に入る。どこかで見たような気がするが、多分気のせいだろう。美雲が皆に向かって言った。

「夫の岩永吉剛については顔写真が入手できていません。引き続き写真の入手に努めていくつもりです」

元刑務官の岩永はかつての職場である栃木刑務所にも親しくしていた友人はいなか

ったという。彼をよく知る人物を探してほしいと栃木県警に依頼しているが、あまりいい返事は期待できそうになかった。

「必ず岩永の痕跡はどこかに残っているはずです」

美雲が力強い口調で言った。それを聞いた松永が訊く。

「夫の方か？　それとも礼子か？」

「夫の岩永吉剛です。彼はバスジャックの首謀者であり、二件の殺人事件の実行犯だと思われます。必ずどこかに潜んでいます。私たちがそれを見過ごしているだけかもしれません」

特にバスジャックに関しては、どこかから様子を窺っていたと考えていいだろう。狙いは岸間法務大臣に対して妻の仮釈放を要求することだったが、大臣の孫が確実にバスに乗っているか、そういうことを見極める必要があったはずだ。美雲の言っていることはあながち外れてもいないだろう。

「とにかく岩永たちの潜伏先を突き止めるぞ。都内のホテルなどを徹底的に洗うんだ」

「はい」

松永の言葉に班員たちが声を揃えて返事をした。しかしその捜査は大変なものになると予想できた。潜伏先を特定するには情報が少な過ぎる。今は虱潰しに当たっていくしかない状態だ。

話し合いの末、二つの殺人事件の捜査本部に足を運び、岩永吉剛らしき男の姿が現場付近で目撃されていないか、今一度確認することになった。和馬は美雲とともに警視庁に残り、栃木刑務所の刑務官たちに電話で問い合わせをして岩永吉剛の情報を求めることになった。

松永は捜査員の拡充を図るため、上と協議をすると言って課長席に向かっていった。その姿を目で追っていると、隣の席の美雲が話しかけてくる。

「先輩、やっぱり岸間法務大臣に突撃しませんか。あの大臣は岩永と直接話しているかもしれないんですよ」

「その気持ちはわかるけど、相手は大臣だからね」

「大臣ってそんなに偉いんですか。事件解決のためなんですよ」

「大臣に突撃するだろ。君と俺も怒られると思うけど、松永班長だって管理不行き届きで怒られるんだぜ。班長だけじゃなくて、もっと上の人も怒られるかもしれない。組織ってそういうものなんだよ」

「ふーん。警察って大変なんですね。あ、先輩。コーヒー淹れますよ」

「悪いね」

美雲が立ち上がり、壁側に置かれたコーヒーメーカーに向かって歩き始めた。

※

華と尊を乗せたタクシーが向かった先は東向島だった。時刻は夕方五時を過ぎていて、日が暮れかけていた。桜庭の実家の前でタクシーは停まった。料金を払って尊が後部座席から降り立った。華もあとに続く。

「あなた、遅いわよ」

なぜか母の悦子がそこで待っていた。悦子は黒い着物を着ており、髪も綺麗に結い上げている。いったいどうしたのだろうか。

「ねえ、お母さん」華は悦子に近づき、小声で言った。「どうなってるの？　お父さん、変なんだよ。ケーキを買ったり、タクシー乗ったり、全然お父さんらしくないの」

華を無視して悦子は尊に向かって言った。

「あなた、行くわよ」

そう言って父と母は並んで桜庭の実家に向かって歩いていく。二人が桜庭家の中に入ること自体、異例のことなので華は面食らっていた。

「ねえ、事前に話しているんでしょうね。いきなりなんてことは……」

すでに尊はインターホンを押している。すぐに玄関の向こうで声が聞こえ、桜庭美佐子が姿を現した。二人の姿を見て美佐子は目を丸くして驚いている。

「こ、これはお揃いで珍しい」

「奥様、ご無沙汰しております」悦子が腰を折って頭を下げた。「今年のお正月以来かしら。お元気そうで何よりです。実は少しお話がありまして、お伺いした次第でございます。お邪魔してよろしいでしょうか」

「できれば事前にご連絡いただければよかったのに。私、こんな格好だし」

美佐子はそう言って顔をしかめた。夕飯を作っていたのか、彼女はエプロンをしている。尊が前に出た。

「なに構いません。ところでご主人はいらっしゃいますか？」

「今、散歩中です。もうすぐ帰ってくると思いますが……」

「それではちょいとばかりお邪魔させてもらいますよ」

そう言って尊は靴を脱いで家に上がってしまう。悦子もあとに続き、美佐子は困惑した表情のまま二人を和室へと案内した。華も恐縮しながら和室に入る。

「華、ケーキを差し上げなさい」

尊に言われ、華は買ってきたケーキの箱を美佐子に差し出した。

「これ、どうぞ」

「いえ、受けとるわけにはいきません」

美佐子はケーキの箱を受けとってくれない。社交辞令で拒んでいるのではなく、三雲家からの物品は受けとってなるものかという気概のようなものさえ感じられる。見兼ねて尊が言った。

「奥さん、有楽町のケーキ屋でさっき買ってきたものですよ。気に食わなかったら捨ててもらって構いません」

その言葉を聞き、美佐子は渋々といった感じでケーキの箱を受けとってくれた。廊下を走ってくる足音が聞こえ、杏が和室に入ってきた。杏は尊と悦子の顔を見てにこりと笑い、そのまま尊の膝の上に乗った。

「杏ちゃん、元気にしてたか？」

「うん、元気にしてた。ジジとババも元気にしてた？」

「もちろんだとも」

杏は楽しげに尊と悦子の間を行ったり来たりしている。その様子を美佐子が複雑そうな表情で見ていたが、やがてお茶を淹れる気になったようで「少々お待ちを」と言ってキッチンに下がっていく。華も一緒にキッチンに向かった。

「すみません、お義母さん。突然押しかけてしまって」

「いいのよ、華ちゃん。ところで用件は何なのかしら？」

「それが私もわからないんです」

なぜ二人がいきなり桜庭家を訪れたのか、その理由に華も心当たりがない。強いて言えば杏の誕生日会についてだが、華自身はそのことをまだ父にも母にも告げていない。告げるとへそを曲げることは確実だったので、うやむやにしてしまおうと密かに思っていた。桜庭家が三雲家と距離を置こうとしている。その話がどこかから父と母の耳に入ったというのだろうか。

「ただいま」

玄関の方から声が聞こえた。美佐子が慌てた様子でキッチンから出ていった。夫の典和が帰ってきたのだろう。華はその場で美佐子に代わってお茶の用意をする。湯飲みを盆に載せて和室に持っていくと、ちょうど三雲家、桜庭家の四人が対面したところだった。

「桜庭さん、突然押しかけて申し訳ありませんね」

尊がそう言って非礼を詫びる。典和は鷹揚(おうよう)な態度で応じた。

「いえいえ、構いませんよ。お元気そうで何よりです」

「桜庭さんこそ血色がいい。さすがは天下の警視庁ですな。おい、華。お前も座りなさい」

「あ、はい」

華は湯飲みをそれぞれの前に置いてから、和室の隅にちょこんと座る。杏がてくてくと歩いてきたので、抱き止めて膝の上に座らせた。厳粛な空気を感じとったのか、杏もいつもより大人しい。

「ところで三雲さん、今日はどのようなご用件でしょうか？」

典和に問われて尊が話し出した。

「うちの華とそちらの和馬君が一緒になってから早いもので四年半、いやもうすぐ五年になるでしょうか。最初のうちは冷や冷やしながら見ていたものですが、なかなかどうして、華も和馬君もしっかりと家族として頑張っているようで大変心強く思います」

本題が見えない。母の悦子も尊の隣で神妙な顔をしている。両親がここまでかしこまっているのは滅多にないので、どこか不気味だった。

「私ども三雲家は代々人様のものを頂戴して、それを生活の糧としている家系であることは、桜庭家の皆さん方も先刻承知のことだと思います。そして一方、桜庭家の皆さんは私どもの業界で言うところのマッポ、言い換えればポリ公、ポリ助、言い方は多種ありますが、まあ警察官ってことですな」

半分馬鹿にしている。華は内心どきりとした。典和はやや顔を赤くしたが、反論することなく父の話に耳を傾けている。

「両家は水と油。決して交じり合うことのない平行線のようなもの。そんな両家の娘と息子が添い遂げようって言うんですから、それは見物じゃないかと思い、私はオーケーサインを出した次第です。まあそんなこんなでやってきたわけでございますがね、桜庭さん。ここらあたりが引き際じゃないかと思ったんですよ」

引き際。どういうことか。お父さん、私と杏を連れ戻すつもりではなかろうか。思わず身を乗り出そうと構えた途端、悦子と視線が合った。華、静かに。母に目で諭されて、華はぐっと言葉をこらえる。

「やはり泥棒である私ら三雲家と、警察一家であるそちら桜庭家。両家が仲よくやっていこうというのが無理があったんだと思います。私どもは身を引きますよ、桜庭さん。金輪際、皆さんの前に姿を現さないことを約束します」

そう言って尊はその場で頭を下げ、母の悦子もそれに従った。

「ちょ、ちょっと待ってよ、お父さん。どういうこと？」

華は思わず口を開いていた。桜庭家と断絶する。そう言っているように聞こえた。するとが悦子が窘（たしな）めるように言った。

「華、これはもう決まったことなの。今後、うちと桜庭家は一切無関係。たとえ街ですれ違っても挨拶を交わすこともない。そういう関係になると決めたのよ」

「何もそこまでしなくてもいいのに……」

あまりに急だ。なぜこんなことになってしまったのか。華が反論の言葉を探していると、桜庭典和がようやく口を開いた。

「三雲さん、ご意見は拝聴いたしました。実はですね、私どもも三雲家の皆さんとのお付き合いを今度どうしていくか。そのあたりのことを最近考慮しておりました。四年半前には安易に考えていたんですよ。そのうち定年退職になるわけだし、そうなったら誰と付き合おうが、たとえその相手が泥棒であっても関係なかろうとね。でもここに来て風向きが変わってきました。私は今年で五十九歳になります。本来であればあと一年で定年退職を迎える年齢ですが、それを許してくれる社会ではなくなっているようです。六十五歳まで、下手したら七十歳まで現役でいなければならないかもしれないわけです。三雲さんと気兼ねなく付き合えるのはまだまだ先のことになりそうです」

再雇用制度というのだろうか。典和が来年以降も警視庁に残ることは決定事項だと和馬から聞いたことがある。

「苦渋のご決断だったと思います。三雲さん、本当によくご決断されましたな」

「いやいや、それほどでも」尊は胸を張って言う。「私は根っからの泥棒です。まあお天道様に顔向けできるような仕事じゃないことは自分が一番よくわかっています。

でも杏ちゃんは違う。彼女には真っ当な女性に育ってもらいたいと思ったんですよ」

そう言って尊はこちらに目を向けた。尊は華の膝の上に座る杏に温かい眼差しを注いでいる。すると今度は悦子が口を開いた。

「そういうわけでございます。短いお付き合いでしたが、ありがとうございました。華をよろしくお願いいたします。不束者(ふつつかもの)ではございますが、私どもの自慢の娘です」

「お、お母さん……」

悦子が深く頭を下げるのを見て、華は言葉が続かなかった。桜庭美佐子が悦子に向かって言う。

「奥様、頭を上げてください。華ちゃんは本当によくやってくれています。うちの和馬にはもったいないくらいの女の子です」

「華をよろしくお願いします、奥様。煮るなり焼くなり好きにしていただいて構いません。最後にお願いがあります。華、杏ちゃんを抱っこさせて頂戴。杏ちゃん、おいで」

悦子がそう声をかけると杏が華の膝から飛び下りて、悦子のもとに走り寄った。悦子は孫をしっかりと抱き、その頭を撫でている。「俺にも」と尊が言い、杏を抱き上げた。二人の覚悟など知らずに杏は無邪気な笑みを浮かべている。しばらくして尊は杏を畳の上に下ろし、満足げな顔つきで言った。

「それでは皆さん、このへんで失礼させていただきます。見送りは結構。見送られると後ろ足で泥を飛ばすってのが、私どもの流儀ってやつでしてね」

尊と悦子が立ち上がり、一礼して和室から出ていった。典和と美佐子も神妙な面持ちで頭を下げている。華は思わず立ち上がっていた。「お義母さん、お願いします」と杏を美佐子に預け、和室から飛び出した。玄関先で両親に追いついた。

「達者でな、華」

尊がそう言って玄関から出ていった。

「元気でね、華」

悦子もそう言って桜庭家をあとにする。

「待って、二人とも」

華はたまらず靴を履き、二人を追いかけた。両親の背中に向かって華は必死に声をかけた。

「どういうこと？　まるでお別れみたいじゃないの。そういう冗談はやめてくれる？」

敢えて笑ってそう言ったが、尊も悦子も答えなかった。大きな通りを目指して二人は歩いていく。

「もう会えないの？　そんなことないよね。だって家族じゃないの、私たち。たしかに桜庭家は警察一家だけど、お父さんたちを憎んだりはしてないわ。私はうまくやれると……」

「華」と尊が振り向いた。その顔つきは真剣なものだった。「お前は俺の自慢の娘だ。きっとこれからもうまくやっていけるだろう」

「お父さん……」

「嫌な予感がするんだよ。三雲家に災難が降りかかりそうな予感がな……。災難というより、災厄（さいやく）といった方がいいかもしれん」

「災厄？　お父さん、何を言ってるの？」

「もしお前の身にそれが降りかかったら、そのときは心配するな。俺がどうにかしてやるから」

　意味がわからない。災厄とは何だろうか。詳しい話を聞きたかったが、悦子が空車のタクシーを呼び止めてしまった。タクシーに乗る前に悦子がこちらにやってきて、華を抱き締めて言った。

「華、しっかりしなさい。あなたは私の娘。きっと大丈夫だから」

　本当にこれでお別れなのか。あっけなくて涙も出ない。狐（きつね）につままれたような感じだった。

「華、じゃあな」

両親を乗せたタクシーが走り出した。それを呆然と見送ることしか華にはできなかった。

※

美雲は迷っていた。さきほどから焼肉店の前を行ったり来たりしている。時刻は午後十一時を過ぎていた。残業していたので体はくたくたに疲れているのだが、小腹が空いていた。夕方に菓子パンを食べただけだった。あまり寝る前に食べると太るのはわかっているので、早く帰って寝ようと決意していたのだが、焼肉店の前を通ったときに固い決意が揺らいでしまったのだ。

食べたい。牛タンやカルビを食べたい。店の換気扇が美味しそうな煙を吐き出していて、それを嗅いでいるだけで涎が出てしまいそうだ。どうしようか思い悩んでいると、いきなり背後から声をかけられた。

「お嬢、どうされました？」

振り返ると猿彦が立っている。その姿を見て美雲は思わず手を叩いていた。

「ちょうどよかった、猿彦。一人で入るのは厳しいかなと思ってたところなの」

「お嬢、ズボンが破けてるじゃないですか」

「破けたものは仕方ないでしょ。明日から替えのパンツをロッカーに入れておこうと思ってるの。行きましょう」

深夜の焼肉店は盛況で八割近くの席が埋まっていた。案内された席に座り、牛タンとカルビ、それからロースを一人前とライスセットを注文した。店員が立ち去ってから猿彦が訊いてくる。

「お嬢、捜査の進展はいかがですか？」

猿彦とは常に情報交換している。彼は美雲の助手であり、片腕ともいっていい存在だ。これまでの経緯を話すと、猿彦が話し出した。

「なるほど。やはり鍵を握るのは岩永たちの行方でしょうか。実は私も気になったので、岩永吉剛なる男について調べてみました。東京都狛江市の出身ですね。少年時代は転々としているようです。一番長く住んでいたのは八王子市、その次が稲城市ですね」

猿彦が一枚の紙をテーブルの上に置いた。それを見ると猿彦の達筆でいくつかの住所が書かれている。岩永が過去に住んでいた住所だろう。調べてみる価値はあるかもしれない。

「ありがとう。参考にさせてもらうわ」

いまだに岩永吉剛、礼子両名の足どりは摑めていない。保護司との面談をやり過ごすくらいなので、覚悟は決めていると思われた。もしかしたら海外に高飛びしたのではないか。そんな意見を述べる捜査員もいた。実は美雲も内心そう思っていた。

高飛びの可能性を話すと、猿彦が腕を組んだ。

「たしかにその可能性は否定できませんね。やり残したことがないのであれば、日本を離れてしまったかもしれませんね」

何か引っかかるものがあった。やり残したこと。美雲は頭の中の考えを口にする。

「第一の犯行は法務省の官僚殺し。これは岩永礼子の仮釈放をスムーズにおこなわせるための障害をとり除いた犯行よね。第二の犯行はバスジャック。孫の命と引き換えに妻を仮釈放させた。気になるのは第三の犯行ね。世田谷の自宅で殺害された元検事よ」

名前は柳沢友則といい、間宮礼子の事件を担当した検事だった。彼が殺害されたのは間宮礼子が仮釈放された当日だ。

「元検事を殺害するメリットは特にない。強いていえば復讐かしら。もしかしたら元検事を殺害したのは間宮礼子本人かもしれない。事前に被害者のことを調べていたのは夫の岩永だと思うけど。仮釈放された当日に復讐するんだから、相当厳しい取り調べを受けたんじゃないかしら。問題は彼女が復讐しようと思っている人物がほかにいるかどうか。元検事だけが狙いなら、彼女はもうやり残したことがないはず。高飛びしている可能性も高いわ」

「まだほかに復讐したい相手がいる。お嬢はそうお考えですか？」

「それはわからない。でも調べてみてもいいかもしれないわね」

肉が運ばれてきた。網が十分に温まっているのを確認してから、まずは牛タンから焼いて食べる。美味しい。やはり入って正解だった。もしこのまま帰宅していたら一生後悔していたかもしれない。

「お嬢、お食事中にすみません」猿彦が封筒を出してきた。「第二弾です。奥様も本気のようで、なんと今回は芸能人まで入ってます。一度ご覧いただけたら……」

「猿彦、私はお見合いしないから。お母さんにもそう言って。私、刑事になったばかりなんだよ。前にも言ったじゃないの」

「……すみません」

猿彦が体を丸めて謝った。猿彦には感謝しているが、母の間者のようなことをするのが玉に瑕だった。母は娘の婿を探すのを生き甲斐にしている節があり、東京に出てきたのはそんな母の婿探しから逃れるためでもあった。しかし東京まで逃げたつもりが、案外母の術中に嵌っているのかもしれない。猿彦の持っている封筒の中身を見てみたいという気持ちがないわけではない。芸能人にはあまり興味はないが、誰なのかくらいは知っておきたい。

肉を焼いて次々と口に運ぶ。自然と力が湧いてくるようだった。この時間にこれだけのカロリーを摂取することに罪悪感を覚え、もう少し仕事をしてもいいかなと思い始める。すると猿彦が美雲の内心を読みとったように言う。

「まさかお嬢、これからまたお仕事に行かれるのですか？」

「まあね。謎を解かないといけないし」

「さすがお嬢ですな。探偵の血が流れていらっしゃる」

美雲はトングでロースを摑み、それを網の上に置いた。

※

「おい、北条さん。そろそろ着くよ」

和馬はハンドルを握りながら助手席に座る北条美雲に声をかけた。彼女はすやすやと眠っている。その寝顔はどきりとしてしまうほど可愛いが、あまりに顔が整っているためか、なぜかやましい気持ちにならない。もし俺が独身でしかも彼女がいなかったら、毎日が天国であると同時に拷問でもあるかもしれないと和馬は思った。

「北条さん、もう着くよ」

今朝、和馬が警視庁に出勤すると、美雲が自分のデスクで突っ伏して眠っていた。

昨夜、寮に着替えに戻ってからまた出勤し、ほぼ徹夜で調べものをしていたという。まったく何て新人だと呆れてしまった。

「北条さん、起きて」

「あ、先輩」ようやく美雲が目を覚ました。「すみません。いつの間にか眠ってしまいました」

「いや、構わないよ」

今、和馬の運転する覆面パトカーは稲城市内を走っている。元刑務官の岩永吉剛が幼い頃に都内を転々としているのが美雲の調べでわかっていた。多くの住まいが取り壊されたり改築されたりしている中、稲城市内のその物件だけは今も現存していることが明らかになった。さきほど大家とも連絡がとれ、最後に貸していたのが十年ほど前のことで、今は完全に放置している状態だという。

カーナビのアナウンスが目的地周辺に到着したことを告げた。ごく普通の住宅街だった。覆面パトカーをコインパーキングに駐車し、ここからは徒歩で探すことにする。目当ての一軒家はすぐに見つかった。

かなり老朽化しており、中に入るのもためらわれるほどだ。壊れた自転車が玄関ドアを塞ぐように倒れていた。樹木も伸び放題だ。

大家から許可を得ているので、自転車をどかして中に入る。ドアには施錠もされていなかった。窓も割れているので、鍵をかける意味などないのだろう。中は意外にも片付いているが、それでも靴を脱ぐ気になれなかった。土足のまま足を踏み入れる。

「北条さん、気をつけて」

「先輩こそ。そこ、床が柔らかくなってますよ」

二人で手分けをして家の中を見て回った。「先輩」と美雲に呼ばれて二階に上ると、そこには何者かが過ごしていた形跡が残っていた。カップ麵やペットボトルなどのゴミが散乱しているが、かなり古いものだと思われた。これが岩永が残したものだとは断言できないし、鑑識を呼び寄せるには根拠が乏しかった。

さほど期待はしていなかったので、落胆はなかった。捜査というのは空振りの連続だと和馬は知っていた。しかし美雲は悔しそうに唇を嚙んでいる。

「北条さん、いったん戻ろう」

そう言って和馬は空き家から出た。美雲もついてくる。コインパーキングに戻って再びパトカーに乗った。時刻は午前十一時を回ろうとしていた。

警視庁に戻ることにした。今日の午後、警視庁では記者会見が予定されている。捜査一課長などの幹部数人が参加予定で、そこで岩永礼子、旧姓間宮礼子の逃亡についての発表される予定だった。彼女の顔写真も公開し、マスコミを通じて情報提供を呼びかけることになっていた。まずは彼女の身柄を確保し、そのうえで事件への関与を捜査するというのが上層部の方針らしい。それには和馬も異存はなかった。

「先輩、退職者ってどうやって調べればいいんですか？」

助手席に座る美雲が訊いてきた。退職者を調べてどうしようというのか。その真意を尋ねると美雲は答えた。

「実は間宮礼子の復讐は終わっていないんじゃないかと思って、関係者を調べてみたんです。いろいろ可能性は考えられるんですが、彼女を逮捕した警察官、実際に手錠をかけた警察官が退職しているんですよ」

三十年前のことだ。間宮礼子が組織する詐欺グループが摘発されたが、彼女はその危機を事前に察知して逃走した。しかし警邏中の警察官二人に遭遇し、その場で現行犯逮捕された。その際に一人の警察官が命を落としており、もう一名の警察官が実際に間宮礼子の身柄を拘束していた。美雲が言っているのは助かった方――彼女を逮捕した警察官のことだろう。

「でもよく退職してるってわかったね」

「職員名簿には載ってませんでしたから。婿に入って名字が変わっている可能性もありますが」

「名前は？」

「鈴木武治（すずきたけはる）です」

派出所勤務の警察官だったのだろうか。現在、警視庁には約四万六千人の職員が働いている。退職者の数も年間数百人に及ぶ。その中から見つけ出すのは至難の業かもしれない。

「鈴木、武治か」

どこか気になった。頭の隅にぼんやりと何かが浮かんでいた。その正体がわからない。退職していないとなると、やはり……。

バックミラーで後続車を確認してから、和馬は覆面パトカーを路肩に寄せて停車させた。スマートフォンを出し、画面を操作してから耳に当てる。しばらくすると通話は繋がった。

「和馬、こんな時間に珍しいな」

父の典和だ。和馬は言った。

「悪い、父さん。ちょっと聞きたいことがある。鈴木武治という名前に心当たりはないかな。三十年前には品川近辺の派出所に勤務していた警察官らしい」

「随分昔のことだな。それに鈴木なんて名字はそこらじゅうにあるしな」

「仕事中にごめん。思い出したらでいいから連絡がほしい」

通話を切ろうとすると、電話の向こうで典和が言った。

「ちょっと待て、和馬。磯川(いそかわ)君のことじゃないか。彼の旧姓はたしか鈴木だった気がする」

磯川というのは刑事部長だ。つまり和馬の上司ということだが、部長級の幹部と一介の刑事が口を利くことは滅多にない。

「父さん、磯川部長のことだけど、三十年くらい前に手柄を上げてるはずなんだ。品川区内で逃走中の詐欺グループのリーダーを逮捕している。警察官が一人、犠牲になっていると思う」

「間違いない。それが磯川君だよ。だが磯川君がどうかしたのか？」

「いや、ちょっとね。仕事中に悪かった」

通話を切った。話の内容を聞いていたのか、助手席の美雲が言った。

「退職してないってことですね」

「ああ。刑事部長だよ。階級は警視長」

彼の武勇伝は上司と飲みにいったときに聞いたことがある。派出所勤務時代に武功を上げ、それがきっかけとなって捜査一課に抜擢（ばってき）。以降、重要犯罪の捜査で活躍して名を馳（は）せた。ノンキャリアだが刑事部長まで出世するのは異例中の異例だ。本来、警視庁の部長級は警視監が務めることになっていた。警視長というのは警視監の一つ下の階級で、ノンキャリアの警察官にとっての最高位だ。実は和馬の父、典和もノンキャリアながら副部長まで出世している。

磯川部長の出世の足がかりとなった事件とは、三十年前の間宮礼子の検挙であることは間違いない。捜査一課に配属後、直属の上司の娘婿となった関係で、名前も鈴木から磯川に変わったのだ。しかし人生とはわからないものだ。逃走中の間宮礼子と遭遇した二人の警察官がいて、一人は命を落とし、もう一人はその事件を足がかりとして異例の出世を果たしたのだから。

「先輩、間宮礼子が次に狙うのは磯川部長だと思います」

「どうしてそう思うんだい？」

「根拠はありません。ですが元検事の柳沢も殺害されていることから、彼女の復讐の対象になっても不思議はありません。警護を増やすように提案しておくべきかと」

一理ある。進言しておくべきだろう。和馬はもう一度スマートフォンを手にとった。

和馬たちが向かった先は府中市内にある警察大学校だった。警察大学校というのは上級幹部を養成する学校組織のことだ。警部に昇進する予定者が全国から集まり、研修を受けることで知られている。

捜査一課に連絡し、磯川刑事部長のスケジュールを確認した。午前中は都内の各所轄署を回り、午後一番で警察大学校で講義前に挨拶することになっていると聞いた。

ちょうど和馬たちは稲城市内にいたため、府中市なら近かった。そのため警視庁に戻る前に府中市の警察大学校に立ち寄り、磯川部長に進言を試みることになったのだ。

関係者専用駐車場には部長クラスが乗る黒塗りの公用車が停まっていた。受付で身分を名乗り、中に案内される。時刻は午後一時過ぎだった。講義がおこなわれている大会議室に向かうと、ドアの前に一人の私服刑事が立っていた。長田という顔馴染みの刑事だった。彼が刑事部長の運転手兼秘書のようなことを務めているのは知っていた。

「磯川部長に話がある。部長は？」

和馬が訊くと、長田があごで大会議室のドアを示した。

「中で挨拶中だ。突然押しかけて何の用件だ？」

部長に直接話そうと思っていたが、事前に長田に説明しておくのも悪くないと考え直し、和馬は事情を説明した。話を聞き終えた長田が訊いてくる。

「確証はあるのか？　その仮釈放になった受刑者が部長を狙っているという確証だ」

「それはない。あくまでも可能性だ」

「部長は合理的な方だ。確証のない話は信じないぞ」

「でも伝えておくべきだと思った。聞く耳を持たないならそれでも構わない」

長田はしばらく考え込んだあと、腕時計を見て言った。

「いいだろう。あと数分で出てくるはずだ。話してみろ」

「ありがとう」

礼を言ってからその場で待機した。長田が美雲の方をちらちらと見ているのがわかった。たしか長田は独身のはず。美雲のことが気になるのだろう。

「紹介が遅れてすまん。新人の北条だ。こちらは長田」

「北条です。よろしくお願いします」

「こちらこそ」

長田がやや照れたように顔を赤くしている。本当に面白い。長田は真面目で女性には興味がないといった感じの男なのだが、その長田が赤面しているのだ。

しばらくして大会議室のドアが開き、二人の男が姿を現した。一人は白髪混じりの壮年の男で、もう一人は学校の職員とおぼしき若い男だ。白髪混じりの男が磯川部長だ。会議などで見かけたことはあるが、話したことは一度もない。長田が近づき、磯川の耳元で何やら耳打ちした。すると磯川がこちらに鋭い眼光を向けてきた。やはり部長まで昇りつめるだけあり、その眼光にも迫力がある。

「桜庭、部長が詳しい話を聞きたいそうだ」

長田に呼ばれたので、和馬は磯川のもとに向かった。頭を下げてから自己紹介する。

「桜庭です。こちらは新人の北条といいます」

隣で美雲が頭を下げた。磯川がこちらに目を向けて言う。

「桜庭さんの息子さんだな。お父さんには世話になってる。私が逮捕した受刑者が仮釈放となり、私の命を狙っているということだな」

「そうです。受刑者の名前は間宮礼子といいます。ご存知ありませんか？」

「彼女なら知ってる」そう言って磯川は何かを思い出したような顔をした。「そうか。午後の記者会見か。仮釈放となった受刑者が行方をくらませたという話だったな。それが彼女のことだったのか」

「その通りです」

「しかし彼女が仮釈放になるとはな。想像もしていなかった。ムショで一生過ごすものかと思っていたが」

磯川にとって忘れがたい事件だったことは想像がつく。自分の相棒が射殺され、その仇(かたき)をとる形で間宮礼子に手錠をかけたのだから。

「間宮礼子が私を狙っている証拠はあるのか？」

「ありません。しかし事件を担当した元検事の柳沢氏も何者かに殺害されています」

「世田谷の事件か？」

「そうです」

磯川はしばらく考え込むようにあごに手をやり、それから口を開いた。

「逮捕した受刑者が仮釈放になるたびに怯えていては仕事にならん。間宮が私を狙っているなら、その根拠を示すのが刑事の仕事だ。私はそうしてきた。違うか？」

「おっしゃる通りです」

「間宮を捕まえるのが君の仕事だ。私の身を守ることではない」

聞いていた通りの人物らしい。和馬が頭を下げると、磯川が言った。

「だが君の忠告は心に留めておく。行こうか」

そう言って磯川は歩き始めた。和馬たちも一緒に歩き出す。磯川の隣には長田がぴたりと寄り添っている。短い階段を下りていたときだった。いきなり美雲が「きゃっ」と叫んで階段から転がり落ちた。

「おい、大丈夫か？」

和馬はすぐに彼女のもとに駆け寄った。階段の下で美雲が顔をしかめている。かなり激しく膝のあたりをぶつけたようだ。磯川と長田も不安げな様子で見下ろしていた。美雲が痛みをこらえながら言った。

「ご心配には及びません。私に構わず先をお急ぎください」

「そういうわけにいかない」磯川が答えた。「北条先生のご息女に怪我をされてしまったら、私も先生に顔向けできんからな」

やはり知っていたか。長田と二人で美雲に肩を貸し、医務室まで運んだ。中に運び入れると白衣を着た初老の医師が奥から出てきた。和馬たちは退室して、診察が終わるのを待つことにする。

十分ほどして医務室のドアが開いた。医師とともに美雲が出てくる。彼女は「すみません」と謝った。医師が説明する。

「応急処置をしただけです。まあ骨折の心配はないと思いますが、痛みが引かないようなら整形外科に行った方がいいですね」

「部長、申し訳ありませんでした」

和馬は磯川に向かって頭を下げた。磯川がうなずき、廊下を歩き出した。和馬も美雲とともに歩き出す。彼女はわずかに左足を引き摺るように歩いている。

建物から出て、駐車場に向かう。黒塗りの公用車と和馬たちが乗ってきた白い覆面パトカーが並んで停まっている。車に向かって歩いていったときだった。突然、轟音が聞こえた。

黒塗りの公用車が火柱に包まれるのをはっきりと見た。和馬は美雲の肩に手をかけ、咄嗟(とっさ)に地面に伏せていた。長田が同じように磯川の身をかばって地面に伏せるのが見える。

振り返ると、残骸(ざんがい)と化した公用車から黒い煙がもうもうと立ち昇っていた。

　それから一時間後、警察大学校は騒然とした雰囲気になっていた。黒塗りの公用車は爆発物により爆破されたものと思われ、ほかにも爆発物が仕掛けられている恐れがあることから、敷地内の建物はすべて立ち入り禁止となっていた。今もまだ、警視庁から派遣された爆発物処理班の捜索が続いている。

　雨が降り始めていた。和馬たちは敷地の一角に待機していた。一応事件の目撃者であり、何もしないで立ち去るわけにもいかなかった。磯川も転倒したときに腰のあたりを打ったようで、今は警察車両の中で安静にしているらしい。

「先輩、やっぱり狙われてたんですね、磯川部長」

　隣にいる美雲に言われ、和馬は答えた。

「そうだな。間宮礼子の次の狙いは磯川部長だったんだよ」

　借り物のビニール傘を二人で使っていた。和馬の肩のあたりは雨で濡れてしまっている。一人の警察官が走ってきて、和馬に向かって言った。

「あの建物の安全が確認されました。中にお入りください」

　そう言って警察官が指をさしたのは、さきほど和馬たちが入った大きな建物だった。美雲とともに建物の中に入る。会議室に案内された。中には捜査員たちの姿もある。多くは地元である府中署の捜査員だが、中には警視庁の捜査員の姿もあった。

警視庁の刑事部長の公用車が爆破されたのだ。幸いにも犠牲者は出なかったが、大々的な捜査が始まるのは予想できた。

「桜庭、ちょっといいか？」

会議室に入ってきたのは長田だった。長田もやや疲れたような顔つきをしている。

「部長が二人と話をしたいそうだ。こっちに来てくれ」

美雲とともに会議室を出た。廊下を歩きながら和馬は長田に訊いた。

「部長の午後の予定は？」

「すべてキャンセルだ。SPをつける話も出ているらしい」

さきほど松永班長に電話で報告したところ、警視庁でも動きがあったようだった。午後に予定されていた記者会見を見合わせることになったという。磯川部長の公用車を爆破したのが間宮礼子であるのなら、マスコミへの公表は控えるべきだという慎重論が出たというのだった。その対応は間違ってはいないと和馬も思っていた。

「失礼します」

長田がそう言ってドアを開けた。来客のための応接室のようで、ソファとテーブルが置いてある。磯川がソファに座っているのが見えた。

「部長、二人を連れてきました」

長田がそう言うと磯川が腰をかばうように立ち上がって言った。

「君たちには礼を言わないといけないな」

「どういうことでしょうか？」

「北条先生のお嬢さんだよ」磯川の目が隣にいる美雲に向けられていた。「君が階段で転んでいなかったら、私と長田は今頃ふっ飛ばされていたかもしれないんだよ」

長田がそれをフォローするように言った。

「時限式の爆弾である可能性が高いそうだ」

そういうことか。美雲が階段で転んだせいで、彼女を医務室に運ぶことになった。彼女の治療に要した時間が犯人の誤算になったわけだ。美雲の怪我がなければ、二人は公用車に乗って府中市内の道路を走行中だったはずだ。その場合、二人の命はなかっただろう。

「君たちは命の恩人だな」

「それは大袈裟だと思いますが」

「とにかく公用車を爆破した者を特定したい。君たちの話を信じるのであれば、仮釈放となった間宮礼子が絡んでいる可能性が高いんだな」

「ええ。個人的にはそう思っています」

証拠はない。しかし今回の事件の犯人はバスジャック事件において爆発物を使用している。そのあたりも共通項として考えることができるだろう。

「私と長田は別の公用車で警視庁に戻ることになった。しかし君たちはここで捜査に当たってくれ。当事者としての意見もあるだろうしな」

「わかりました。そうします」

一礼してから応接室を出た。廊下には捜査員たちが行き交っている。この建物内の安全は確認できたようだが、敷地全体はまだのようだ。自由に歩き回れるのはもう少し先になりそうだった。

午後四時を回った頃、ようやく敷地内のすべての建物の安全が確認され、自由に歩けるようになった。同時に本格的な捜査が始まった。学校関係者への事情聴取、校内に出入りした者のリストの作成が急ピッチでおこなわれていた。

問題は公用車に爆発物が仕掛けられた時間帯だ。磯川の乗っている公用車は普段警視庁の駐車場に停まっているが、そこは当然警備も万全だ。外部の者が侵入して爆弾を仕掛けるのは難しい。警視庁以外の場所で仕掛けられたと考えるのが自然だった。

和馬は今、学校の事務職員に事情を訊いている。隣には美雲の姿もある。

「磯川部長が今日ここに来ることは前々から決まっていたことなんですね」

「ええ、数ヵ月前から決まっていたことです」

「ここに来られたのは何時くらいですか?」

「午前十一時三十分くらいだったと思います」

まずは校長などの関係者と挨拶して、その後に昼食をとったという。そして午後一時、大会議室に向かい、そこで挨拶をした。挨拶に要した時間は十分程度だった。その後のことは和馬も一緒だったのでわかっている。

公用車が爆発した正確な時刻は午後一時四十五分だった。美雲が階段で転んだせいで出発が遅れたが、本来であれば磯川と長田は公用車に乗っていたと思われた。磯川の公用車が駐車場に停まっていた時間は二時間十五分ほどだった。その間に爆弾を仕掛けられた可能性がある。

「裏の守衛室前の防犯カメラの映像が用意できました」

別の職員に呼ばれたので、和馬はそちらに向かった。磯川の公用車が停まっていた駐車場は関係者専用の駐車場で、正門から入る一般駐車場とは行き来できない作りになっていた。業者などが物品を搬入する際、裏の守衛室の前を通り、関係者専用駐車場に行くのが決まりらしい。

「事前に映像に目を通しました」事務職員が説明する。「朝から爆発が起こる時刻までの間に守衛室の前を通った車は七台あります」

そのうちの二台は磯川を乗せた公用車と和馬らの乗った覆面パトカーだ。問題は残りの五台ということになる。

「一台目は契約している食品メーカーです。食堂で提供する食事の材料などを毎日運んでくる大型のトラックが、午前九時過ぎに入ってきています。二台目はクリーニング会社の大型トラック。うちの学校は宿泊施設もあるもので、ベッドシーツなどの交換のためにほぼ毎日来ています」

三台目は校内の電気機器をチェックするために訪れた電器店、四台目は職員の弁当を運んできた弁当宅配業者、五台目は校内の自販機に飲料を補給するために訪れた飲料メーカーのトラックだった。

映像をすべてチェックすることにした。トラックが出入りする映像を何度も繰り返して見る。特に不審な点は見受けられなかった。業者に紛れて中に入ったのではなさそうだ。となるとやはり爆弾はここに来る前に仕掛けられたということか。

「このお弁当屋さん、気になるんですよね」

防犯カメラの映像に目をやりながら美雲が言った。画面には白いワゴンタイプの車が映っている。校内に入ってきたときの映像なので、車を斜め前から捉えていた。運転席と助手席、それぞれに男が乗っているのが見えた。

「この助手席に乗ってる人、運転席の人と違うんですよ、着ている服が」

たしかにそうだ。着ている服が違う。運転席の男は白い制服に白い帽子まで被っているのだが、助手席の男は黒っぽいジャンパーを着ている。

和馬は事務職員に向かって指示を出した。

「すみません。弁当業者が映っている映像、ほかにありませんか。それと弁当業者の連絡先を教えてください」

「映像は探してみます。連絡先は……これですね」

事務職員に電話番号を教えられ、和馬はすぐさま電話をかけた。女性の交換手が電話に出たが、刑事であることを告げると別の部署に回された。今度の相手は男性だった。和馬は説明する。府中市近辺を回っている配送ドライバーに異変はなかったか。するとと電話の向こうで男が言った。

「それが……刑事さんのおっしゃる通りです。実は一台、行方がわからない配送車があるんですよ」

すっかり弱り切った声だった。どうしようかと方策を検討していたところだったという。

「府中警察署にご相談ください。話が通じるように私からも連絡を入れておきますので。ところで行方のわからない配送車ですが、乗っている従業員は一人ですね」

「ええ。うちは原則的に一人で配送しているので」

間違いない。弁当の宅配業者に紛れて不審者が侵入したようだ。和馬が電話を終えたタイミングで事務職員が言った。

「これなんてどうですか？　裏の倉庫前の防犯カメラの映像です」

画面に目を向ける。さっきよりはっきりと、そして大きく車のフロントガラスが映っている。運転席でハンドルを握っているのは三十代から四十代くらいの男性だった。助手席に座っているのはそれより年齢が上のようだった。

隣で美雲が「あっ」と声を上げた。和馬は訊く。

「どうした？　北条さん」

「私、この人、知ってます」

美雲が画面を指さして答えた。

※

東向島の駅を下りると雨がぽつりぽつりと降っていた。今日は西から天気が崩れると朝の天気予報が伝えていた。華は傘を買おうかどうか迷ったが、これ以上家にビニール傘を増やさないためにも我慢することにした。早足で保育園に向かう。

午後五時を回ったところだった。今日は午後四時まで仕事だった。勤務先の書店は一時間単位でシフトの時間を選べるので都合がよかった。

保育園の敷地内に入る。普段は杏は外で遊んでいることが多く、華が迎えにくると走ってくるのだが、今日はあまり天気がよくないので屋内にいるようだ。

「三雲です。娘を迎えに来ました」

そう言いながら教室を覗くと、近くにいた保育士が振り返った。

「あ、三雲さん。ご苦労様です。杏ちゃん、お母さんが迎えに来たよ」

教室の真ん中あたりで一人の保育士を囲むように子供たちが集まっているのが見えた。絵本を読み聞かせているらしい。杏も華が迎えに来たことに気づいたようだが、絵本に夢中になっている。読み終わるまで待つことに決め、その旨を保育士に伝えた。教室から出て、廊下の壁に貼られている子供たちの絵を眺めていると、後ろから声をかけられた。振り返ると保育士の一人、永井由香里が立っている。

「永井先生、お体の具合はどうですか？」

「大丈夫です。今日から復帰しました」

例のバスジャック事件で人質になった三人の保育士のうちの一人だった。妊娠しているので途中で解放されたが、保育士の中では一番頼りになる存在だった。来年春に出産を控えているという話だ。

「三雲さんのご主人、刑事さんなんですってね。凄いかっこいいってお母さんの間でも話題ですよ」

あの騒ぎのお陰で和馬が刑事であることがバレてしまった。同時に華と和馬が正式に籍を入れていないことも発覚してしまったが、いまだに両親に反対されているという苦しい言い訳で何とか誤魔化している。

「刑事といっても、家の中ではのんびりしてますけどね」

「今日、杏ちゃん少し元気なかったみたいですけど、何かありました？」

「いえ、特には」

「そうですか。だったら私の思い過ごしかな」

さすが保育士さんだ。よく見ている。親子だけのことはあり、華自身の感情の揺れやストレスなどが、杏にも反映されてしまうことがたまにある。昨日から華の心は揺れに揺れていた。

尊と悦子による絶縁宣言だ。今後、一切三雲家の人間は桜庭家に関わらないというものだった。昨夜から何度も父や母に電話をかけているのだが、一度も通じることはなかった。

実は今朝、出勤前に月島にある祖父母の住む家を訪ねてみたのだが、綺麗に引き払われていた。先日夕飯を食べにいったとき、終活だと言って部屋を片づけていたことを思い出した。あれも今回の一件の伏線ではなかろうかと華は思っていた。

私だけ三雲家から切り離されてしまった。そう思うと淋しくて仕方がなかった。そういう思いが杏にも伝わってしまい、彼女の感情にも何らかの影響を与えてしまったのかもしれない。

「三雲さん、ご主人とどこで知り合ったんですか？」

「図書館です。私、以前図書館で働いていたことがあったんで」

「そうだったんですね。図書館で出会うって結構ロマンチックかも」

最近、和馬は忙しいらしい。どんな事件に携わっているのかわからないが、日付が変わる頃に帰宅することもある。昨夜も十一時近かった。朝はいろいろと家事が忙しく、昨日の桜庭家での出来事を和馬にまだ話せていない。

なぜあの二人がいきなり桜庭家と絶縁すると言い出したのか、その理由がまったくわからなかった。つい先日も杏の誕生日にはすき焼きパーティーをすると張り切っていたのだ。急な心変わりにはそれ相応の理由があると思うのだが、華にはまったく思い当たる節がなかった。

「あ、終わったみたいですよ」

永井由香里の声で我に返り、華は教室の中を覗き込んだ。杏がこちらに向かって駆けてきた。その体を抱き上げて言う。

「杏、絵本どうだった？」

「知ってる話だった」

「ふーん、そうか。よく憶えてるね、杏」

本当にこの年頃の子供の記憶力には驚かされる。そしてすぐに真似をするので、迂闊に変なことを言うことができない。

「杏、今日の夕ご飯、何を食べたい？」

「うーん、さっぱりしたやつ」

これもそうだ。和馬がたまに言うので、真似をしているだけなのだ。さっぱりしたやつがどういうものか、杏自身がわかっているわけではない。

「さっぱりしたやつかあ。何にしようかな」

杏と手を繋いで廊下を歩き始める。下駄箱の前まで来て、さきほどより雨脚が強まっていることに気がついた。走って帰ればどうにかなるといった雨量ではない。どうしようか。保育園で傘を貸してくれるだろうか。そう思ったときだった。背後で声が聞こえ、華は振り向いた。

初老の男が立っている。スクールバスの運転手だ。向こうが会釈をしてきたので、華も小さく頭を下げた。

※

和馬は覆面パトカーを走らせている。あと五分もすれば到着するはずだった。目的地は杏が通う東向島フラワー保育園だ。

警察大学校で見た防犯カメラに映っていた男の正体は、保育園の運転手だったのだ。例のハイジャック事件の際、大型バスを運転していた男でもある。名前は不明だったが、実際にバスに乗り込んだ美雲が憶えていた。彼女と入れ替わりで解放されたため、目にしたのは一瞬だったらしい。それでも弁当配送業者の助手席に乗っていたのは、東向島フラワー保育園の運転手で間違いないと美雲は断言した。

胸のポケットの中でスマートフォンが震えていた。出して画面を見ると見知らぬ番号が表示されている。スマートフォンを助手席の美雲に渡した。彼女がそれを耳に当てて話し始める。

「はい、警視庁捜査一課の北条です。……すみません、桜庭は運転中で出られません。私でよければご用件をお伺いしますが。……はい」

しばらく美雲が話していた。その受け答えを聞いているだけで話の内容は大体想像がついた。通話を終えた美雲に詳しい話を聞く。

「府中署からです。行方不明だった配送車が見つかったようです。運転手も無事とのことです」

話はこうだった。午前の配送中、信号待ちで停まっているといきなり一人の男が助手席に乗ってきた。刃物を突きつけて脅迫され、泣く泣く男とともに警察大学校の敷地内に侵入した。配送を終えて外に出て、しばらく走ったところで停車させられ、そこで殴られて意識を失ったという。運転手が弁当を運び入れている隙に、男は爆弾を仕掛けたのだろう。

今日、その運転手が保育園に出勤しているか、和馬は知らない。本来なら先に電話で問い合わせるべきだが、美雲と話し合った末、それはやめておくことにした。下手に電話をかけて、こちらの意図を勘繰られたら厄介だった。とにかく運転手の身柄を押さえるのが今は先決だった。

保育園に到着した。車を停めて園内に入る。午後六時になろうとしていた。まだ数人の園児が親の迎えを待っているようで、教室に残っているのが見えた。教室内に目を走らせたが、杏の姿はない。もう帰ったのだろう。保育士と目が合い、会釈をしてきたので和馬も頭を下げた。和馬が杏を迎えにくることはほとんどないが、バスジャック事件の影響で素性は割れてしまったらしい。和馬は廊下を奥に進んで園長室のドアをノックした。

「どうぞ」

「失礼します」と言ってドアを開けた。正面のデスクに園長先生が座っていた。バスジャック事件の際に話したので面識はあるし、娘の杏がここに通っていることも彼は承知していた。

「桜庭さんじゃないですか。今日はどうしました？」

「突然お邪魔してすみません。事情聴取で来ました。こちらは同僚の北条です」

隣にいた美雲が頭を下げた。園長に勧められてソファに座る。和馬は園長に訊いた。

「スクールバスの運転手がいらっしゃいますね。彼についてお話を聞かせてください」

「岩永ですね。彼が何か？」

思わず美雲と顔を見合わせていた。本名で働いていたとは驚きだった。しかし社会保険の手続きなど、身分を偽って正規の仕事に就くのは意外に難しいのかもしれない。和馬は先を急いだ。

「彼に疑いがかかっているわけではありません。参考までに彼についてご存知のことをお聞かせください」

「半年ほど前ですかね。前任の運転手が事故に遭ってしまって、急遽新しい運転手を雇うことになったんです。最初に応募してきたのが岩永でした。大型免許も持っていましたし、バスの運転も問題ないという話でしたんで、即採用しました」

「彼の前職はご存知ですか？」

「ええ、知ってます。面接のときに履歴書をもらいましたから。刑務官でしたっけ？

刑務所で働いておられたとか。規律や時間を厳守してくれそうだと期待しました。事実、よくやってくれていますよ」

スクールバスの運転は朝と夕方の計二回だ。あとは週に何度か近くの公園まで園児たちを送っていくこともあるという。それ以外の時間は園内にある植栽の剪定(せんてい)や壊れた遊具の修理など、用務員的な仕事をしているらしい。まったく仕事がない場合は、朝の送迎が終わったら長い休憩に入り、夕方まで休むこともあるようだ。

「園長先生は岩永さんのプライベートをご存知ですか？　たとえば結婚しているとか、お子さんがいるとか、そういう話をしたことありませんか？」

「ないですね」園長が申し訳なさそうに答えた。「うちも定期的に職員の親睦会、まあ飲み会ですね、を開いたりしているんですが、岩永が出席したことは一度もありません。ほら、女性の保育士が多くて、なかなか来づらいのかと思いまして、積極的に誘ってはいないのですよ」

それはわかる気がした。和馬は園長に訊いた。

「ところで岩永さんですが、今日はどちらに？　もうお帰りですかね」

園長が立ち上がり、窓から外を見て首を捻った。

「変ですね。バスが停まってません。普段はあそこに停まっているんですが……。ガソリンでも入れに行ったのかな」

園長が部屋から出ていった。岩永の居場所を探してくれるのだろう。和馬たちもあとに続く。園長は廊下を進んで教室の方に向かって歩いていった。

「おかしいと思いませんか?」隣を歩く美雲が言う。「岩永がここで働くようになった経緯です。前任者が事故に遭ったと園長先生は話していましたよね。仕組まれたものかもしれません」

「かもしれないな。あ、気をつけて。段差あるから」

「すみません」

美雲が慎重な足どりで段差を越えた。彼女の言うことも一理ある。この保育園で働くために前任者を追い出したという可能性は十分に考えられた。

「ちょっといいですか、桜庭さん」園長がこちらに戻ってきて和馬に言う。「岩永ですが、どこにいるか誰も知らないようです。携帯に連絡してみますよ。あ、君」通りかかった保育士に向かって園長は訊いた。「運転手の岩永さんを知らないかな。どこにいるか知りたいんだよ」

保育士は和馬の方をちらりと見て、会釈してから答えた。

「岩永さんでしたら、奥さんと娘さんをバスで送っていったみたいです」

「私の妻と、娘の杏のことですか?」

和馬は思わず保育士のもとに詰め寄っていた。その迫力に気圧(けお)されたように保育士が答える。

「そ、そうです。三雲さん、傘を持っていなかったみたいで、岩永さんがバスを出すことになったみたいです。ついさっきのことですよ」

思わず走り出していた。後ろで美雲が何やら言っていたが、耳を貸さずに和馬は保育園を飛び出した。

※

「本当にありがとうございます。助かりました」

華はスクールバスの最前列の席に乗っていた。隣には杏の姿もある。杏は窓に手をつけて外の景色を眺めている。華が礼を言うと、運転席にいる初老の運転手が前を見たままうなずいた。

「すみません、私は三雲といいます。この子は娘の杏です。いつも娘がお世話になってます」

「私は岩永といいます。お噂は耳にしてます。バスジャックのときにも活躍なさったそうで」

「そんなことはありません。その節はありがとうございました」

記憶に残っている。保護者の一人がバスから降りるとわがままを言い出したときのことだ。この運転手が冷静に保護者を説得したことがあった。妙に説得力のある言葉だったので憶えている。頼りになるなと安堵したのも束の間、男性陣は全員バスから降ろされてしまったのだ。

「私は刑務官をしていました。刑務官という職業をご存知ですか？　刑務所で受刑者の面倒をみる仕事です。関東各地の刑務所を転々としていました」

「そうなんですか。大変なお仕事ですね」

「三十年近く勤めました。自宅は大抵職場の近くにアパートを借りるわけです。たまに寮に入ることもありましたけどね。何て言えばいいんでしょうか。刑務所って罪を犯した罪人しかいないじゃないですか。私だって刑務官をしてますが、聖人君子というわけではありません。私と彼らとの差は何なのかなとずっと考えてました」

これほど饒舌な人だとは思わなかった。ただ、少し不気味な感じがする。あまり話に付き合わない方がよさそうだと思い、華は聞こえていない振りをした。しかし運転席で岩永が喋り続けた。

「一歩間違えれば、私だってあっち側に行ってたかもしれない。そう思ったことが何度もありました。昔、まだ二十代の頃ですが、酔って喧嘩をしたことがあります。私は子供の頃から腕力だけには自信があったんで、そういう喧嘩の類では負けたことがありません。そのときもそうでした。いいのが一発入って、相手はぶっ倒れてしまいました。もしですよ、そのとき倒れた拍子に石にでも頭をぶつけていれば、相手が死んでしまった可能性さえあるんです。そうなっていたら私が檻の中に入っていたはずです」

華は体を杏の方に寄せた。杏は岩永の異常性に気づくことなく、窓に文字を書いて楽しんでいる。外は雨のため、車内の窓ガラスは結露して曇っていた。

「あの人に出会ったのは十二年前、私が四十六歳のときでした。栃木刑務所に配属になった年です。会った瞬間、あの人は私を見て笑いました。その笑顔を見て、私は何だかすべてを見抜かれたような気がしました。実際、あの人は私のことを見抜いていたんです。私が檻の中に入りたがっていることを見抜いていたんです。本当にあの人は凄い人なんですよ」

身の危険を感じた。華は意を決して言った。

「すみません。このあたりで結構です」

しかし岩永は華の言葉に耳を貸さなかった。スクールバスは交差点を直進する。華の自宅マンションに帰るには今の交差点を左折しなければならない。

「運転手さん、今の角を左に……」

「あの人のためなら何だってする。私はそう誓った。彼女を表に出すためだったら、私が檻の中に入ってもいい。そう思ったんです。すべてがそのための計画でした。刑務官を辞めたのも、あの人と入籍したのもそうです。入籍した方が面会し易いことを私は知っていましたからね」

この男は何なのだろう。華は恐怖と同時に疑問を感じていた。なぜ私たち親子なのだ。なぜ私たちが選ばれてしまったのか。もしかして和馬と関係あるのだろうかと華は思った。受刑者とか刑務所とか言っているので、過去に和馬が逮捕した犯罪者と関係しているのかもしれない。

「あの人の計画は入念なものでした。私は何も考えずに、ただ言う通りに動いているだけでよかった。本来なら仮釈放になるなんて有り得ないのに、あの人はそれを実現してしまったんです。檻の中で考えた計画でね」

スクールバスがゆっくりと停車した。前方を見ると信号が赤になっているのが見えた。運転席の岩永が振り返り、華の顔を見てにこりと笑った。

「少し面影がありますね。レイの面影が」

どういうことだろう。そもそもレイとは何者なのだ。まったくわからないが、今はとにかく杏の身を守ることが先決だと思い直す。今、バスは停まっている。この隙に逃げることはできないだろうか。前も後ろもドアは運転手しか開けることができない。となると窓しかない。しかしこの窓からどうやって逃げる？　杏だけ外に出せるだろうか。

振動音が聞こえた。ハンドバッグの中でスマートフォンが震えているのだ。誰か知らないが、今は助けを求めたい気持ちで一杯だった。運転手の岩永は気づいていない。ハンドバッグに手を伸ばそうとした瞬間、杏が無邪気な顔で言った。

「ママ、出ないの？」

その言葉に岩永が反応した。視線をやや鋭くしてこちらを見ていた。電話は諦めるしかなかった。華は額に汗をかいていることにようやく気がついた。

※

「駄目だ、出ない」

そう言って和馬はスマートフォンを胸ポケットにしまった。華に電話をかけたが繋がらなかった。ハンドルを握り直し、前方にある交差点を左折した。

「無事に帰っているっていう可能性もありますよ、先輩」

助手席の美雲が励ますように言ったが、和馬は事態が思わしくない方向に進んでいるのを肌で感じていた。岩永なる運転手が一連の事件の実行犯であることは間違いない。和馬はそう確信していた。

「着いた。待っててくれ」

「先輩、気をつけてください」

　自宅マンション前に覆面パトカーを停め、運転席から降り立った。インターホンで呼び出すより、中を確認した方が早いと思い、和馬はキーを使ってマンション内に入った。エレベーターで八階まで上り、鍵を解除して自宅に入る。靴を見ただけで華たちが帰宅していないことはわかったが、一応部屋の中を確認する。やはり帰っていないようだ。落胆しつつもエレベーターで一階まで下り、再度覆面パトカーに乗り込んだ。

「……そうです。その通りです。……ええ、至急です。至急配備をお願いします」

　美雲がスマートフォンで何やら話していた。通話を終えた美雲が言った。

「保育園に電話をして、スクールバスのナンバーを聞きました。それを向島署に伝えて緊急配備のお願いをしたところです」

「悪いね、北条さん」

「急ぎましょう。とにかく走り回るしかありません」

「そうだな」

　和馬はシートベルトを着用して覆面パトカーを発進させた。助手席の美雲が首を傾げて言う。

「なぜ奥さんなんでしょうね。それがわかりません」

「俺もだよ。さっぱりわからない」

どうして華と杏が連れ去られたのか。その理由に思い当たる節がなかった。和馬が知る限り、岩永吉剛と華との間には接点らしきものが一切ない。強いていえばバスジャック事件が接点と言える。あの事件で華が犯人側の恨みを買ったとでもいうのだろうか。しかし岩永礼子は仮釈放されたわけだし、犯人側の成功ともいえる結果だった。

「先輩、大丈夫です。奥さんは助かると思います」

気休めだと思った。しかし美雲は自信に満ちた顔つきで言う。

「私、人を観察する力には自信があるんです。最初奥さんを見たとき、何かの達人のようなオーラを感じました。ああいうオーラをまとっている人は、そう簡単に負けたりしませんから」

それは当たらずといえども遠からずといったところだ。華は幼い頃から祖父に盗みの技術を叩き込まれた、ある意味では達人レベルにある。しかし今は杏も一緒なのだ。それが不安で仕方がなかった。

「先輩、次の角を左折しましょう。スクールバスなので、比較的大きな通りを走ると思います」

「了解」

交差点の信号は青だった。和馬はハンドルを切って、覆面パトカーを左折させた。見える範囲で黄色いスクールバスはない。落胆を押し殺し、和馬はアクセルを踏み込んだ。

※

「停めてください。お願いします。杏が――娘が怯えています」

華がそう言っても岩永は耳を貸さなかった。スクールバスは今も走り続けている。どこに向かっているのかまったくわからない。

「お願いします。降ろしてください」

岩永は反応せず、前を向いて運転している。最悪の場合、窓から飛び下りる覚悟もできてきた。杏を抱いて飛び下りるのだ。背中から落ちれば杏だけは救うことができるだろう。

まずは外部と――できれば和馬と連絡をとりたい。まさか私がスクールバスに閉じ込められているとは思ってもいないはずだ。この状況を伝えるためにはスマートフォンが必要だ。バッグは足元に置いてある。

華は運転席の方に目を向けた。かなり頻繁に岩永はバックミラーで華の様子を注視している。彼に気づかれないようにバッグの中からスマートフォンを出さなければならない。慎重に行動しなければ――。

そのとき華は思わぬものを見た。杏がスマートフォンを手にしているではないか。この子、いつの間に――。素早さは私の血を受け継いでいるようだ。しかし今は感心している場合ではない。華は娘の手からスマートフォンをとり、それを太腿の裏に隠した。

「どこに連れていく気ですか？」

華がそう訊くと、ハンドルを握ったまま岩永が答える。

「安心してください。娘さんに危害を加えるつもりはありませんから」

娘には危害は加えないと彼は言った。裏を返せば私には危害を加えるということではないだろうか。祖父からある程度の護身術は教わっているし、男性相手でもそれなりに戦える自信はある。しかし武器でも出されたら終わりだ。拳銃やナイフを向けられたら足がすくんでしまうことだろう。いくら盗みの技術に長けているとはいえ、そのあたりは普通の女性だという自覚がある。

不意に太腿の下でスマートフォンから振動を感じた。その振動の間隔からメッセージを受信したとわかった。華はスマートフォンをずらし、画面が見える位置まで持っていく。運転手の岩永に気づかれぬよう、画面でメッセージを確認した。何と父の尊からのメッセージだった。しかも内容を読んで驚く。スクールバスにご用心、と書かれている。

心臓が高鳴った。父がどこかにいるのだ。そして私が置かれた現状を知っているということだ。華は岩永を見る。今、彼は前を向いて運転していた。華は父に向けて短いメッセージを送った。『どこ?』と送ると、それはすぐに既読になった。華は続けて『助けて』と送った。返ってきたメッセージは『いいよ』だった。

父が助けてくれる。しかしいったいどうやって? バスは走り続けている。

またメッセージを受信した。『一分後、衝撃に備えよ。杏を守れ』と書かれていた。そのメッセージを読み、シートベルトを締めた。杏にも同じようにシートベルトを装着するが、体が小さいためうまく固定できなかった。岩永がちらちらとこちらを見ているが、構っていられなかった。あと三十秒。

手に汗をかいている。華は運転席に目を向けた。父が何をするつもりかわからないが、今は彼に任せるしか方法はない。あと十五秒だ。

心の中でカウントする。あと五秒となったとき、華は隣にいる杏の上に覆い被さるような姿勢をとった。その次の瞬間、甲高い音とともに衝撃に襲われた。バスが急ブレーキをかけたのだった。華は杏の体を抱き、必死に衝撃から身を守る。やがてバスが完全に停車した。

倒れたまま薄く目を開ける。割れてしまったフロントガラスの向こう側にトラックの荷台が見えた。どうやら追突したようだ。運転席を見ると、岩永が頭を押さえていた。痛みに顔を歪めている。

「杏、大丈夫？」

華は杏に声をかけた。杏は華を見上げて、こくりとうなずいた。今にも泣き出しそうな表情だが、意識はしっかりとしているようだ。そのとき前方のドアが開き、一人の男がバスの車内に入ってくる。父の尊だ。全体的に黒っぽい服装をしているので、まるで影のようでもある。尊は運転席の岩永に摑みかかった。

岩永も必死に応戦する。腕に覚えがあるようなことを言っていただけはあり、岩永も強かった。しばらくするとその腕力にものを言わせて父を圧倒し始めた。このままだと父が負けてしまう。そう思ったときだった。ドアから母の悦子がするりと車内に入ってきた。

「ごめんあそばせ」

悦子は右手に持ったスタンガンを岩永の首筋に押し当てた。岩永がびくんと痙攣し、そのまま倒れて動かなくなる。

「悦子、邪魔をするんじゃない。今から俺が必殺の……」

「杏ちゃん、大丈夫だった？」尊を無視して、悦子がこちらに駆け寄ってくる。杏を抱き上げて頬ずりして言う。「ごめんね、杏ちゃん。怖い思いさせちゃって」

「ババ、怖くなかったよ」

「あら、杏ちゃんはやっぱり凄いね」

尊が岩永の手首に手錠をかけていた。手錠の一端はバスの座席の下に固定していた。華は立ち上がって父のもとに向かう。

「お父さん、この人はいったい……」

「悪かったな、華。お前を巻き込んでしまったようだ」

「どういうこと？　なぜ私が……」

「ここで長々と説明しているわけにはいかん」

遠くでパトカーのサイレンが鳴っている。その音は徐々にこちらに向かって近づいてくるようだ。悦子がこちらにやってきて、杏を華に渡しながら言った。

「じゃあね、華。元気で暮らすのよ」

「華、わかってるとは思うが」尊がそう前置きして言う。「警察に俺たちのことを話すんじゃないぞ。そうだな……通りすがりの知らないおじさんとおばさんが助けてくれたって言え」

「あなた、それはないでしょ。通りすがりの美男美女に助けてもらったって言いなさい、華」

「そうだ。それがいい。じゃあな、華」

二人は意気揚々とバスから降りていった。何も知らない杏は無邪気に手を振って祖父と祖母を見送っている。いったいなぜあの二人はタイミングよく現れて、私たちを助けてくれたのか。まったくわからない。

どこかで携帯電話の着信音が聞こえた。耳を澄ますと、その音は運転席近くに横たわっている岩永の周囲から聞こえてきた。華は杏を座席に座らせ、「動いちゃ駄目よ」と言いつけた。そこらじゅうにフロントガラスの破片が飛び散っている。杏を歩かせるのは危険だった。

華は岩永の方に向かって歩いた。すると通路に携帯電話が落ちていた。折り畳み式のガラケーと言われる携帯電話だ。華がそれを手にとった途端、着信音は鳴り止んだ。

岩永の携帯電話だろう。尊と格闘していたとき、何かの拍子に落ちてしまったに違いない。床に置いておこうと思ったとき、また着信音が鳴り始めた。画面を見ると、そこには『レイ』と表示されていた。電話をかけている相手の登録名だ。

一般人の私が電話に出るべきではない。しかし逆に出た方がいいのではないかという思いもあった。この運転手が何らかの悪事に手を染めていることは間違いない。今後の捜査を踏まえ、相手の声を聞いておくのもいいのではないかと思ったのだ。私は泥棒の娘だが、同時に刑事の妻でもある。

華は意を決して通話ボタンを押し、携帯電話を耳に持っていく。決してこちらからは話さず、向こうの声を聞くことが目的だ。できるだけ情報を引き出すのだ。

何も聞こえない。相手も黙っているようだ。華は息を押し殺して電話の向こう側の音に耳を澄ました。

「……岩永？」

女性の声だった。若いのか、年配なのか、声を聞いただけではわからない。しかし呼び捨てにしていることから、電話をかけてきた相手の方が岩永という運転手より立場が上だということはわかる。そういえば――。華は思い出した。さきほど岩永が饒舌に語っていたのは刑務官時代の話だった。気味が悪くて聞き流していたが、あの人という人物が話の中に登場していた。この電話をかけてきた相手こそ、あの人ではないだろうか。

「岩永？」

もう一度、電話の相手が呼びかけてきた。華は息を殺して携帯電話を耳に押し当てる。自分の心臓の音が相手に聞こえてしまうのではないか。そう思ってしまうほど緊張していた。

「もしかして、華？」

そう言われた瞬間、携帯電話を落としてしまいそうになった。なぜ私を——私の名前を知っているのだ。華は周囲の様子を窺う。どこかからこのバスの中を覗いているのか。華は近くにあった座席に座り、慌てて窓のカーテンを閉めた。

「華なのね」

電話の相手は納得したように言った。否定したいが、相手に声を聞かれたくなかった。女性が続けて言った。

「この電話に岩永が出ないってことは、計画は失敗したってことね。せっかくあなたに会えるのを楽しみにしてたのに、残念だわ」

この女性は誰なのだ。あれこれ頭に思い浮かべてみるが、心当たりはまったくない。父や母の知り合いだろうか。

「仕方ないわね。いずれ会える日を楽しみにしてるわ。じゃあね、華」

通話が切れた。いったい誰だ。なぜ私のことを知っているんだろう。深い混乱を覚え、華はしばらく呆然と座席に座っていた。やがて杏が「ママー」と呼ぶ声が聞こえ、華はふらふらと立ち上がった。

パトカーのサイレンがすぐ近くまで近づいていた。

※

酷い渋滞だった。車の流れが完全に止まっている。和馬は覆面パトカーを降りることに決めた。後続車には悪いが、今はそれを気にしている場合ではない。シートベルトを外しながら助手席の美雲に言った。

「北条さん、降りよう」

「はい、先輩」

二人同時に覆面パトカーから降りた。雨はほとんど降っていなかった。遠くからパトカーのサイレンが聞こえてくる。美雲が手配してくれたので、向島署のパトカーがバスを捜索しているのだろう。

「あ、痛っ、すみません」

美雲が通行人とぶつかっていたが、それに構っている暇はなかった。前方に人だかりができているのが見えた。和馬はそこまで一気に走り、人をかき分けて前に進む。

「すみません、通ります。どいてください」

視界が開けたところに黄色いスクールバスが停まっていた。バスの前には大型トラックが停車している。バスの前方部の損傷具合からして、バスがトラックの荷台に突っ込んだのだと理解した。周囲には土埃が立ち込めている。トラックの荷台に積んだ土砂の一部がアスファルトの上に落ちているのが見えた。

バスの前方のドアが開いていた。和馬はそこに向かって一直線に走った。用心のためにハンカチを鼻に当ててバスのステップに足をかけた。

「華っ」

そう叫びかけたとき、運転席の前に一人の男性が倒れているのが見えた。短い髪をした初老の男だ。この男が岩永だろうか。しかし不思議なことに岩永は意識を失っているようで、しかもその右手には手錠がかけられ、座席の下の金具に固定されて身動きがとれないようだった。いったい誰の仕業だろうか。俺より先に到着した警察官がいるのだろうか。

「パパっ」

杏の声だった。顔を向けると杏を抱いた華がバスの一番後ろの席に立っていた。車内にほかに人影はない。和馬は二人のもとに駆け寄った。

「大丈夫か?」

杏が手を伸ばしてきたので、和馬は華から杏の体を受けとった。二人とも怪我をしている様子はない。和馬はもう一度華に訊いた。

「華、大丈夫か?」

「うん、怪我はない」華は答えた。「杏も大丈夫だと思う。追突したときの衝撃が激しかったけど、何とかこらえたから。でも一応病院に行った方がいいかもしれない」

「それは当然だ。すぐに救急車が到着するはずだ」

怪我はなさそうだが、杏が元気そうにしているのに対し、華の顔色が優れないのが気になった。

「華、本当に大丈夫か？　顔色悪いぞ」

「本当に大丈夫だから」

「何があったんだ？　誰が助けに来てくれたんだ？」

「……お父さんとお母さん」

消え入るような声で華は言う。そういうことかと和馬は納得した。あの二人ならこのくらいのことはやってのけるに違いない。トラックに追突させてバスを停めるという荒っぽい手法は、あの二人だからこそ生まれる発想だ。

「追突して気を失ったことにするから。私は何も憶えていないって警察には言おうと思ってる」

「わ、わかった。それでいこう」

外の様子が騒がしくなってきた。向島署のパトカー、それから救急車が到着したらしい。バスとトラックは完全に道路を塞ぐ形で停まっており、交通網を麻痺させてしまっている。

「先輩、中の様子はどうですか？」

その声とともに美雲がバスに乗り込んできた。和馬は華に目配せをした。華の両親――尊と悦子については他言無用だという合図だ。華は目配せの意味を理解したようで、こくりとうなずいた。美雲が倒れている岩永に警戒した視線を送りながら、通路をこちらに向かって歩いてくる。

「あ、華さん。大丈夫でしたか？　怪我はありませんか」

二人は顔見知りだ。バスジャックを通じて面識ができたらしい。北条美雲は若くて非の打ちどころのない美人だが、そんな後輩とコンビを組んでいることを華には告げていなかった。華の目に彼女がどう映るのか。多少気を揉んでいたのだが、華はあまり気にしない性質らしく、むしろ美雲と打ち解けた様子だった。

「うん、大丈夫よ。心配かけてごめんね」

「とにかくバスから出ましょう。病院に行かないと。先輩、外で事情を聞いて回ったんですけど、現場から立ち去る二人組が目撃されているようです。黒っぽい服を着ていたって証言もあります。これ、その二人組の仕業ですよね。何者なんでしょうか」

美雲が首を捻って岩永と思われる男を見ていた。すでに核心を突く目撃証言を得てしまっているのはさすがとしか言いようがない。和馬は適当にはぐらかした。

「華は何も憶えていないらしい。追突の瞬間、激しい衝撃で一時的に気を失っていたらしいんだ。外傷はないみたいだけど」

「それはいけません。精密検査を受けないと。華さん、すぐに病院に行きましょう」

「やだあ、病院行きたくないよお」

ごねる杏に対して美雲が言う。

「杏ちゃん、大丈夫だよ。救急車乗れるんだよ。滅多に乗れないんだからね」

「救急車じゃなくて新幹線に乗りたい」

「杏、わがまま言わないの」

三人があれこれ言いながらバスから降りていくのを見送った。それから和馬はもう一度運転席の方に向かい、倒れている岩永吉剛の様子を再度観察した。

口から涎を流しており、完全に気を失っていることがわかる。かなりこっぴどくやられたらしい。鈍器で殴られたか、ことによるとスタンガンでも使ったのかもしれない。いずれにしても目を覚ましたら厳しい取り調べが待っていることだろう。

通路に携帯電話が落ちていた。折り畳み式の黒い携帯電話だった。岩永のものだろうか。貴重な証拠品なので手荒に扱うことはできない。ハンカチを使って携帯電話を拾い上げ、座席の網の中にあったビニール袋の中にそれを入れた。ビニール越しにボタンを操作して使用履歴を確認すると、数分前に『レイ』という登録名の者との通話履歴が残っていた。

レイ。状況から考えて岩永礼子のことだろう。彼女を仮釈放させるため、岩永は数々の犯罪を犯したのだ。試しにリダイヤルで電話をかけてみる。

携帯電話を耳に当てる。どれだけ待っても繋がることはなかった。

和馬が向島署を出たのは深夜一時過ぎのことだった。北条美雲も一緒だった。何度も事情聴取を受け、警視庁と向島署を行き来する羽目になった。岩永吉剛がスクールバスの車内で襲われた事件だけではなく、府中市の警察大学校の駐車場で刑事部長の公用車が爆破された事件もあり、今日は——日付が変わって昨日だが、大忙しの一日だった。

「北条さん、ビールでも付き合ってくれないか?」

美雲にそう言うと、彼女が訊いてきた。

「杏ちゃんたちは大丈夫なんですか?」

「さっきメールが来た。華も杏も異常はなかったらしい。もう寝てるよ、二人とも」

「わかりました。お付き合いしますよ。どうせ寮に帰っても寝るだけなんで」

バーに入った。カウンターとテーブル席が一卓だけの小さな店だった。テーブル席が空いていたので、そこに座る。ビールとポテトフライを注文した。運ばれてきたビールで乾杯する。

「とりあえず乾杯。あとは検証作業だね。どこまで事件が解明されるのか。そこが焦点になってくると思う」

「そうですね。間宮礼子の行方が気になります。捕まえられればいいんですけど」

岩永吉剛は公用車爆破の容疑で逮捕され、その後余罪を追及されることになるはずだ。すでに岩永が住んでいたウィークリーマンションも特定され、その内部の捜索もおこなわれたようだが、そこには間宮礼子はいなかったという。今後も彼女の捜索は続いていくことだろう。

「岸間大臣はお咎めなしってことですか？」

美雲に訊かれ、和馬は答えた。

「多分な。現職の法務大臣が裏取引に応じたなんて国民に知られたらえらいことになる。おそらくこのままうやむやになるんじゃないかな」

「ふーん、国家権力って凄いですね」

一連の犯行は岩永吉剛が妻である岩永礼子を出所させるために仕組んだ大掛かりな事件だ。あとは三十年前に岩永礼子を取り調べた元検事、彼女を逮捕した警察官への復讐劇という側面もある。

「さっき府中署の担当者に話を聞いたんだけど、岩永は公用車爆破については大筋で罪を認めているらしい。明日中にも警視庁に移送されるんじゃないかな」

「難しい取り調べになりそうですね」

「まあね」

現在、岩永の身柄は府中警察署にある。明日には警視庁に移送されて別の事件への関与を含めた取り調べが始まるだろうが、そこで岸間大臣との取引をぺらぺら喋らせてしまうわけにもいかない。そのあたりの匙加減は難しいものになるだろう。

「先輩、二杯目は何にします？」

すでに手元のビールは空になっていた。ちょうどポテトフライが運ばれてきたので、同じビールを注文した。美雲は何やらカクテルを頼んでいた。彼女は酒に強そうで、顔にはまったく出ていない。

「北条さん、今回の事件、どう思う？　名探偵北条宗太郎の娘としての意見を聞きたい」

「そうですね」美雲があごに手を置いてから言った。「気になることが三つあります。まだ解かれていない謎、とでも言った方がいいでしょうか。一つ目は現場に残された謎の文字です。先輩、憶えてますか？」

「憶えてるさ。Lの文字だろ」

法務省の官僚、島崎享と元検事、柳沢友則がそれぞれ自宅で殺害された事件だ。いずれの事件も岩永が関与していると思われるが、どちらの現場にもアルファベットのLの文字が残されていた。島崎殺害の現場ではパソコンの文書作成ソフトの中に、柳沢殺害の現場では被害者のスマートフォンのメール機能の中にLの文字が残っていたという。

「どちらも偶然ではないと思います。岩永の妻、礼子のイニシャルかなとも思ったんですが、そうなるとRになると思うんですよ」

「岩永が勘違いしてたかもしれないぜ。礼子の頭文字はRじゃなくてLだってね」

「まあその可能性もありますけどね」

実は和馬には疑念がある。Lというイニシャルから連想できるのは、華の実家である三雲家だ。彼らはLの一族と言われ、犯罪社会では有名な泥棒一家だった。まさか関係あるまいと思っていたが、今日華と杏を救出したのが三雲尊、悦子夫妻と知り、もしかしてこの事件の背後には彼ら三雲家も何らかの形で関与しているのではないかという疑念を覚えた。しかしこれは誰に話すわけにもいかず、胸の内に留めておくつもりだった。三雲家の正体を世間に晒すことは絶対にできない。

「なるほど。二つ目は？」

「はい、二つ目の疑問は岩永礼子という女性です」

そのタイミングでドリンクが運ばれてきた。和馬はポテトフライを食べ、二杯目のビールを飲む。美雲は薄い青色をしたカクテルを一口飲んでから続けた。

「彼女はどんな人物なのか。それがまったくわからないのが奇妙です。岩永という男を狂わせてしまったのは間違いなく彼女です。しかも仮釈放後、その姿を見た者はいません。このまま捕まらないんじゃないかって、そんな気もするんです」

わかるような気がした。一人の刑務官が自分の人生を賭してまで出所させようとした女だ。プロフィールもあるし、顔写真もあるのだが、どこか不気味な存在だった。

「最後の一つ、これは少し先輩にも関係しているんですけど、今日の事件です。なぜ岩永の運転していたバスに華さんと杏ちゃんが同乗していたか。それが三つ目の謎です」

「俺も考えたんだけど」和馬は率直に言った。「周りの保育士の話によると、傘を忘れた華たちを送っていったって話だ。もしかすると岩永という男に他意はなかったのかもしれない。純粋に困っていた二人を送っていっただけじゃないかな」

「でも走っている場所がおかしいです。先輩のマンションとは全然別方向を走っていたわけですから」

「なるほど。それもそうだ」

華が杏を迎えにいき、傘を忘れて困っていたのは間違いないだろう。そこを通りかかった岩永がバスで送ることを提案し、華はその言葉に甘えてバスに乗り込んだ。問題はそこから先だ。いったいバスの中で何があったのか。

「まあ今夜は遅いし、明日から本格的な事情聴取が始まる。いろいろわかってくるだろ」

「先輩、結構楽天家なんですね」

「よく華にも言われるよ。北条さんはさすが平成のホームズの娘さんだけのことはあるね。もう一人前の刑事だよ。俺が捜査一課に配属されたときなんて……」

「あ。いけない」

美雲は手が滑ったのか、テーブルの上でグラスを引っくり返している。幸いグラスは割れていないが、中に入っていたカクテルが零(こぼ)れてしまい、美雲の膝の上に滴り落ちていた。それを見て和馬は苦笑する。本当にこの子、これじゃ毎日ズボンを洗わないといけないだろうな。

追加のおしぼりをもらうため、和馬は店員に向かって手を上げた。

※

今日は久し振りの休日だった。近くのパン屋で昼食を買うため、美雲は寮の近くの歩道を歩いていた。すると背後から声をかけられた。

「お嬢、お昼ご飯の買い出しですかな」

「あ、猿彦。ちょうどよかったわ。これからパン屋に行くの。一緒にどう?」

「ご一緒させていただきます」

猿彦と並んで歩き始める。天気がよくて気持ちがいい。猿彦が来たのだし、店内でパンを食べるのもいいかもしれない。

「それでお嬢、例の事件の方は進展がありましたか?」

岩永吉剛による一連の事件だ。彼が逮捕されて三日が経過したが、それほど大きく進展したとは言い難い。岩永が認めているのは警察大学校での公用車爆破くらいで、あとの事件への関与は否認している。妻である岩永礼子の所在も不明なままだ。

しかし進展がないわけでもない。法務省の官僚、島崎享が殺害された現場から犯人のものと思われる靴あとが採取されていたのだが、それが岩永のものであるという分析結果が出たらしい。島崎殺害に関しては彼の犯行である可能性が俄然高まっていた。

そういったことを説明すると、猿彦はうなずいた。

「なるほど。今、お嬢はどんな事件を?」

「一昨日ね、渋谷で資産家夫婦が殺害されたの。その事件を捜査しているのよ」

実は昨日、渋谷署に捜査本部が立ち上がったばかりだ。今日も捜査をしたいところだったが、班長の松永から休むように命令された。岩永の事件で連日のように遅くまで捜査をしていたので、今日は一日休むようにと直接言われてしまったのだ。和馬も同じく休んでいるはずだ。

「その渋谷の事件ですが、犯人の目星はついているんですか？」

「ええ。息子が行方不明なの。彼が犯人だというのが捜査本部の考えね。私もそう思ってる」

パン屋に到着した。昼前なので店内は結構混んでいる。猿彦がいるのでたくさん買った。余った分は部屋に持ち帰ればいいのだ。店内で食べることもでき、テーブル席が空いていたので猿彦と一緒に座った。客のほとんどは近所の主婦といった感じで、若い女性と老人という組み合わせは珍しかったが、そんなのは慣れているので周囲の視線など気にならない。美雲はカフェオレを、猿彦はコーヒーを注文し、買ったばかりのパンを食べ始めた。

「お嬢、行方不明の息子ですが、私の方でも少し探ってみてもよろしいですか？」

「ええ、お願い」

やはり焼き立てのパンは美味しい。しばらくパンを食べることに専念した。猿彦も満足げな表情でパンを食べている。

刑事になって驚いたのは食事のスピードだ。ものの数分で平らげてしまうのだ。落ち着いて食事を楽しむという概念がないようで、とにかく食事というのは早く済ませてなんぼというのが刑事の世界だった。大抵が立ち食いそば、運がよければラーメン屋といった具合の昼事情だ。優雅にパンを食べるなんてことは絶対にない。

「ところで猿彦、私に何の用なの？」

猿彦が食べかけのパンを置いた。今日はお見合い写真は持っていないようだ。猿彦は懐に手を入れ、何やら紙包みをとり出した。それを美雲の手元に置いて言う。

「奥様からです」

「お母さんから？　中身は何？」

「貴船神社のおみくじらしいです」

「まったくお母さんってば……」

京都市内にある貴船神社は日本三大縁結びの一社と言われており、古来から縁結びにご利益がある神社と言われて信仰を集めていた。しかし貴船神社に祀られているのは水をつかさどる龍の神であり、恋愛の神様ではない。境内の一角にある結社という社こそ、平安時代には歌人の和泉式部が参詣したという言い伝えもある、縁結びの社であるのだ。京都で育った美雲はそのくらいのことは当然知っている。

「でも猿彦、こういうおみくじって自分で買わないといけないんじゃないの」

「さあ、どうでしょうか。買った人ではなく、開けた人のものという考え方もできますね。奥様も中身は見ていないとおっしゃっていました」

心惹かれるのは事実であり、美雲は思わず包みを開いていた。中にはおみくじが入っていて、まだ封を切っていないことがわかった。封を破り、美雲はおみくじを見る。

大吉だった。自分で買ったわけでもないのにテンションが上がるのが不思議だった。下の欄の各項目も軒並み高評価で、願望は「思うがままに叶う」、失せ物は「見つかる」などとなっている。待ち人に関しては「近々必ず来る」とあり、恋愛は「愛しぬくこと」とあった。大吉は嬉しいが、これは少し気恥ずかしい。

「お嬢、どうされました？」

猿彦に訊かれ、美雲はおみくじを折り畳み、包みの中に戻してから言った。

「何でもないわ。猿彦、このアップルパイ、よかったら半分ずつ食べない？」

「ええ、構いませんが」

美雲はアップルパイを手にとった。それを半分にしながらおみくじの内容を頭から振り払った。私は刑事だ。明日からは呑気にアップルパイなど食べていられないのだ。聞き込みと立ち食いそばの日々が私を待っている。

※

華が仕事を終えると和馬からメールが入っていた。今日和馬は急遽休むことになったため、彼が保育園に杏を迎えにいってくれるようだった。

勤務先の書店から出たところに、一台の派手なスポーツカーが停まっていた。その運転席に乗っている男を見て、華は小さく溜め息をつく。そろそろ来る頃だと思っていた。華がスポーツカーに向かって近づくと、助手席のドアが開いた。運転席に座る父の尊が言う。

「乗れ。送っていくぞ」

華は助手席に座って父に言った。

「私たち、もう無関係じゃなかったっけ？」

「今日は特別だ」

スポーツカーが発進した。おそらくこの車は借り物だろう。その証拠に車内は少し煙草の匂いがする。尊は葉巻は吸うが、煙草は一切やらない人だ。

「助けてくれてありがとう。杏も無事だったわ」

「そいつは何よりだ」

三日前のことだ。保育園のスクールバスに乗り、岩永という男に連れ回された。警察には車内で起きたことはほぼ正確に語ったが、話していない点が二つだけあった。救出してくれたのが両親であったことと、岩永の携帯電話で見知らぬ女性に話しかけられたことだ。岩永の携帯電話にかけてきた女性は、私のことを知っていた。あの女性は果たして誰だったのか。この三日間ずっと考えてきたが、心当たりはまったくなかった。

「お父さん、レイって誰なの？」

華はそう訊いたが、尊は無言だった。やがてスポーツカーが減速し、立体駐車場に入っていった。隣接するホームセンターの駐車場らしい。空いているスペースに車を停め、尊が重い口を開いた。

「お前はもう三雲家の人間じゃない。桜庭家の人間だ。だからそんなことは知らなくてもいいことなんだ」

「そういうわけにいかないわ。三日前にバスの中で、岩永って運転手の携帯に電話がかかってきた。女の人だった。その人、私のことを知ってた。私の名前をはっきりと呼んだんだもん」

尊が大きく息を吐く。その顔つきは沈痛なものだった。こういう父の表情を見るのは初めてかもしれない。

「実はな、華。俺には三つ年上の姉がいる」

「嘘、そんな話は一度も……」

「いいから聞け。俺には本当に姉がいるんだ」尊が遠くを見るような目で話し出す。

「俺の姉貴はたいした女だった。親父は俺のことなんて相手にしないで、姉貴ばかり可愛がっていた。俺も半分納得してたよ。姉貴に才能があるのはわかっていたからな」

三雲家の長い歴史の中でも最高の才能。尊の姉はそう評されていたらしい。容姿端麗、頭脳明晰、沈着冷静。泥棒に必要な素質はすべて持っていた。当主、三雲巌も彼女の才能に惚れ込んだ。

「姉貴は十二歳のとき、単身アメリカに渡った。十二歳だぞ。しかも無一文で。盗みを繰り返しながら語学を学んだり各地を観光して回ったらしい。五年後にはファーストクラスで帰国した。そのくらい肝が据わった女だった」

しかし彼女はどこで間違ったのか、ほかの三雲家の人間とは決定的に違っている点があった。それは犯罪に対する考え方だ。目的を達するためにはどんな手段を選んでも構わない。それが彼女の犯罪に対するアプローチだった。

「帰国後、姉貴はアメリカ時代に培った人脈を使って違法ドラッグの密売を始めた。それだけで三雲家の流儀に反するが、親父は黙認するしかなかった。可愛い我が子のすることだからな。姉貴が始めたドラッグビジネスはすぐに軌道に乗ったが、それを面白く思わないのが食い場を荒らされた連中だ」

非合法の組織のことだろう。当然、抗争に発展した。そこでも彼女は抜群の行動力を発揮する。先手必勝と言わんばかりに組織のリーダー宅に侵入し、男を殺害した。

「目的のためなら人を殺すことも厭わない。それが姉貴の考え方だった。お前も知っての通り、三雲家では殺人がご法度とされている。この一件がきっかけになって、親父は姉貴を勘当した。遅かったくらいだ。ドラッグに手を出したときに手を切るべきだったと親父は今でも後悔しているらしい」

黒歴史、とでも言えばいいのだろうか。三雲家にそんな歴史があったことなど今まで知らなかったし、にわかに信じられる話でもなかった。華は呆然としながら尊に訊いた。

「その人、今はどうしてるの？」

「実は三十年前、姉貴も焼きが回ったのか、警察に捕まった。逃走中に警察官を撃っちまったらしく、無期懲役の刑を食らって栃木刑務所に入っていた。もう出てくることはあるまい。そう安心していた俺たちが馬鹿だった。今年で服役して三十年になって仮釈放の権利を得たようでな、今はもう自由の身になったらしい。華、お前が巻き込まれたバスジャックも、実は姉貴が関与しているようだ。あの一件も姉貴がシャバに出るための伏線だったんだ」

「じゃあ、あの岩永って人も……」

「そういうことだ。あの男は元刑務官だ。刑務所で姉と接するうちにすっかり洗脳されちまったんだろうな。姉貴ならそのぐらい朝飯前だ」

バスを運転しながら話している岩永の姿は今もはっきりと憶えている。洗脳と言われると妙に納得できる部分があった。それほどまでにあの運転手は狂気に満ちていたからだ。

「姉貴の名前は岩永礼子、三十年前に捕まった当時は間宮礼子という名前だったが、それは姉貴が買った戸籍の名前だ。本名は三雲玲。華、お前にとっちゃ伯母に当たる女だ」

「三雲……玲……」

実感が湧かない。幼い頃から泥棒一家で育ち、家族たちのハチャメチャな言動に振り回されてきた。そのお陰もあってか多少のことでは物怖じしない自信はあるのだが、実は伯母がいた——しかも躊躇なく人を殺せるほどの犯罪者が身内にいたという事実に、華はただただ驚くことしかできなかった。

「お前には話したくなかったんだがな」尊が続けて言う。「気紛れな女だ。しかも天才犯罪者ときてる。お前をなぜ連れ去ろうとしたのか、それも謎だ。お前があのバスに乗っていたのも偶然じゃないだろう。姉貴にとっちゃお前は姪だからな」

あのとき電話で話した彼女の声は憶えている。優しい声だった。

「そもそも姉貴の力があれば、もっと簡単にムショから出られるはずなんだ。それをわざわざお前が乗っているバスを巻き込んだ。姉貴にとって犯罪というのは遊びに近い感覚なのかもしれん。今後も何かちょっかい出してくる可能性もある。俺も全力を尽くして家族を守るつもりだが、一応和馬君には伝えておいてくれ」

思い出したことがあった。あれは先週、月島にある祖父母の家を訪ねたときのことだ。和室で色褪せてしまった古い絵本を見つけた。あの絵本の裏側には平仮名で『れい』と記されていた。今思えばあれは伯母である三雲玲の絵本ではなかったのか。

「お前には迷惑かけたな。しばらくは俺たちも静かに暮らしていくつもりだ。お前も和馬君と杏ちゃんの三人で仲よく暮らしていくんだぞ、華」

先日、突然尊は和馬の実家を訪れ、今後は桜庭家とは一切関係を持たないという絶縁宣言をおこなった。もしかしてそれも三雲玲という受刑者の出所に関係しているのではないか。いや、きっとそうに違いない。火の粉が降りかかる可能性を考慮し、あらかじめ身を引こうという考えだったのだ。

「お父さん、まさか……」

尊がエンジンをかけ、車を発進させた。甲高い音を立て、スポーツカーはスロープを下っていく。尊の顔はいつになく真剣なもので、華はそれ以上話しかけることはできなかった。

※

「猿彦、それはたしかな情報なのね」

もう一度念を押すと、電話の向こうで猿彦が答えた。

「ええ、間違いありません。こいつはたしかな情報です。これを生かすも殺すもお嬢次第ってところですね」

「ありがとう。感謝するわ」

美雲は通話を切った。和馬の姿を探す。スマートフォン片手に捜査本部の置かれている渋谷署の会議室に駆け込んだ。和馬は会議室の一角に置かれたホワイトボードの前に立っていた。ボードには現場周辺の住宅地図が貼られており、ほかの捜査員と意見交換をしているようだった。

真っ直ぐ和馬のもとに向かう。「先輩」と呼びかけてから、振り向いた和馬に向かって言った。

「行方不明になっている息子ですが、最近懇意にしているホステスがいたようです。

中野駅近くのキャバクラに勤務している二十二歳の女性で、彼女の住まいは高円寺にあります」

渋谷区広尾で資産家夫妻が殺された事件だ。行方のわからない一人息子の犯行だと目されており、捜査員たちが息子の行方を探していた。事件が発生して五日が経つが、その行方はまったくわからなかった。

「彼女の住所も入手しました。調べてみる価値はあるかと思います」

「懇意にしていたホステスか。初耳だな。ていうか北条さん、よく調べたね」

「ある筋からの情報提供です」

「例の情報屋かい？　凄いね、その人。一度会ってみたいもんだよ」

そう言いながら和馬は歩き始めた。美雲もその隣を並んで歩く。会議室にいる捜査員がこちらをちらちらと見ているのがわかる。捜査一課に警察学校を出たばかりの女性刑事がいるというのは、ここ渋谷署でも話題になっているらしい。

渋谷署の建物から出た。渋谷駅が目と鼻の先にあり、多くの通行人が行き交っている。渋谷という土地柄か、若い男女が圧倒的に多い。そんな中、一人の男性がこちらに向かって近づいてきた。黒いジャケットを着た三十代くらいの男性だ。華奢な感じで、中性的な顔立ちをしている。

「和馬君」

男性は和馬のもとに歩み寄ってきた。和馬も男性に気づき、「どうも」と手を上げて彼を出迎えた。どうやら二人は知り合いのようだ。

「急にごめん」男性が頭を下げた。シャイな性格らしく、目をキョロキョロとさせている。あまり人と視線を合わせようとはしないタイプらしい。「こっちにいるって聞いたから。仕事中に邪魔だったかな」

「大丈夫ですよ。それより何か用ですか？」

「うん、実はね……」

美雲は異変を覚えていた。心臓が音を立てている。目に映るものが、この世界が光り輝いて見える。私、どうしてしまったんだろう。まさか、これって――。

「杏ちゃんの誕生日、忘れちゃってね。これ、杏ちゃんに渡して」

男性が手に持っていた紙袋を差し出した。和馬はそれを恐縮したように受けとる。

「すみません。気を遣わせてしまって」

パパパーン。頭の中で華やかなパイプオルガンの音色が流れ始めていた。メンデルスゾーンの劇中歌『夏の夜の夢』の一曲だ。俗に結婚行進曲と呼ばれている、あの曲だ。

会えばわかる。ずっとそう思っていた。自分の観察力と直感力があれば、必ず最初に会ったときに自分と結婚する相手を見抜ける自信があった。そして今、美雲は確信していた。間違いない、この人が私の相手だ。私はこの人と結婚することになるはずだ。

貴船神社のおみくじを思い出す。大吉のおみくじには待ち人は「近々必ず来る」と書かれていた。本当に来たのだ。私の待ち人が、遂に今日――。

「じゃあね、和馬君」

「ありがとうございました」

男性が去っていく。彼は終始うつむき加減だったので、美雲と視線が合うこともなかった。照れ屋さんなのだろう。渋谷の雑踏に紛れていく男性の背中を目で追いながら、美雲は和馬に訊いた。

「先輩、今の方、誰ですか？」

「えっ、今の人？　彼はね、わ、わ……」

「わ？」

「あ、いや違う。け、ケビンだ。彼はケビン田中(たなか)っていうんだよ」

「ケビンさんですか？　ハーフには見えませんでしたけど」

ケビンの背中はすでに見えなくなっていた。しかし美雲には確信があった。そのうちまた顔を合わせることになるだろう。何しろ彼は私の運命の相手なのだから。

超一流の刑事になる道のりは始まったばかりだ。そのためにどんどん事件を解決しなければならない。そして今日、生涯の伴侶となる男性と出会えた。今日という日を私は一生忘れないだろう。

「北条さん、何してるんだ。置いていくぞ」

気がつくと路上にとり残されていた。美雲は我に返り、和馬を追って歩き始めたのだが、すぐに前から歩いてきた通行人にぶつかってしまう。

「痛っ。あ、すみません」

美雲はぺこりと頭を下げてから、先輩刑事を追って軽やかに歩き出した。

本書は文庫書下ろし作品です。

|著者| 横関 大　1975年、静岡県生まれ。武蔵大学人文学部卒業。2010年『再会』で第56回江戸川乱歩賞を受賞しデビュー。著作として、フジテレビ系連続ドラマ「ルパンの娘」原作の『ルパンの娘』『ホームズの娘』『ルパンの星』、TBS系連続ドラマ「キワドい2人」原作の『K2　池袋署刑事課　神崎・黒木』をはじめ、『グッバイ・ヒーロー』『チェインギャングは忘れない』『沈黙のエール』『スマイルメイカー』(以上、講談社文庫)、『炎上チャンピオン』『ピエロがいる街』『仮面の君に告ぐ』『誘拐屋のエチケット』『帰ってきたK2　池袋署刑事課　神崎・黒木』(以上、講談社)、『偽りのシスター』(幻冬舎文庫)、『マシュマロ・ナイン』(角川文庫)、『いのちの人形』(KADOKAWA)、『彼女たちの犯罪』(幻冬舎)、『アカツキのGメン』(双葉文庫) がある。

ルパンの帰還(きかん)
横関 大(よこぜき だい)

2019年7月12日第1刷発行
2020年9月29日第6刷発行

発行者──渡瀬昌彦
発行所──株式会社 講談社
東京都文京区音羽2-12-21　〒112-8001
電話 出版 (03) 5395-3510
販売 (03) 5395-5817
業務 (03) 5395-3615
Printed in Japan

講談社文庫
定価はカバーに
表示してあります

デザイン──菊地信義
本文データ制作──講談社デジタル製作
印刷───中央精版印刷株式会社
製本───中央精版印刷株式会社

ISBN978-4-06-516538-6

講談社文庫刊行の辞

二十一世紀の到来を目睫に望みながら、われわれはいま、人類史上かつて例を見ない巨大な転換期をむかえようとしている。

世界も、日本も、激動の予兆に対する期待とおののきを内に蔵して、未知の時代に歩み入ろうとしている。このときにあたり、創業の人野間清治の「ナショナル・エデュケイター」への志を現代に甦らせようと意図して、われわれはここに古今の文芸作品はいうまでもなく、ひろく人文・社会・自然の諸科学から東西の名著を網羅する、新しい綜合文庫の発刊を決意した。

激動の転換期はまた断絶の時代である。われわれは戦後二十五年間の出版文化のありかたへの深い反省をこめて、この断絶の時代にあえて人間的な持続を求めようとする。いたずらに浮薄な商業主義のあだ花を追い求めることなく、長期にわたって良書に生命をあたえようとつとめるところにしか、今後の出版文化の真の繁栄はあり得ないと信じるからである。

同時にわれわれはこの綜合文庫の刊行を通じて、人文・社会・自然の諸科学が、結局人間の学にほかならないことを立証しようと願っている。かつて知識とは、「汝自身を知る」ことにつきていた。現代社会の瑣末な情報の氾濫のなかから、力強い知識の源泉を掘り起し、技術文明のただなかに、生きた人間の姿を復活させること。それこそわれわれの切なる希求である。

われわれは権威に盲従せず、俗流に媚びることなく、渾然一体となって日本の「草の根」をかたちづくる若く新しい世代の人々に、心をこめてこの新しい綜合文庫をおくり届けたい。それは知識の泉であるとともに感受性のふるさとであり、もっとも有機的に組織され、社会に開かれた万人のための大学をめざしている。大方の支援と協力を衷心より切望してやまない。

一九七一年七月

野間省一

西尾維新　新本格魔法少女りすか
西尾維新　新本格魔法少女りすか2
西尾維新　人類最強の初恋
西村賢太　どうで死ぬ身の一踊り
西村賢太　夢魔去りぬ
西村賢太　藤澤清造追影
仁木英之　真田を云て、毛利を云わず〈大坂将星伝〉(上)(下)
仁木英之　まほろばの王たち
西川善文　ザ・ラストバンカー〈西川善文回顧録〉
西川　司　向日葵のかっちゃん
西村雄一郎　殉愛〈原節子と小津安二郎〉
西　加奈子　舞台
貫井徳郎　新装版 修羅の終わり(上)(下)
貫井徳郎　妖奇切断譜
貫井徳郎　被害者は誰？
A・ネルソン　「ネルソンさん、あなたは人を殺しましたか？」
法月綸太郎　雪密室
法月綸太郎　誰彼
法月綸太郎　法月綸太郎の冒険

法月綸太郎　新装版 密閉教室
法月綸太郎　怪盗グリフィン、絶体絶命
法月綸太郎　怪盗グリフィン対ラトウィッジ機関
法月綸太郎　キングを探せ
法月綸太郎　名探偵傑作短篇集 法月綸太郎篇
法月綸太郎　新装版 頼子のために
乃南アサ　不発弾
乃南アサ　地のはてから(上)(下)
乃南アサ　新装版 鍵
乃南アサ　新装版 窓
野沢　尚　破線のマリス
野沢　尚　深紅
能町みね子　能スポ〈能町みね子のときめきデートスポット〉、略して
能町みね子　能サポ〈能町みね子のときめきサッカーうどんサポーター〉、略して
野口　卓　一九戯作旅
橋本　治　九十八歳になった私
原田泰治　わたしの信州
原田泰治・原田武雄　泰治が歩く〈原田泰治の物語〉
林　真理子　幕はおりたのだろうか

林　真理子　女のことわざ辞典
林　真理子　さくら、さくら〈おとなが恋して〉
林　真理子　みんなの秘密
林　真理子　ミスキャスト
林　真理子　ミルキー
林　真理子　新装版 星に願いを
林　真理子　野心と美貌〈中年心得帳〉
林　真理子　正妻〈慶喜と美賀子〉(上)(下)
林　真理子　大原御幸〈帯に生きた家族の物語〉
林　真理子・見城　徹　過剰な二人
原田宗典　スメル男
帚木蓬生　アフリカの蹄
帚木蓬生　日御子(上)(下)
帚木蓬生　襲来(上)(下)
坂東眞砂子　欲情
花村萬月　信長私記
花村萬月　續信長私記
畑村洋太郎　失敗学のすすめ
畑村洋太郎　失敗学実践講義〈文庫増補版〉

講談社文庫　目録

はやみねかおる　そして五人がいなくなる〈名探偵夢水清志郎事件ノート〉
はやみねかおる　都会のトム&ソーヤ(1)
はやみねかおる　都会のトム&ソーヤ(3)〈いつになったら作戦終了?〉
はやみねかおる　都会のトム&ソーヤ(4)〈四重奏〉
はやみねかおる　都会のトム&ソーヤ(5)〈IN 塀戸〉(上)(下)
はやみねかおる　都会のトム&ソーヤ(6)〈ぼくの家へおいで〉
はやみねかおる　都会のトム&ソーヤ(7)〈怪人は夢に舞う〈理論編〉〉
はやみねかおる　都会のトム&ソーヤ(8)〈怪人は夢に舞う〈実践編〉〉
はやみねかおる　都会のトム&ソーヤ(9)〈前夜祭 内人side〉
はやみねかおる　都会のトム&ソーヤ(10)〈前夜祭 創也side〉
勇嶺　薫　赤い夢の迷宮
服部真澄　クラウド・ナイン
初野　晴　向こう側の遊園
原　武史　滝山コミューン一九七四
濱　嘉之　警視庁情報官〈シークレット・オフィサー〉
濱　嘉之　警視庁情報官　ハニートラップ
濱　嘉之　警視庁情報官　トリックスター
濱　嘉之　警視庁情報官　ブラックドナー
濱　嘉之　警視庁情報官　サイバージハード
濱　嘉之　警視庁情報官　ゴーストマネー
濱　嘉之　警視庁情報官　ノースブリザード
濱　嘉之　鬼手〈世田谷駐在刑事・小林健〉
濱　嘉之　電子の標的〈警視庁特別捜査官・藤江康央〉
濱　嘉之　列島融解
濱　嘉之　オメガ　警察庁諜報課
濱　嘉之　オメガ　対中工作
濱　嘉之　ヒトイチ　警視庁人事一課監察係
濱　嘉之　ヒトイチ　画像解析〈警視庁人事一課監察係〉
濱　嘉之　ヒトイチ　内部告発〈警視庁人事一課監察係〉
濱　嘉之　カルマ真仙教事件(上)(中)(下)
濱　嘉之　新装版　院内刑事
濱　嘉之　新装版　院内刑事〈ブラック・メディスン〉
濱　嘉之　院内刑事〈フェイク・レセプト〉
馳　星周　ラフ・アンド・タフ
早見　俊　上方与力江戸暦
畠中　恵　アイスクリン強し
畠中　恵　若様組まいる
畠中　恵　若様とロマン
葉室　麟　風渡る
葉室　麟　風の軍師〈黒田官兵衛〉
葉室　麟　星火瞬く
葉室　麟　陽炎の門
葉室　麟　紫匂う
葉室　麟　山月庵茶会記
葉室　麟　津軽双花
長谷川　卓　嶽神〈上・白銀渡り〉〈下・湖底の黄金〉
長谷川　卓　嶽神伝　無坂(上)(下)
長谷川　卓　嶽神伝　孤猿(上)(下)
長谷川　卓　嶽神伝　鬼哭(上)(下)
長谷川　卓　嶽神列伝　逆渡り
長谷川　卓　嶽神伝　血路
長谷川　卓　嶽神伝　死地
長谷川　卓　嶽神伝　風花(上)(下)
幡　大介　股旅探偵　上州呪い村
原田マハ　夏を喪くす
原田マハ　風のマジム
原田マハ　あなたは、誰かの大切な人

羽田圭介「ワタクシハ」
羽田圭介 コンテクスト・オブ・ザ・デッド
花房観音 女坂
花房観音 指人形
花房観音 恋塚
畑野智美 海の見える街
畑野智美 南部芸能事務所
畑野智美 南部芸能事務所 season2 メリーランド
畑野智美 南部芸能事務所 season3 春の嵐
畑野智美 南部芸能事務所 season4 オーディション
畑野智美 南部芸能事務所 season5 コンビ
早見和真 東京ドーン
はあちゅう 半径5メートルの野望
はあちゅう 通りすがりのあなた
早坂 吝 ○○○○○○○○殺人事件
早坂 吝 虹の歯ブラシ〈上木らいち発散〉
早坂 吝 誰も僕を裁けない
早坂 吝 双蛇密室
浜口倫太郎 22年目の告白〈―私が殺人犯です―〉

浜口倫太郎 廃校先生
浜口倫太郎 シンマイ！
浜口倫太郎 AI崩壊
原田伊織 明治維新という過ち〈日本を滅ぼした吉田松陰と長州テロリスト〉
原田伊織 列強の侵略を防いだ幕臣たち〈続・明治維新という過ち〉
原田伊織 虚像の西郷隆盛 虚構の明治150年〈明治維新という過ち・完結編〉
原田伊織 三流の維新 一流の江戸〈明治は「徳川近代」の模倣に過ぎない〉
萩原はるな 50回目のファーストキス
葉真中顕 ブラック・ドッグ
平岩弓枝 花嫁の日
平岩弓枝 花祭
平岩弓枝 青の伝説
平岩弓枝 はやぶさ新八御用旅(一)〈東海道五十三次〉
平岩弓枝 はやぶさ新八御用旅(二)〈中仙道六十九次〉
平岩弓枝 はやぶさ新八御用旅(三)〈日光例幣使道の殺人〉
平岩弓枝 はやぶさ新八御用旅(四)〈北前船の事件〉
平岩弓枝 はやぶさ新八御用旅(五)〈諏訪の妖狐〉
平岩弓枝 はやぶさ新八御用旅(六)〈紅花染め秘帳〉
平岩弓枝 新装版 はやぶさ新八御用帳(一)〈大奥の恋人〉

平岩弓枝 新装版 はやぶさ新八御用帳(二)〈江戸の海賊〉
平岩弓枝 新装版 はやぶさ新八御用帳(三)〈又右衛門の女房〉
平岩弓枝 新装版 はやぶさ新八御用帳(四)〈鬼勘の娘〉
平岩弓枝 新装版 はやぶさ新八御用帳(五)〈御守殿おたき〉
平岩弓枝 新装版 はやぶさ新八御用帳(六)〈春月の雛〉
平岩弓枝 新装版 はやぶさ新八御用帳(七)〈寒椿の寺〉
平岩弓枝 新装版 はやぶさ新八御用帳(八)〈春怨 根津権現〉
平岩弓枝 新装版 はやぶさ新八御用帳(九)〈王子稲荷の女〉
平岩弓枝 新装版 はやぶさ新八御用帳(十)〈幽霊屋敷の女〉
平岩弓枝 なかなかいい生き方
東野圭吾 放課後
東野圭吾 卒業
東野圭吾 学生街の殺人
東野圭吾 魔球
東野圭吾 十字屋敷のピエロ
東野圭吾 眠りの森
東野圭吾 宿命
東野圭吾 変身
東野圭吾 仮面山荘殺人事件

東野圭吾 天使の耳
東野圭吾 ある閉ざされた雪の山荘で
東野圭吾 同級生
東野圭吾 名探偵の呪縛
東野圭吾 むかし僕が死んだ家
東野圭吾 虹を操る少年
東野圭吾 パラレルワールド・ラブストーリー
東野圭吾 天空の蜂
東野圭吾 どちらかが彼女を殺した
東野圭吾 名探偵の掟
東野圭吾 悪意
東野圭吾 私が彼を殺した
東野圭吾 嘘をもうひとつだけ
東野圭吾 時生
東野圭吾 赤い指
東野圭吾 流星の絆
東野圭吾 新装版 浪花少年探偵団
東野圭吾 新装版 しのぶセンセにサヨナラ
東野圭吾 新参者

東野圭吾 麒麟の翼
東野圭吾 パラドックス13
東野圭吾 祈りの幕が下りる時
東野圭吾 危険なビーナス
東野圭吾作家生活25周年祭り実行委員会 東野圭吾公式ガイド〈読者1万人が選んだ東野作品人気ランキング発表〉
東野圭吾作家生活35周年実行委員会 編 東野圭吾公式ガイド〈作家生活35周年ver.〉
平野啓一郎 高瀬川
平野啓一郎 ドーン
平野啓一郎 空白を満たしなさい(上)(下)
百田尚樹 永遠の0
百田尚樹 輝く夜
百田尚樹 風の中のマリア
百田尚樹 影法師
百田尚樹 ボックス!(上)(下)
百田尚樹 海賊とよばれた男(上)(下)
平田オリザ 十六歳のオリザの冒険をしるす本
平田オリザ 幕が上がる
東 直子 さようなら窓
蛭田亜紗子 人肌ショコラリキュール

蛭田亜紗子 凜
樋口卓治 ボクの妻と結婚してください。
樋口卓治 続・ボクの妻と結婚してください。
樋口卓治 もう一度、お父さんと呼んでくれ。
樋口卓治 「ファミリーラブストーリー」
樋口卓治 喋る男
平山夢明 どたんばたん(土壇場譚)〈大江戸怪談〉
平山夢明 魂豆腐〈大江戸怪談どたんばたん(土壇場譚)〉
東川篤哉 純喫茶「一服堂」の四季
東山彰良 流
樋口直哉 偏差値68の目玉焼き〈星ヶ丘高校料理部〉
平田研也 小さな恋のうた
日野草 ウエディング・マン
藤沢周平 新装版 春秋の檻〈獄医立花登手控え(一)〉
藤沢周平 新装版 風雪の檻〈獄医立花登手控え(二)〉
藤沢周平 新装版 愛憎の檻〈獄医立花登手控え(三)〉
藤沢周平 新装版 人間の檻〈獄医立花登手控え(四)〉
藤沢周平 新装版 闇の歯車
藤沢周平 新装版 市塵(上)(下)

講談社文庫　目録

講談社文庫　目録

- 辺見　庸　抵抗論
- 星　新一　エヌ氏の遊園地
- 星　新一 編　ショートショートの広場①〜⑨
- 本田靖春　不当逮捕
- 保阪正康　昭和史 七つの謎
- 保阪正康　昭和史 七つの謎 Part2
- 保坂和志　未明の闘争(上)(下)
- 堀江敏幸　熊の敷石
- 堀江敏幸　燃焼のための習作
- 本格ミステリ作家クラブ編　探偵の殺される夜〈本格短編ベスト・セレクション〉
- 本格ミステリ作家クラブ編　墓守刑事の昔語り〈本格短編ベスト・セレクション〉
- 本格ミステリ作家クラブ編　子ども狼ゼミナール〈本格短編ベスト・セレクション〉
- 本格ミステリ作家クラブ編　ベスト本格ミステリ TOP5〈短編傑作選001〉
- 本格ミステリ作家クラブ編　ベスト本格ミステリ TOP5〈短編傑作選002〉
- 本格ミステリ作家クラブ編　ベスト本格ミステリ TOP5〈短編傑作選003〉
- 本格ミステリ作家クラブ編　ベスト本格ミステリ TOP5〈短編傑作選004〉
- 本格ミステリ作家クラブ選・編　本格王2019
- 本格ミステリ作家クラブ選・編　本格王2020
- 星野智幸　夜は終わらない(上)(下)
- 本多孝好　君の隣に
- 穂村　弘　整形前夜
- 穂村　弘　ぼくの短歌ノート
- 堀川アサコ　幻想郵便局
- 堀川アサコ　幻想映画館
- 堀川アサコ　幻想日記店
- 堀川アサコ　幻想探偵社
- 堀川アサコ　幻想温泉郷
- 堀川アサコ　幻想短編集
- 堀川アサコ　幻想寝台車
- 堀川アサコ　幻想蒸気船
- 堀川アサコ　大奥の座敷童子
- 堀川アサコ　おちゃっぴい〈大江戸八百八〉
- 堀川アサコ　月下におくる〈沖田総司青春録〉(上)(下)
- 堀川アサコ　芳一
- 堀川アサコ　月夜彦
- 堀川アサコ　魔法使ひ
- 本城雅人　境界〈横浜中華街・潜伏捜査〉
- 本城雅人　スカウト・デイズ
- 本城雅人　スカウト・バトル
- 本城雅人　嗤うエース
- 本城雅人　贅沢のススメ
- 本城雅人　誉れ高き勇敢なブルーよ
- 本城雅人　シューメーカーの足音
- 本城雅人　ミッドナイト・ジャーナル
- 本城雅人　紙の城
- 本城雅人　監督の問題
- 本城雅人　去り際のアーチ〈もう一打席！〉
- 堀川惠子　裁かれた命〈死刑囚から届いた手紙〉
- 堀川惠子　死刑の基準〈「永山裁判」が遺したもの〉
- 堀川惠子　永山則夫〈封印された鑑定記録〉
- 堀川惠子　教誨師
- 堀川惠子　戦禍に生きた演劇人たち〈演出家・八田元夫と「桜隊」の悲劇〉
- 堀川惠子・小笠原信之　チンチン電車と女学生〈1945年8月6日・ヒロシマ〉
- ほしおさなえ　空き家課まぼろし譚
- 誉田哲也　Qrosの女
- 松本清張　草の陰刻
- 松本清張　黄色い風土

講談社文庫　目録

松本清張　黒い樹海
松本清張　連環
松本清張　花氷
松本清張　ガラスの城
松本清張　殺人行おくのほそ道(上)(下)
松本清張　塗られた本
松本清張　熱い絹(上)(下)
松本清張　邪馬台国 清張通史①
松本清張　空白の世紀 清張通史②
松本清張　カミと青銅の迷路 清張通史③
松本清張　天皇と豪族 清張通史④
松本清張　壬申の乱 清張通史⑤
松本清張　古代の終焉 清張通史⑥
松本清張　新装版 増上寺刃傷
松本清張　新装版 紅刷り江戸噂
松本清張　大奥婦女記〈レジェンド歴史時代小説〉
松本清張他　日本史七つの謎
松谷みよ子　ちいさいモモちゃん
松谷みよ子　モモちゃんとアカネちゃん
松谷みよ子　アカネちゃんの涙の海
眉村　卓　ねらわれた学園
眉村　卓　なぞの転校生
麻耶雄嵩　翼ある闇〈メルカトル鮎最後の事件〉
麻耶雄嵩　痾
麻耶雄嵩　メルカトルかく語りき
麻耶雄嵩　神様ゲーム
町田　康　耳そぎ饅頭
町田　康　権現の踊り子
町田　康　浄土
町田　康　猫にかまけて
町田　康　猫のあしあと
町田　康　猫とあほんだら
町田　康　猫のよびごえ
町田　康　真実真正日記
町田　康　宿屋めぐり
町田　康　人間小唄
町田　康　スピンク日記
町田　康　スピンク合財帖
町田　康　スピンクの壺
町田　康　スピンクの笑顔
舞城王太郎　煙か土か食い物〈Smoke, Soil or Sacrifices〉
舞城王太郎　世界は密室でできている。〈THE WORLD IS MADE OUT OF CLOSED ROOMS〉
舞城王太郎　好き好き大好き超愛してる。
舞城王太郎　イキルキス
舞城王太郎　短篇五芒星
真山　仁　虚像の砦
真山　仁　新装版 ハゲタカ(上)(下)
真山　仁　新装版 ハゲタカII(上)(下)
真山　仁　レッドゾーン(上)(下)
真山　仁　グリード(上)(下)〈ハゲタカIV〉
真山　仁　ハーディ(上)(下)〈ハゲタカ2・5〉
真山　仁　スパイラル〈ハゲタカ4・5〉
真山　仁　そして、星の輝く夜がくる
真梨幸子　孤虫症
真梨幸子　深く深く、砂に埋めて
真梨幸子　女ともだち
真梨幸子　えんじ色心中

真梨幸子 カンタベリー・テイルズ
真梨幸子 イヤミス短篇集
真梨幸子 人生相談。
真梨幸子 私が失敗した理由は
牧野修 巴亮介 漫画原作 ミュージアム〈公式ノベライズ〉
松本裕士 兄弟〈追憶のhide〉
円居挽 丸太町ルヴォワール
円居挽 烏丸ルヴォワール
円居挽 今出川ルヴォワール
円居挽 河原町ルヴォワール
円居挽 原作 福本伸行 カイジ ファイナルゲーム 小説版
松宮宏 さくらんぼ同盟
松岡圭祐 探偵の探偵
松岡圭祐 探偵の探偵Ⅱ
松岡圭祐 探偵の探偵Ⅲ
松岡圭祐 探偵の探偵Ⅳ
松岡圭祐 水鏡推理
松岡圭祐 水鏡推理Ⅱ〈インパクトファクター〉
松岡圭祐 水鏡推理Ⅲ〈パレイドリア・フェイス〉
松岡圭祐 水鏡推理Ⅳ〈アノマリー〉
松岡圭祐 水鏡推理Ⅴ〈ニュークリアフュージョン〉
松岡圭祐 水鏡推理Ⅵ〈クロノスタシス〉
松岡圭祐 探偵の鑑定Ⅰ
松岡圭祐 探偵の鑑定Ⅱ
松岡圭祐 万能鑑定士Qの最終巻〈ムンクの〈叫び〉〉
松岡圭祐 黄砂の籠城(上)(下)
松岡圭祐 シャーロック・ホームズ対伊藤博文
松岡圭祐 八月十五日に吹く風
松岡圭祐 生きている理由
松岡圭祐 黄砂の進撃
松岡圭祐 瑕疵借り
松原始 カラスの教科書
益田ミリ 五年前の忘れ物
益田ミリ お茶の時間
マキタスポーツ 一億総ツッコミ時代〈決定版〉
丸山ゴンザレス ダークツーリスト〈世界の混沌を歩く〉
三島由紀夫 TBSヴィンテージクラシックス 編 告白 三島由紀夫未公開インタビュー
三浦綾子 ひつじが丘
三浦綾子 岩に立つ
三浦綾子 青い棘
三浦綾子 イエス・キリストの生涯
三浦綾子 愛すること信ずること
三浦明博 滅びのモノクローム
三浦明博 五郎丸の生涯
宮尾登美子 新装版 天璋院篤姫(上)(下)
宮尾登美子 新装版 一絃の琴
宮尾登美子 東福門院和子の涙(上)(下)〈レジェンド歴史時代小説〉
皆川博子 クロコダイル路地
宮本輝 ひとたびはポプラに臥す 1〜6
宮本輝 骸骨ビルの庭(上)(下)
宮本輝 新装版 二十歳の火影
宮本輝 新装版 命の器
宮本輝 新装版 避暑地の猫
宮本輝 新装版 ここに地終わり 海始まる(上)(下)
宮本輝 新装版 花の降る午後(上)(下)
宮本輝 新装版 オレンジの壺(上)(下)
宮本輝 にぎやかな天地(上)(下)

講談社文庫　目録

講談社文庫 目録

三津田信三 ついてくるもの
三津田信三 誰かの家
宮田珠己 ふしぎ盆栽ホンノンボ
道尾秀介 カラスの親指 (by rule of CROW's thumb)
道尾秀介 水の柩
深木章子 鬼畜の家
深木章子 螺旋の底
湊かなえ リバース
宮内悠介 彼女がエスパーだったころ
宮乃崎桜子 綺羅の皇女(1)
宮乃崎桜子 綺羅の皇女(2)
村上 龍 海の向こうで戦争が始まる
村上 龍 走れ! タカハシ
村上 龍 愛と幻想のファシズム(上)(下)
村上 龍 音楽の海岸
村上 龍 村上龍料理小説集
村上 龍 村上龍映画小説集
村上 龍 新装版 限りなく透明に近いブルー
村上 龍 新装版 コインロッカー・ベイビーズ

村上 龍 歌うクジラ(上)(下)
向田邦子 新装版 眠る盃
向田邦子 新装版 夜中の薔薇
村上春樹 風の歌を聴け
村上春樹 1973年のピンボール
村上春樹 羊をめぐる冒険(上)(下)
村上春樹 カンガルー日和
村上春樹 回転木馬のデッド・ヒート
村上春樹 ノルウェイの森(上)(下)
村上春樹 ダンス・ダンス・ダンス(上)(下)
村上春樹 遠い太鼓
村上春樹 国境の南、太陽の西
村上春樹 やがて哀しき外国語
村上春樹 アンダーグラウンド
村上春樹 スプートニクの恋人
村上春樹 アフターダーク
村上春樹 佐々木マキ絵 羊男のクリスマス
村上春樹 佐々木マキ絵 ふしぎな図書館
村上春樹 糸井重里 夢で会いましょう

村上春樹・文 安西水丸・絵 ふわふわ
U・K・ル＝グウィン 村上春樹訳 空飛び猫
U・K・ル＝グウィン 村上春樹訳 帰ってきた空飛び猫
U・K・ル＝グウィン 村上春樹訳 素晴らしいアレキサンダーと、空飛び猫たち
U・K・ル＝グウィン 村上春樹訳 空を駆けるジェーン
T・ファリッシュ著 B・ルート絵 村上春樹訳 ポテト・スープが大好きな猫
群ようこ いいわけ劇場
村山由佳 永遠。
村山由佳 天翔る
睦月影郎 新・平成好色一代男 隣人と。女子アナと。
睦月影郎 密通妻
睦月影郎 卒業一九七四年
睦月影郎 初夏一九七四年
睦月影郎 快楽のグルメ
睦月影郎 快楽のリベンジ
睦月影郎 快楽ハラスメント
睦月影郎 快楽アクアリウム
向井万起男 渡る世間は「数字」だらけ
村田沙耶香 授乳

講談社文庫　目録

村田沙耶香　マウス
村田沙耶香　星が吸う水
村田沙耶香　殺人出産
村瀬秀信　気がつけばチェーン店ばかりでメシを食べている
村瀬秀信　それでも気がつけばチェーン店ばかりでメシを食べている
室積光　ツボ押しの達人
室積光　ツボ押しの達人 下山編
森村誠一　悪道
森村誠一　悪道 西国謀反
森村誠一　悪道 御三家の刺客
森村誠一　悪道 五右衛門の復讐
森村誠一　悪道 最後の密命
森村誠一　棟居刑事の復讐
森村誠一　日蝕の断層
森村誠一　ねこの証明
毛利恒之　月光の夏
森博嗣　すべてがFになる〈THE PERFECT INSIDER〉
森博嗣　冷たい密室と博士たち〈DOCTORS IN ISOLATED ROOM〉
森博嗣　笑わない数学者〈MATHEMATICAL GOODBYE〉

森博嗣　詩的私的ジャック〈JACK THE POETICAL PRIVATE〉
森博嗣　封印再度〈WHO INSIDE〉
森博嗣　幻惑の死と使途〈ILLUSION ACTS LIKE MAGIC〉
森博嗣　夏のレプリカ〈REPLACEABLE SUMMER〉
森博嗣　今はもうない〈SWITCH BACK〉
森博嗣　数奇にして模型〈NUMERICAL MODELS〉
森博嗣　有限と微小のパン〈THE PERFECT OUTSIDER〉
森博嗣　黒猫の三角〈Delta in the Darkness〉
森博嗣　人形式モナリザ〈Shape of Things Human〉
森博嗣　月は幽咽のデバイス〈The Sound Walks When the Moon Talks〉
森博嗣　夢・出逢い・魔性〈You May Die in My Show〉
森博嗣　魔剣天翔〈Cockpit on knife Edge〉
森博嗣　恋恋蓮歩の演習〈A Sea of Deceits〉
森博嗣　六人の超音波科学者〈Six Supersonic Scientists〉
森博嗣　捩れ屋敷の利鈍〈The Riddle in Torsional Nest〉
森博嗣　朽ちる散る落ちる〈Rot off and Drop away〉
森博嗣　赤緑黒白〈Red Green Black and White〉
森博嗣　四季　春～冬
森博嗣　φ(ファイ)は壊れたね〈PATH CONNECTED φ BROKE〉

森博嗣　θ(シータ)は遊んでくれたよ〈ANOTHER PLAYMATE θ〉
森博嗣　τ(タウ)になるまで待って〈PLEASE STAY UNTIL τ〉
森博嗣　ε(イプシロン)に誓って〈SWEARING ON SOLEMN ε〉
森博嗣　λ(ラムダ)に歯がない〈λ HAS NO TEETH〉
森博嗣　η(イータ)なのに夢のよう〈DREAMILY IN SPITE OF η〉
森博嗣　目薬α(アルファ)で殺菌します〈DISINFECTANT α FOR THE EYES〉
森博嗣　ジグβ(ベータ)は神ですか〈JIG β KNOWS HEAVEN〉
森博嗣　キウイγ(ガンマ)は時計仕掛け〈KIWI γ IN CLOCKWORK〉
森博嗣　χ(カイ)の悲劇〈THE TRAGEDY OF χ〉
森博嗣　イナイ×イナイ〈PEEKABOO〉
森博嗣　キラレ×キラレ〈CUTTHROAT〉
森博嗣　タカイ×タカイ〈CRUCIFIXION〉
森博嗣　ムカシ×ムカシ〈REMINISCENCE〉
森博嗣　サイタ×サイタ〈EXPLOSIVE〉
森博嗣　ダマシ×ダマシ〈SWINDLER〉
森博嗣　女王の百年密室〈GOD SAVE THE QUEEN〉
森博嗣　迷宮百年の睡魔〈LABYRINTH IN ARM OF MORPHEUS〉
森博嗣　赤目姫の潮解〈LADY SCARLET EYES AND HER DELIQUESCENCE〉
森博嗣　まどろみ消去〈MISSING UNDER THE MISTLETOE〉

山本周五郎 完全版 日本婦道記(上)(下)〈山本周五郎コレクション〉
山本周五郎 戦国武士道物語 死處〈山本周五郎コレクション〉
山本周五郎 戦国物語 信長と家康〈山本周五郎コレクション〉
山本周五郎 幕末物語 失蝶記〈山本周五郎コレクション〉
山本周五郎 逃亡記 時代ミステリ傑作選〈山本周五郎コレクション〉
山本周五郎 家族物語 おもかげ抄〈山本周五郎コレクション〉
山本周五郎 繁あね〈美しい女たちの物語〉
山本周五郎 雨あがる〈映画化作品集〉
柳田理科雄 スター・ウォーズ 空想科学読本
柳田理科雄 MARVELマーベル空想科学読本
靖子靖史 空色カンバス〈瑠空寺凸凹縁起〉
夢枕獏 大江戸釣客伝(上)(下)
唯川恵 雨心中
行成薫 ヒーローの選択
行成薫 バイバイ・バディ
行成薫 スパイの妻
柚月裕子 合理的にあり得ない〈上水流涼子の解明〉
吉村昭 私の好きな悪い癖
吉村昭 吉村昭の平家物語

吉村昭 暁の旅人
吉村昭 新装版 白い航跡(上)(下)
吉村昭 新装版 海も暮れきる
吉村昭 新装版 間宮林蔵
吉村昭 新装版 赤い人
吉村昭 新装版 落日の宴(上)(下)
吉村昭 白い遠景
吉田ルイ子 ハーレムの熱い日々
吉川英明 新装版 父 吉川英治
吉村葉子 お金がなくても平気なフランス人 お金があっても不安な日本人
米原万里 ロシアは今日も荒れ模様
横山秀夫 半落ち
横山秀夫 出口のない海
吉田修一 日曜日たち
吉本隆明 真贋
吉本隆明 フランシス子へ
横関大 再会
横関大 グッバイ・ヒーロー
横関大 チェインギャングは忘れない

横関大 沈黙のエール
横関大 ルパンの娘
横関大 ルパンの帰還
横関大 ホームズの娘
横関大 ルパンの星
横関大 スマイルメイカー
横関大 K2〈池袋署刑事課 神崎・黒木〉
吉川永青 誉れの赤
吉川永青 裏関ヶ原
吉川永青 化け札
吉川永青 治部の礎
吉川永青 老侍
好村兼一 兜割源三郎〈玄治店密命始末〉
吉村龍一 光る牙
吉村龍一 隠された牙〈森林保護官 樋口孝也の事件簿〉
吉川トリコ ぶらりぶらこの恋
吉川トリコ ミドリのミ
吉川英梨 波動〈新東京水上警察〉
吉川英梨 烈渦〈新東京水上警察〉

2020年9月15日現在